藏孤记

燕霄飞 著

晋军新方阵·第三辑

山西出版传媒集团

北岳文艺出版社

图书在版编目（CIP）数据

藏孤记 / 燕霄飞著. —太原：北岳文艺出版社，2016.5
（晋军新方阵·第三辑）

ISBN 978 – 7 – 5378 – 4746 – 9

Ⅰ.①藏… Ⅱ.①燕… Ⅲ.①中篇小说 – 小说集 – 中国
– 当代②短篇小说 – 小说集 – 中国 – 当代Ⅳ.①I247.7

中国版本图书馆 CIP 数据核字（2016）第 091855 号

书　　名：藏孤记
著　　者：燕霄飞
责任编辑：张　丽
书籍设计：张永文

————

出版发行：山西出版传媒集团·北岳文艺出版社
地　　址：山西省太原市并州南路 57 号
邮　　编：030012
电　　话：0351 – 5628696（发行部）
　　　　　0351 – 5628688（总编室）
传　　真：0351 – 5628680
网　　址：http://www.bywy.com
E – mail：bywycbs@163.com
承 印 者：山西出版传媒集团·山西新华印业有限公司

————

开　　本：890mm×1240mm　　1/32
字　　数：230 千字
印　　张：9.375
版　　次：2016 年 5 月第 1 版
印　　次：2016 年 6 月山西第 1 次印刷
书　　号：ISBN 978 – 7 – 5378 – 4746 – 9
定　　价：32.00 元

燕霄飞　男，出生于山西省定襄县，20世纪90年代开始文学创作，曾获团中央2006年度"乡村文化名人"称号，作品多发表于《黄河》《山西文学》《小说月报》《中篇小说选刊》等刊；获《黄河》2007年度、2008年度优秀小说奖，现为山西省作家协会会员、全委会委员。

总　序

潞　潞

《晋军新方阵·第三辑》即将付梓出版。

在山西文坛，"晋军"之称谓始于20世纪80年代，一批文学新锐随着改革开放的时代潮流走上文坛，他们跃马扬戈、左右奔突，使文坛瞩目。其时不仅山西，而是整个中国都处于文学的黄金时代。我也有幸被时代的大潮裹挟，成为当年"晋军"中的一员。时隔三十年，山西省作家协会推出《晋军新方阵》系列丛书，再度为山西澎湃的文学浪潮推波助澜，沿用"晋军"这一称谓，其意无疑是想展示今日山西作家、诗人的阵容和实力。山西文学院具体承办这项工作，正值我在文学院任职，参与了这套丛书一至三辑的运作，这在我的文学生涯中自然是一件幸事。

《晋军新方阵·第三辑》与《晋军新方阵·第二辑》的格局大致相同，收录了四部中短篇小说集、三部诗集、三部散文集，而《晋军新方阵·第一辑》收录的是十部中短篇小说集。山西号称"文学大省"，确实如此。不管文学如何被边缘化，这块黄土地上永远有人做着文学梦，永远有人孜孜不倦地写作着，也许是《诗经》以来的文学传统使然，也许生命个体需要这样的表达和抒发。《晋军新方阵》只是从他们中遴选出的一小部分，"冰山"的绝大部分仍掩藏在生活深处，有待于今后不断发掘和显示。

对于本辑作品，虽然我在编选过程中已经阅读，但由于文学的内涵和外延日益变得复杂，作家本身的内心和面孔也游移多变，一一谈论他们大概是件费力不讨好的事。尽管如此，我还是愿意表达阅读中一些明晰的感受。

首先，这是一些非常热爱文学的作家和诗人。为什么这么说？真正的文学有自身的逻辑和规范，它排除各种功利的实用性，只对那些纯粹的作家和诗人敞开。我认为眼前这些作品是纯粹的文学，他们不是拿文学说事，不是把文学作为工具的。他们不期待用文学来获取任何功利，不在于一定要有"专业作家"的头衔，而在于你对于文学的态度和认知。他们的作品是对其身份的有力确认。

其次，不管小说、诗歌还是散文，从内容到形式都不再囿于山西这片地域，他们的文学观念是开放的，美学追求是高品位的，用某一种风格来界定他们早已经不适用了。即使那些描绘黄土地上人与事的作品，也表现出了人的想象力的丰富性、表达方式的多样性。山西曾经有着优秀的文学传统，但他们的创作已经在继承传统的基础上超越了传统。山西作家的创作不仅是山西的文化财富，更是对中国当代文学的贡献。

还有一点极其宝贵，那就是我在这些作品中看到了可能性。可能性是最吻合存在的表述。存在的丰富性、神秘性、不确定性，或许只有通过各种各样的可能才能显示。一段故事没有结局，一些面孔若有若无，没有答案，无需答案，没有判断，无需判断。生命的存在不正是由各种可能性构成的吗？阅读中，我对山西作家和诗人的敬佩之情油然而生，他们用一只手抓住了生命和文学这两个世界，并预示着文学未来的可能。作者有作者的可能性，读者有读者的可能性，我们只有充分地理解、感受，探寻形形色色、无穷无尽的可能性，文学才会进步，才会繁荣，才能表现我们这个色彩斑斓而又变化无穷的充满了诗一般魅力的时代。

是为序。

2016 年 6 月 1 日

目录

001 / 藏孤记

051 / 奶香

115 / 打开门有多难

151 / 系红绳的翅膀

198 / 湿淋淋的声音

211 / 钓鱼

225 / 红云

236 / 房客

259 / 别碰我的鸡蛋

274 / 活化石

藏孤记

1

外面漆黑一团。嗡嗡的声音一直在响，起先我以为是水声。雨溅到岩石上，反弹起来，脸上星星点点，一凉一凉的，到最后，变成了电焊弧烫伤的感觉。所幸这种情况一会儿便没有了。凭感觉，我判定，洞口被我们压倒的灌木丛又立起来了，噼噼啪啪，有一股子酸辛的味道，我猜是未熟透的酸枣果，挂在摇晃的枝条上，绿的，红的，一粒一粒，有点像我为女儿生日准备的、挂土墙四角的彩灯串儿。嗡嗡嗡，那声音不合情理地扩张、蔓延。这时候我才意识到，我的头疼病犯了，我想我找到了声音的来源。这真糟糕，我必须扛住。身旁趴着我的两个女人。我告诉她们：没什么可担心的，这里地势高，不怕水。十三岁那年，我替父亲放羊时，发现了这个地方。后来觉得，一有危险就应该往这儿躲，却一直没机会做，直到今晚。

这里是个山窝，潮湿阴冷，随便一摸，便粘一手滑腻腻的东西。我们一家三口倒爬进来，刚好藏身，就是不能随便抬头，否则尖锐地痛。我估计岩石擦破了我的后脑勺。女儿趴在我们中间。我能觉出，由于恐惧，她的鼻息局促、生硬，如喷出一枚枚铁钉。我还没来得及把生日礼物送给她。我拿出压在胸脯下的手，放她小脑瓜儿上抚摸。狭窄的空间内，这些动作严重走形。"宝贝，说话就天亮了，亮了就没事了……"我安慰她们。这话在暴戾的黑沉沉的雨夜，多么无力、无助。我知道。可我得这么说。

女儿没出声。我老婆没声息地哭了，是用手捂嘴发出的呜咽。空间所限，我只能将嗡嗡的脑袋，紧抵住冰凉的岩石，想象她哆嗦的肩头、抽动的鼻翼、哀怨的眼神。第一次见到她，我就发现，这个外地女人有着一双会说话的哀怨的眼睛。她和另一个叫来仔儿的外地女人一起来到我们这里。来仔儿长着一头好看的自来卷发，个子娇小，乳房饱满。我选择眼神哀怨的做我老婆后，不久，头发卷曲的也嫁到了我们村。六年了，来仔儿一直没能怀孕。她常把这个苦恼跟我老婆倾诉。

长夜漫漫，外面仍是漆黑一团。岩石的冰冷坚硬地渗进我的脑壳，我忍着头痛，不打算阻止老婆的哭泣，我知道她为什么哭，我知道，只要我坚持一会儿，她就会停止哭泣，反过来安慰我，好像刚刚哭泣的人是我："没什么大不了的是不是？这有什么，我们从头再来好不好？"每次都是这样。每次我都会想，这是个不错的女人。跟着我过的这几年，她吃了不少苦，费了不少心思，我们家慢慢走上了正轨，悄悄丰富了内容，我们有了电话、电视、冰箱……如果顺利，摩托和电脑也不算远。那天晚上以前，我们就是这样想的。彩灯闪烁，烛光迷离，我们在精心营造的氛围里，切开了从城里买回的蛋糕。我们的女儿五岁了，一整天蹦来跳去的，吃蛋糕时变得格外安静，小心舔净每一根手指。我知道她耐着性子，等着我把生日礼物正式送给她。那是一只维尼小熊，普通的毛绒玩具。她已偷偷打开包装，看好几遍了，却装作不知道，一直为我们猜测。小狗汪汪？小兔乖乖？小猫咪咪？哦，女儿歪着小脑瓜，假装思考。我们笑着，做出不知道她已知道的表情。大水就是这时候进村的。它挨家推倒院墙，漂走院里的一切，扁担、水桶、咸菜缸、农具、鸡笼、柴火垛……这些东西打着漩儿离开了我们。事实上，洪水给了我们三天时间，我们却没做什么准备，我们以为，是下了三天普通的雨。

女儿一声不吭，好像睡着了。当时我就是这么想的。

她依然嘤嘤啜泣。

我没有劝慰的意思。我猜这会儿，我们的村庄、我们的家——这些年我们吃的苦、费的心思、我们丰富了的内容、精心营造的氛围，还有小熊维尼……都被大水淹没掉了，打着漩儿离我们而去了。就这么回事。我把她们带到了这里，就这么回事。我头疼得厉害。

女人忽然一声尖叫。

我问："怎么了？"

女人说："它进来了。"

我说："什么？"

"不知道。它从裤管滑进来的。"

女人不哭了。我们好一阵沉默。我没有任何办法。

"好了，没事了。"女人终于开口了，"我把它攥住了，它不动了。"

2

天亮的时候，雨停了。我费力睁开眼，亮光的地方，有星星闪烁，蓝色精灵一齐旋舞，冲我招手、挤眼睛。我还看到，小熊维尼划着一艘尖尖的木船，向我驶来，水面上漂着许多我熟悉的东西，电话、冰箱、电视机、水瓮、风箱、咸菜缸……在维尼的带领下，打着漩儿，向我涌来。早晨的风砂纸一样打着脸。我很快清醒了，幻觉消失了，那些蓝色精灵，是灌木丛滴水的叶片变的。我试着动动手脚，喊她们。她们似乎都睡着了。我用两肘着地，蜥蜴一样爬出去。把我老婆和女儿拖出来后，发现，她们都已不会动了，关节跟石块一样坚硬。

拍她们的脸蛋，喊她们，把她们弄醒我出了一身冷汗。我老婆一睁开眼就蹦了起来，抖索裤管。我女儿坐起来后，一直看着山下。我们也朝山下望去，觉得事情没有想象得严重。烟霭云雾，岚岫深处，我们的村庄好端端地立着，仔细辨认，还有公鸡鸣声传来，还能看到许多烟囱冒着烟，蓝色炊烟，逶迤而起，很快融化进了灰蒙蒙的雾霭中。只不过，洪水退去后，留下了触目惊心的橙色淤泥，涂满了我们的街道、院落、房前屋后。看起来，我们的村庄是一艘停泊在画布上的船。我们快步下山，竟有些许兴奋。女儿走在最前面。我跟老婆打趣说，她一定非常挂念小熊维尼。

我们没有想过，这有什么问题。

显然，新的生活摆在面前，需要重新对付。比如走路时的姿势与节拍，淤泥改变了我们的习惯，每走一步，不得不迟疑半秒，以便拔出脚后跟，好像我们在思索要不要给过去留点什么。进了村，看到许多忙碌的人，拿着各式工具，从淹没小腿肚的淤泥里，打捞还有利用价值的东西，洗刷一新的农具、泡得发白的木器、浮肿的皮鞋、死去的禽畜，每捞出一件，就像出土文物般，立即招来人们的围观、辨认、品评、哄笑。在离村五里的地方，有人捞回一包裹着油纸的性具，兴奋地到处打听是谁家的东西。人们脸上溢着笑容，干着手里的活儿，很随意地跟我们打招呼，好像我们刚吃完早饭，走在出工的路上。

没有了围墙，我们直接进了院子，看见邻居程大毛正抱着他爷，从房上往下传。我上前搭了一把。文昌爷是我们这儿最高寿的人，行事高古，不谙世俗，经常给人讲赵氏孤儿的事情，感觉是以程婴、公孙杵臼自居的人。事实上，愿意听"老古董"讲古的人，越来越少。年轻人更愿意谈论打工、赚大钱、找小姐。程大毛看我老婆脸面不好，将冲到他家的几块木板还了回来。我们大度地相互宽慰：没有了围墙，就是一家人。我煞有介事地检查房屋，实则无法下手，对不期而至的新生活束手无策。

一棵枣树，孤零零地斜撑在屋前，许多绿叶子溅落在污泥里，可以想象它昨晚的遭遇和坚贞。——很长时间以来，它成了我记忆中的某种标记和象征。

我抱着枣树，额头内升起一声苍凉的嘶喊，划破时空，化于青烟。我老婆已以最快的速度，盘点出了一份损失清单，并用麻绳和草木灰作标记，圈划了属于我们家的打捞范围。我们家是幸运的，屋里进的水不多，电器、衣柜等大件没有损伤。"亏咱一冬没歇，得了垫高屋脚和院子的益。"我老婆抱着梳妆匣高兴地说。这种梳妆匣，大抵本地家家有一只。我老婆习惯将她认为的世界上最重要的东西放里边。"昨晚逃得急，没有带它，我为这个黑漆彩画的匣子担心了一晚。"她搂着梳妆匣说。我有点难为情，觉得昨晚有点小题大做，或许在房上用塑料布搭个棚也行。我老婆安慰我还是上山保险，她说，得是咱这样房，像来仔儿家就玄。

乡里来人了，带来了一些钱和慰问的话。我拿着老婆从梳妆匣里取出的户口本和身份证，去领救济时，看到一男一女两个干部挽着裤腿，坐在村委门前洗脚。他们的鞋放在水池边，一双运动鞋糊满泥巴，一双俏皮的高跟鞋却纤尘不染。通过四只鞋子，我们还原出了他们进村时的情景，那是些粉红的画面。我们暧昧地交流、窃笑，直到慰问会正式开始。他们反复赘述使我们知道了，这次洪涝灾害不大，"全乡损失的无非是些鸡鸡猫猫羊羊狗狗，无一人死亡！零伤亡！"妇女干部打了胜仗一样宣布。她讲话的时候，很多人只是盯着桌上那只包。

过了一会儿，按照要求，我们用身份证或村委的证明，瓜分了包里的钱。慰问活动进展得非常顺利。双方都没感到太大难度。他们拍着空包，就要宣布结束时，有人想起了宋大个儿。"宋大个儿没有来……他和他老婆都没有来……他家最穷了，你们短下谁也不能短下他的钱……"喊话最喧的是三婶儿，宋大个儿一位本家婶子。因为能言善辩，她常做媒说合，也常挑拨离间。当初三婶儿领着两个外地女人到我跟前，我选了眼神哀怨而不是头发卷曲的做老婆。命运就是这样。在三婶儿的鼓动下，我们团结起来，不让干部们走。尽管没有人把宋大个儿当成同类，但跟外人比较，他属于我们村。

我们藏孤村有两个怪人，村里人在外面经常这样介绍，一个甚也不思谋，一年到头瞎写书；一个地里草长下一人高也不管，就知道侍弄动物，臭腥烂气的。宋大个儿爱好动物久负盛名，我曾以他为原型，写过一篇差一点发表的小说。小说里，宋大个儿孤僻木讷，不喜欢跟比动物会说话的人打交道，宁愿与饲养的猫狗牛羊蛇鼠青蛙和蜥蜴沟通。宋大个儿可以与各种动物相亲相爱，唯独与人隔河而处。没人指望从宋大个儿那里借出一分钱，也没人指望宋大个儿为动物以外的事出一分力。"不能相信，你们竟然吃它们。"小说和现实中的宋大个儿都这么鄙夷地说过。当然，为了体现和谐温暖，小说结尾时，宋大个儿在大家的帮助下，成了愿意帮助别人也愿意接受别人帮助的人——跟大家一样的正常人。我以为，这样才好，这样的小说才会发表。

　　生活不像小说，会有结尾。一辈辈的人轮转着，多少年了，我们村的宋大个儿除了容颜，没有别的改变。他少年时的各种怪僻延续至今。据牵强的解释，最后一位买羊人眼中的贪婪，被他看到了，将一圈牛羊颐养天年后，他不再饲养禽畜了，他开始饲养蛇蝎这类阴险的东西。他以此为生，仍穷困潦倒。他的窄刀脸整天蛇一样阴郁着。可以想象，他得到了全村人真诚的诅咒。人们一度曾认为，他是世界上最可怜的人，现在，他成了我们村有名的恐怖分子，谁要吓唬人，便借助他的名头。勉强结婚后，为了继续他的特色养殖，宋大个儿把家搬到了滹沱河的盐碱地里，与人类隔岸而居。

　　"不能走不能走……你们短下谁也不能短下他的钱……"

　　两位干部耐不住缠磨，答应为宋大个儿在灾区再待一会儿。不知出于什么目的，大家都要求他们踩着没膝的淤泥，亲自把温暖送到宋大个儿饲养蛇蝎的家里去。大家把期待的目光，投到妇女干部光滑白皙的小腿肚上。村主任年逾六十，还想连任，默许了大家的做法。如果文昌爷在场，会为我们这些不肖子孙感到惭愧，愿意趁活着，多讲几遍"程婴藏孤"的古事给我们听。糟糕的是，我们这些藏孤遗民冥顽不化，不曾真正走进祖先的故事，不曾真正走进程婴的内心、文昌爷的内心、自己之外任何一个人的内心。眼下，藏孤遗民的目光，在妇女干部那儿勃起，不可理喻地兴奋着。

　　一班乌合之众，簇拥着两位光鲜的干部，向滹沱河对岸的盐碱地进发了。

　　大家兴奋地完成着这件事。似乎是，由白昼和黑夜组成的生活，需要新鲜色彩与气味。烈日当空，地气蒸腾，空气里弥漫着焦煳的气息。脚下的烂泥发出沉闷的声音，好像地底下，有一群促狭的鬼魂，追逐、踩踏我们的影子。

一伙半大小子，率领几个光屁股小儿跟在后面，号叫起哄：

天上乱交云

地下雨浇盆

云往东，一场空

云往西，水凄凄

云往南，大水刮起船

云往北，××洗大腿

……

3

实际来说，宋大个儿不算坏人。

我了解他，基于了解自己。大家日出日落，出工收工，吃饭时，端着碗在树荫下聚拢，谈论收成和遥远的时政。实际上，这是存在于眼睛、嘴巴和耳朵里的事情，没有真正意义的心灵相交。这就是正常人的生活。在差一点发表的小说里，宋大个儿曾发出这样的质问：人，究竟算怎么一回事？来世一遭，就为成为某种形象？最后成为后代的记忆？人应当怎样真实而健康地度完一生？老实讲，这是些无聊的困惑。人这一辈子，无非衍续祖先的记忆和梦想，最终，再成为子孙的记忆和梦想之源而已。就这么回事。我们努力做的，是祖先努力做过的。祖先曾经困惑的，我们依然困惑。就这么回事。

现在我们合力做的这件事，会成为怎样的衍续，没有人去想。

六月天的河水冰凉，有点反常。涉水而行的队伍骤然沉静下来，每一步都小心翼翼地，好像水流中潜伏了亿万条蛇。紧张的空气中，弥漫着"咝咝"的声响。

"他怎么选这鬼地方，不害怕吗？"不明就里的女干部担心地问，"我最害怕狗了，他家有没有狗啊？"

"没有没有，保证没有。"她得到响亮的回答。

"快看，他的房子塌了。"

眼尖的人为两位干部指点。一溜低矮的灰褐土坯房，趴在河岸的白色盐碱里，最左边的那间塌了半截，露出丑陋的内部结构。我们没有当回事。塌就塌了，一间土坯房，无非土加点儿力气。对乡下人来说，使力气是微不足道的事情。

"你说，它像什么？"女干部指着河岸上丑陋的房子。

"坏了一间的房呗，"男干部说，"不要紧，人没事就好。"

"像不像一具腐烂的尸体，漂浮在水面上？"女干部调皮地说。一只翠绿的虎纹河嘻①落在她鼻尖上，她伸出一根手指，把河嘻接到指尖上，对着阳光看它透明的羽翼。

男干部急于上岸，挥舞手中的鞋子，驱赶头顶的河嘻。

河嘻成群，鼓动翅膀的声音，汇成汹涌的洪流，翻滚在头顶上空。人们张着嘴，看着飞满河床的河嘻，不明白它们从哪里来，做什么？为了调剂气氛，村主任故作轻松地玩笑，莫不又是大个儿养的？大伙儿笑了。性急的一上岸就开始吆喝宋大个儿。

许久，没有人应声。每个人的心都悬着。空气中再次充满"嘤嘤"的声音。大家小心地往前走，拐过弯，蓬头垢面的宋大个儿出现在了面前。大家松了口气。宋大个儿瘫坐在房前的淤泥里，垂着头，廉价西服沾满泥巴，对我们的问讯一概不理。看样子，这人缺乏经历劫难的豁达。有人伸手在他窄刀脸前晃荡，然后报告说，还活着，只是眼枯得像干枣。河畔低洼，宋大个儿遭受重创不出意外。他的家满

---

① 河嘻：蜻蜓。

目疮痍，狼藉遍地，正是应有景象。乡干部叹口气，复诵了慰问话语。性急的人吹着口哨转回，报告说，蛇没啦，蝎没啦，啥啥都没啦。说着腔调正经起来，"他失去了……他的全部。"

大家嬉笑着，劝两位干部多付几个钱。

"好说好说，人没事就好。"男干部掏掏口袋，吩咐同伴拿出表格。

一切准备妥当。没有人说话，都静静等着，没有看到想看到的场面，有人已失去耐性，重新脱掉鞋，打算尽快返回对岸。女干部捏着纸和笔，抽空跟指缝里的河嬉说话。虎纹河嬉振动翠绿的翅膀，嗡嗡的，想挣脱女干部涂红指甲的手指。女干部换换手，捏拢它的翅膀。它伸出所有爪子挠她。

"痒死啦痒死啦，"女干部咯咯笑着，问身边的人，"这坏东西叫个什么呀？"

"河嬉，虎纹河嬉。"快嘴三婶儿说，"把它连头带翅儿掐下来，还会转磨呢，三丫常这么玩儿。"

"那多疼呀，"女干部惊讶咋舌，"我才不呢。"她对河嬉嘘嘘吹气，好像在给它疗伤，"我才不呢，是不是？我不会让你疼的，是不是？"

河对岸刮过来一个旋风，从大伙面前经过，带来无穷的倦意与不祥。原本期望的没有实现，性急的人催促快点结束。大伙意识到，宋大个儿一言不发，始终赖在地上，有点不妥。村主任踢了他一脚，希望他做出接受救济的样子。宋大个儿的表现令人失望。他固执地瘫在地上，保持低人一等的卑微姿势。这是傲慢无礼的。村主任无奈地笑笑，干部们不置可否，宽容地简化了进程手续。"报一下他的身份证号即可。"男干部说。大家摇摇头，没有谁能说出。"你老婆呢？"村主任再踢他一脚，"把人又气跑啦？"

宋大个儿一动不动。

"还不如逮条蛇问呢。"有人不满地嘟哝。

宋大个儿依然故我，沉浸在他一个人的世界中。好像我们做的事与他无关。这是对善良的极度轻蔑。有人抱怨过河时石子划破了脚，"咱图个啥？"不满的火焰越烧越旺。大多数人却没有放弃。藏孤遗民骨子里不缺救世的崇高。"谁让他是咱藏孤村的人呢？"村主任无奈地吩咐众人去里屋找找看。

"身份证……应该在梳妆匣里。"我提醒他们。

有人回头瞅我一眼。但没人说话。他们背后叫我书呆子。我又提出我的观点："找到他老婆也行，因为，梳妆匣应该由女人保管。"

我老婆是个勤快的人，每天早上，我们家的电器和箱柜擦得锃亮、墙壁地面干干净净、黑漆彩画的梳妆匣散发出木材清新的芳香，之后，我才能听到公鸡打鸣。她喜欢翻来覆去地擦拭梳妆匣。没事的时候，她常轻轻打开梳妆匣，那神态，像揭开神奇的月光宝盒。她一遍遍、一遍遍地欣赏珍藏。里面究竟藏着什么？除了身份证，户口本，我猜还有钱和结婚证，别的我一概不知。她总避着我打开匣子。如果我在她独处的时候闯进来，她会慌张地合上盖儿，把匣子藏在身后，脸上还有来不及褪却的羞涩。有一回她突发奇想，把一块旧床单，按照心里的想法，裁剪、绣边、抿折儿、缝合，最后做成一件好看的衣裳，套在了梳妆匣身上。来仔儿来我家倾诉苦恼的时候，对其好姐妹的手艺赞不绝口。两个外地女人，叽叽喳喳的，认真教学了一个下午。

先前走进宋大个儿里屋的人，尖叫一声，跑了出来。后面的人蜂拥而入，也尖叫一声，跑了出来。尖锐的消息很快飞过滹沱河，传遍了五十六户人家的藏孤村，"死下人啦！死下人啦！"不出半小时，人们都知道了，宋大个儿的老婆死了。

世界上的声音和影像，一下子离我而去了。我脑子空空的，跟在村主任和男干部后面，进了里屋。女干部屏着呼吸，跟在我后面。幽暗的小屋，迎来这么多人，肯定是第一次。空气凝结、挤压，发出拧紧瓶盖般的钝音。进入的人都往后退缩了半步。

她坐在地上，靠着砖块和木板搭成的床，腰部被一块突出的方砖顶着，一条腿伸展，能看见鞋尖上的金线绣花，另一条腿蜷在臀下。抢眼的，是她身上的泥垢，遍污青灰棉质裤子、粉色衬衣，以及，她好看的自来卷发。

一头好看的自来卷发垂下来，遮住了她最后的表情。

然后，人们注意到，她怀中紧搂着一只穿了衣服的梳妆匣。

"好像是睡着了，哺乳孩子时，睡着了。"女干部在身后轻声啜泣。

过了一会儿，世界的音像摇摇晃晃地回来了。嗡嗡嗡，我头疼难忍，满脑子是两个外地女人的身影。她们一起从遥远的地方来，先后嫁给藏孤村的两个怪人。三婶儿将她俩带到我面前，让我选择，那是一个普通的下午。我选了眼神哀怨而不是头发卷曲的。命运的分岔，是没有人在意的一个眼神或念头。有那么一会儿，我需用强硬的意志，才能挣脱幻觉的纠缠。我看到，我老婆搂着我女儿，坐在那里。

她穿着金线绣花鞋，斜倚床沿，坐在地上，紧搂孩子，一缕头发从耳根那儿跳出来。她用哀怨的眼神，凝视怀里的孩子。

怎会这样？我听到很多人喃喃，不知道在问谁。六月的屋子，冷冰冰的，不断有人退出，不断有人进来。

"昨天你还跟我说……"我老婆哭喊着跌撞进来，连声呼唤来仔儿。男干部阻止了她扑上去哭泣的意思，并要求保护现场，要大家都出去。人们出来后，都深长地呼吸了一口新鲜空气。正午的阳光刺目，却不觉暖和。我揽着我老婆，她无力自己站着。

男干部出来后，拒绝了村主任递上的烟，很生气地批评他："现在，全乡数你们灾情严重了。"大家都很沮丧，这不是想看到的结果。

男干部再次吩咐藏孤遗民，要绝对保护现场，"要还生命一个公道，"他把目光凶狠地射在宋大个儿身上，"究竟是否水灾造成的？总会水落石出！"他把嗓门儿提到了最高。

女干部也不愿相信"零伤亡"被打破的事实。她一直无法制止身体的颤抖，手紧张地攥成拳头，捏死了那只可爱的虎纹河嘻。流出的褐色液体黏稠、腥臭。她清醒后，尖叫一声，连连抖手。虎纹河嘻落在几米远的淤泥里，一片翠绿的翅膀兀自抽搐。成群的河嘻依旧飞来飞去，隆隆的洪流翻滚在头顶。

那天的许多事情都很反常，平时不注意的一些细节，一一呈现眼前。河畔竟然有一棵香椿树，长成碗口粗，都不曾被人留意。河床上几块光滑的巨石，原本卧在沟头的田埂，不知何时，走到了这里。有几个摆脱死亡气息的人，站在一堆倒下的石片上，手搭额前，指点过去不曾发现的事物。阳光下，他们闪烁的面孔，那样陌生。我老婆缓过劲来，幽怨地指着窗台上晒干的羊粪粒，说："她听人讲的，吃这个会怀孕。"

发生了这么多事情，直到我们离开，宋大个儿仍瘫坐在那里，没有挪动一寸，眼珠都没有转动，依旧是那副该死的德行。这自然遭到大家的唾弃。女干部坚称这是谋杀。"没有人性的东西。"她骂着。男干部和她很快过了河，摆手要大家保持镇定，警察一会儿就会到。我老婆走出十几步，又折回身，豹子一样蹿过去，对宋大个儿又撕又咬。我和三婶儿很不容易把她摁拢，以前我没发现，她好大力气。

"我……要……杀……死……你……们……"她嘶叫。

4

几年前开始，藏孤村就没再死过人。藏孤村交了好运。多数人觉得，是社会进步的缘故。即便是火车最后一节，也会被拖着往前走。大水之前，那些年，藏孤村五谷丰登、六畜兴旺。碧绿的庄稼铆足劲生长。山梁上的石头缝里，都往出抽秧，生出暗紫的豆荚、橙黄的谷穗儿、亭亭玉立的葵花。家家院子里，摇摆着三五头悠闲的肥猪。猪粪、羊粪、鸡粪、各种牲畜的粪便，珍珠一样撒满青石板路面。空气中，总是荡漾着一股腥臊的兴盛之气。那些年，藏孤遗民也很努力。藏孤村到了夜晚，便漂荡在一条情欲汹涌的河流上面，一拨一拨的小孩，伴着密集的浪头出生、成长。这种景象，让很多老人不再孤单，对未来充满憧憬。这是一厢情愿的解释。另一些人则愿意相信文昌爷的说法：祖先舍生取义，将赵氏孤儿藏到后山，为我们攒下了足够挥霍的福分。有人甚至从远村请来六婆。六婆跳了一段怪异的舞蹈，跟祖先聊了一会儿，最后向跪着的人表示，通过她的努力，祖先已答应继续护佑他的子孙。有个家伙异想天开，想通过六婆，一睹祖先真容。六婆威严地抬手一指，大家看到村后一座山峰飘浮着云絮。"那就是你们的祖先。"六婆说。大伙猜度，祖先已化为灵验的山神。

在警车带走宋大个儿的夜晚，人们聚集在河畔，就着星光，为来仔儿搭起了灵棚，在准备回家的间隙，谈论起过去忽略的诸多事情，有人开始怀疑六婆的话，觉得，实际上，活得好或者不好，有太多偶然成分，就像哗啦啦的河水，任何时候都捉摸不定。"说不定，明天大水刮了谁呢。"有人失落地说。那边，整理遗妆的女人们忽然哭开了。她们想给来仔儿换身干净衣服，却脱不下她的粉色衬衣，来仔儿抱着梳妆匣太紧了，她们掰不开她的手指。"就让她带着去吧……"我老婆抽泣着说，"再掰，会疼的。"

深夜，回到我们水渍残留的家，女儿已睡着了。她不知从哪里找到了那只毛绒玩具。小熊脸蛋上沾着泥污，嘴边涂有一圈白色的蛋糕奶油，静静地躺在女儿臂弯里。下午开始，我便没有饥饿的感觉了。

我劝老婆随便找点什么吃。她闭眼倚坐在潮湿的墙边，一言不发。从河滩回家的路上，她便不跟我说话了。我环顾屋顶四角的彩灯串儿，想劝她：没啥大不了的，我们从头再来好了。却说不出口。跟别人家比，大水对我们家的伤害是最轻的，又好像特别重。

天还没有亮全，三姊儿便来敲我家的窗玻璃。她打算从村头开始，挨家游说，她相信本家侄儿是无辜的，"他连蛇都心疼哦，肯定怨来仔儿自己。"我老婆给她端来一碗红糖水。她抿一口，便放下碗，默默起身走了。我惊诧地看着我老婆。我们这儿的规矩，红糖水待人是礼数，红糖加得太多，甜到咽不下去，是一种暗示，不失礼数地拒客。很少人这么做。我看着她。这个跟我生了一个孩子的外地女人，似乎不对劲。在那个刮着东南风的早晨，她变得陌生。她眼神里，那种惹人怜惜的哀怨没有了。那双眼睛扫过的地方，全是怨恨。

她依然不跟我说话，默默地擦拭电器、箱柜，清理墙壁地面，长时间地盯着那只穿衣服的梳妆匣。我疑惑地坐在炕沿，看她。晃在眼前的身影，恍若变得个子娇小，乳房饱满，头发自然卷曲。我相信自己有很坚强的意志,没有出现幻觉。我看着她,对今后的生活隐隐担忧。

那几天，这个鬼魂一样的女人，不停地往返于灵棚与我家。

我女儿在那几天很懂事，乖乖地穿衣服，乖乖地吃饭，一个人找事情做，一整天抱着小熊。

第四天头上，三姊儿很夸张地拍响我家的门，大着嗓门向我老婆讨要了一杯红糖水。她带来一个好消息：宋大个儿回来了。派出所的结果是，那间坍塌的土坯房，将来仔儿埋在了下面。

"真的怨她，都跑出来了，又回头取那匣子。真是自找。"

三姊儿一口气将红糖水喝完，要去别处转达。我老婆喊住她，提出疑问：

"梳妆匣怎会藏那屋呢？"

三婶儿说："谁知道，许是怕人偷看吧。"

我老婆不死心，恨恨地说："即便如此，他也不该把妻子最后置于潮湿的地上。"

三婶儿严肃地告诉我老婆："派出所查得非常严格，那房子漏雨，当时床上都是水。"

我老婆不再搭理三婶儿，冷冷地将刷碗水泼地上。

三婶儿一定觉得我老婆有失礼数，盯着她，很久，字斟句酌地说：

"你，真应该觉得庆幸！"

连续几天，我晚上睡不踏实，醒来便看到她靠着墙壁，眼窝幽深。

出殡那天，下着小雨。我老婆赌气将家里的几头肥猪，全部赶到河畔，替来仔儿犒劳为葬礼忙碌的人们。她没有找杀猪匠帮忙，自己拎着菜刀。猪很不老实。几个男人过去帮忙。作为她的丈夫，我忐忑不安，挪步过去，硬着头皮，将一只手放在猪身上。她忽然哭了，吆喝宋大个儿过来。宋大个儿本来在灵前呆坐，喧嚣像是别人家的事情。他弄清我老婆的意思后，坚决不同意。我老婆更坚决，但表情是柔弱的，要宋大个儿看在来仔儿的份上，"像他一样，把手放猪身上来，就行。"宋大个儿迟疑着。性急的人开始臭骂。最后，宋大个儿像我一样，轻轻搭上去一只手。

"我恨你们藏孤村。"她疯子一样使用菜刀时这样嘶喊：

"我——恨——你——们——藏——孤——村——"

血自然溅到了宋大个儿身上。我看到，他缩在血污的白色丧服里面，一直哆嗦。

我也是这样。

我感到了巨大的侮辱。我擦着脸上的血，希望做点什么，来证明自己，能像祖先一样舍弃性命。只要给我这样的机会。

雨水一直很小。人们各做各的。没有出现任何妨碍进展的事情。要盖棺送行了，女人们哭成一团，看着来仔儿，不舍最后一眼。拿斧头和钉子的人劝她们闪开。这时候，宋大个儿要大家等一等。他看着棺材中的妻子，歪着头，伸手去摸。大家静静地看着。他摸她的头发，卷曲的；摸她的脸，薄施粉脂；摸她的身体；最后，握住她的手，"我要把这个留下。"大家还没反应过来，就听见咯嘣、咯嘣、咯嘣，他折断她的指骨，取走了梳妆匣。

场面自然混乱得一塌糊涂。

好多天之后，我都心有余悸。我不知道该怎样评价那件事。很多人跟我一样，认为，宋大个儿不折不扣，是个混蛋，冷血动物都不如。可是，藏孤村有些人又觉得，那事做得挺有骨气，没有输给耍菜刀的外地女人。有些半大小孩开始崇拜他，学着电视上的口气，为宋大个儿辩驳：他有那个权力，那是他的女人。我老婆在丧事上得罪了藏孤村人。从此，人人对她敬让三分。

如果不是因为女儿，我们肯定不会先向对方说话。那天雨一直很小，丧事浪费了许多时间，我们回到家时，天色正在暗淡。我们没有看到女儿。被窝里没有，小书桌下没有，衣柜、鸡笼，屋里屋外，我们找了很久，没有她的影子。我们就要疯掉了。我们谁也没听见程大毛在外面吆喝。后来他拉着我女儿的胳膊，走进来。他说他在山梁劈柴时，看到我女儿，一个人往山上跑，搂着小熊。

我老婆把女儿拥怀里，安慰她："没事的，宝贝儿，不用藏的，只是下了一点小雨。"

我们以为事情结束了，打来洗脸水，清洗女儿脏兮兮的脸蛋。女儿看着脸盆里，打着漩儿的水花，直往外面跑。我们才晓得，这孩子出了问题。

5

我女儿从此不肯洗脸，不愿说话，害怕见到液体，拒绝稀饭这样的流食。我们找遍了能力范围内的所有医生，都治不好她。我们荒芜了庄稼，没心思做女儿之外的任何事。很多外地人一定见过这样的情景：乡下人沮丧地从医院里走出来，或者在摇晃的电车上瞌睡，那个小女孩抱着毛绒玩具，胆怯地躲避人们的目光。求医的同时，我们想了很多医学之外的办法，比如，带她到曾经藏身的山窝玩耍；买来科普卡片，告诉她什么是自然现象、下雨和河流是怎么回事，它们本质上跟美丽的雪花一样；为了让女儿开口说话，我们带她到县城最繁华的商场，告诉她，这里全是为她准备的礼物，随便挑选，哪怕是很多的小熊，她摇摇头，把那只脏成一团糟的小熊搂紧，怕我们夺去。

一切都无济于事。

日复一日，我们花光了积蓄，我和老婆就要崩溃了。

那段时间，藏孤村极不平静，似乎家家有件难对付的事情。来仔儿死后没出两月，村里接连死了三位老人。唢呐和白幡一再提醒人们，死神并未远去，仍然徘徊在山村，伺机下手。乡里县里都来了工作队，穿着白衣，一遍遍地喷洒消毒剂。有一种说法，风声渐起：藏孤村得罪了一位舍剪刀的人。据认出他的老人讲，三十年前，他便是现在这副中年模样，头戴本地罕见的竹编斗笠，担挑两头尖尖，一只拨浪鼓挂在胸前。他的担子里全是剪刀，非常锋利，都不要现钱。"等你们三人抬了两人走的时候，我来收钱。"他说。很多人拿了他的剪刀。三十年后盛夏的午后，纳凉的人忽然发现，他出现在藏孤村的青石板路上。他来收三十年前的剪刀钱。有人不记得这回事情，有人已死去多年。他没有收回几块钱。有人拿起他担子中的剪刀，试了试，异常锋利，问他多少钱？"金不换银不换，等农民不种地、满街红毛鬼的时候，我来收钱。"他留下剪刀，走了。恐惧持续笼罩在藏孤人头顶。家家看得很紧，仍不能避免老人和孩子接连病倒。

大家对此毫无办法。第一个向死神发出挑战号令的，是九十六岁的文昌爷。其时，文昌爷的曾孙——程大毛三岁的儿子，躺在县医院的传染病房，即将死去。立冬之后的一个早晨。文昌爷坐在红木圈椅里，命令儿孙抬着，在村里巡行一番，他召集所有人汇聚到河滩。大家看着他寒风中飘零的白胡须，心怀一线希望。文昌爷不厌其烦地讲着祖先藏孤的故事。因为悲伤与恐惧，大家的耐性有所损耗，有个人摊开揪头发的手，展示他每时每刻都在掉落的毛发，希望文昌爷少说废话。文昌爷要大家少安勿躁，讲述了祖先托给他的梦。祖先在梦里指导他的子孙，把所有私念都放下，因为那是错误的、狭隘的。"贪嗔的欲壑，阻遏了福气的降临——"文昌爷嘶哑地向苍穹呼喊。他要求每一个藏孤子孙，找一个曾经或现在的仇人忏悔，"给他钱花，为他效力，浩然之气必将冲散阴霾。"文昌爷的嘶喊，被大家的笑声湮没。

当晚，程大毛的儿子死了。

我们抹着泪，听着隔壁的哭号，忧心忡忡地看着女儿。她缩在墙角，默默地跟小熊玩。

良久，我老婆叹息一声，去了里屋。我听到了整理梳妆匣的声音。她攥着一把零钱出来，在灯光下数了几遍，八十二元五角，我们的全部，"都给他吧，咱还有两袋玉米、一瓮谷子。"她说。我沉默，坐着没动。在这个冬天，我不知道，我能做些什么。我的身体里，有一株荆棘疯长，我压制着，生怕它刺穿额头，铮铮而出。"看在来仔儿的份上，都给他吧，"她又说了一遍，"即便我们的女儿，也像隔壁……"我被荆棘刺痛了，披了件棉衣，出门，走过干枯的河床，在坟墓一样的黑房子前，驻足，把钱丢在窗台上，捡了一块石片压住。我不想走进宋大个儿的家。我能听到咯嘣、咯嘣、咯嘣的脆响。

好多次，晚上，我一个人，蹴在檐下，注视着屋前的枣树。它虬曲的枝杈在寒风中呜呜作响。我不知道世界上有没有幸福的人，有没有一个地方，不存在疾病死亡、不存在恐惧忧伤。如果有，我想找到它，跟幸福的人说说话，而不是不幸的人相互倾诉来增加不幸。我想象，离藏孤村很远的平原，有一座快乐的城堡，人们没有任何苦恼，永远在欢笑。我相信，如果没有这种想象，世界会被像我这样的人毁灭很多次。

一个晴朗的冬日，我推出快散架的自行车，拭去灰尘，将女儿抱上前梁。一路缓坡，一路摇响铃铛，五十多里，我只蹬了不足一个时辰。我们在县城大街小巷转悠。我不停向女儿介绍我了解的城市，大部分是想象。经过几番打听，我终于找到了一家幼儿园。我将女儿抱下车，拉着她的手，隔着栅栏看。

那边，孩子们在草地上嬉戏，活泼健康。一位长发飘飘的女孩子，指导他们玩耍。他们分成两拨，一拨扮演爸爸妈妈，一拨是不听话的孩子。家长们忙于生计，织毛衣、炒菜、开火车、拍皮球，——孩子们依照心中所愿，选择了喜欢的职业。一个跟我女儿一样，留着羊角辫的女孩儿，翘着小屁股，做出手握方向盘的样子，跑过来跑过去。他们的孩子，挑食、赌气、哭闹、在课堂上吃饼干、泥土里打滚，都很不听话。"大人们"停下手里的活儿，一筹莫展，对平常自己的样子不知所措。年轻老师用一个听诊器帮助他们，将它放在他们胸口，听到了他们内心的话，很快解决了所有问题。孩子们围成圈，拍着手跳舞，一块儿唱：不打不骂好爸爸，不哭不闹好娃娃，只要认真想办法，人人都是向阳花。我看着他们，身体暖融融的。

低头看我女儿，正在枯萎。

她注意到我的异样，腾出抱小熊的一只手，紧张地拽着自行车后座上的绳索，怯怯的眼神，委屈而警惕。

"想进去吗？宝贝，上幼儿园？跟他们一起做游戏？"我摸她的头，问她。好像我能做到一样。

女儿不说话，眼睛骤然亮了一霎，抬头看看我，又黯然低头。小熊维尼在她手中翻来覆去，忧郁不安。显然，她不再信任我了。

幼儿园的孩子发现了我们，朝这边指点。我不想让人知道女儿生病了，把她抱上车梁，回家。一路上，我想，没有哪个高明的医生比我了解她。这是他们无法治愈的根本原因。女儿不再信任我了。这不怪她。现在，藏孤遗民几乎都是如此，洪水搞得彼此缺乏信任了，不相信自己之外的任何人和事物了，包括曾经灵验的祖先。相反，人们脾气变得暴躁，常埋怨目前的困境是别人造成的。多年的街坊因此结了仇隙，曾经的亲友渐渐疏远。一些人，曲解了文昌爷的意思，给予别人巨大伤害之后，主动付出一点点补偿，以避免招来厄运。三婶儿的儿子把人打伤后，很痛快地摔下一百元钱，扬长而去。我老婆，在北风呼啸的早晨，发现一篮鸡蛋，放在家门口的石板上。她不明白真相，被这篮鸡蛋感动了。我没有戳穿善良的虚弱。

应当说，洪水打乱了村庄的节奏，人们的许多习惯发生了改变。相形之下，原本离群索居的宋大个儿，老婆死后，得到了全村人善良的关照。——"善良"是个耐人寻味的词。这得益于三婶儿的鼓动、村主任的号召。更主要的，人们在帮助他的过程中，体验到了熟悉而自信的愉悦感觉。这是洪水之前的感觉。帮助宋大个儿修盖倒塌的房屋时，有些人干着活就走了神儿，他们都说，恍惚觉得这场景以前出现过一样。

我开始琢磨"善良"这个词儿。

那天下午，我自行车带着女儿，回到村子时，看见宋大个儿在修葺河畔的小路。他匆匆跟我摆了一下手，便又埋头干活儿。那段时间，宋大个儿一有时间，便修一条连通两岸的小路。我骑车往前走，又看到了远村的六婆，我已故朋友志生的母亲。她早年丧夫后，学会了养活儿子们的巫术。她瘪着腮帮吸烟，告诉我，遭到洪水袭击后，藏孤遗民生活很别扭，难受极了，想恢复到以前的样子，可是不那么容易，便又请来了她，希望，她再次接通祖先的灵魂，解开藏孤村走向没落的原委，让藏孤村重归吉祥安宁。

6

月亮上来后，六婆让人在河边点燃篝火，两班吹鼓手轮番上阵，精通巫术的六婆绕着冲天大火，边唱边跳，她衰老的身体仿佛上了发条，怪异的动作层出不穷。没有人觉得可笑，大家都跪拜在篝火外圈，虔诚地期待结果。干草屑、纸钱、白幡碎片，凭空而起。似乎风与火之间，出现了很多死去的人，蹦跳着，和生者一起祈祷村庄的未来。舞蹈之后，六婆和祖先进行了漫长的交谈。祖先沉厚的嗓音，令子孙们伏地叩首。河床上尖硬的石头，硌疼了大家的膝盖。很多人双股战栗，却不敢挪动。许久，等候多时的白酒和鸡冠血，才派上用场。六婆将鸡血弹向四方虚空。祖先享用了一碗白酒。篝火噼卜爆响，烈焰直冲夜空。一直扑腾的公鸡挣脱束缚，带着冠子上的伤口，呼啦啦飞过人群头顶，隐没在人们视野尽头。六婆叮咛大家，仔细寻找，它的飞逃，暗合祖先授意。大家打着火把，找遍了河滩，未见其踪。它奇怪地消失了。送走祖先的六婆已很疲惫。从她严峻的神色可以看出，事态很严重。祖先跟她聊天时，抑制不住内心的失落。他告诉六婆，如果子孙不思悔过，再造恶业，还会受到惩罚。"灾难还将降临。"人们惴惴不安地接受了告诫，仔细搜寻公鸡的影踪。终于在河对岸，黑房子前，发现了几滴公鸡血迹。

"它给收魂人做了记号。"六婆说。

从那晚开始，藏孤村流传一个说法：收魂的人已经出现。他来到藏孤村，要收十个小孩儿的魂。有人言之凿凿，说在河对岸找公鸡的时候，曾听到阴暗的土坯房里，传出骨头碎裂的声音。"那是宋大个儿，咀嚼亡人的灵魂。"这个说法不胫而走。

巨大的恐慌袭击了藏孤村。大家对宋大个儿，由嫌憎、畏惧，转成了仇恨。不得已，人们总是把孩子置于眼皮底下。宋大个儿对此一无所知，在河对岸过着正常的离群索居的生活，闲暇时，忙于修路，看得出，他想赶在春季河汛前，搭一座简便的桥。三婶儿起初还为本家侄儿辩白：他整天窝在河那边，不跟人照面，怎么会呢？懂行的人解释，他总在夜里收魂，人们睡着后，他才背着口袋，潜出黑屋，来到人家窗户外面，伸伸腰，拿出收魂铃铛，念叨小孩名字。人们都这么说。三婶儿将信将疑。后来，她教大家躲避侄儿的方法：养狗、点长明灯、将小孩藏柜子里。试过的人说，没用的，晚上总能听到噗嗒噗嗒的脚步声，整夜绕着房子转。

人们被这事弄得疲惫不堪，白天见面，总打着呵欠。

"实在不行，就把孩子藏到后山，像祖先做的那样。"大家不约而同想到这个办法。

然而天寒地冻的，这么做真有点困难。万一把孩子冻坏咋办？事情越来越糟，眼看宋大个儿把路修好了，正在河床上搭桥呢。大伙都挺着急，好像恐怖的铃铛声正步步逼近。终于有胆大的人，趁宋大个儿休息的时候，毁掉了他的劳动成果。次日，宋大个儿只得从头开始劳作。修修拆拆，那座桥便始终没有搭起来。

然而，并不等于恐惧不存在。村子里总有人在生病。穿白衣的人，隔一段时间，还会来，没完没了地喷洒消毒剂。有人已做好了鱼死网破的准备。也有些人看不下去，觉得大家过分了，兴许没有那回事呢。"那是你没遇上，遇上就不这么说啦。"这些人遭到了恐吓，"你把宋大个儿请家里坐坐？"没人敢这么做。人人热爱自己的家庭。

事情总有了结的一天。有几个孩子同时发起了高烧。日夜有人把守在宋大个儿可能出现的路上。宋大个儿和阻拦他进村的人吵架，他不承认自己明目张胆地来收魂。他说他要去井边挑水。人们把他的扁担折断，水桶砸扁。他本人捂着流血的额头，逃回了黑屋子。

当晚，一个九岁的男孩死了。

他做木匠的父亲摸着他的脸，把他最爱吃的奶糖放他嘴跟前，然后拎着木匠斧子出去了，人们醒悟过来，也找到趁手的家伙，跟着出去了。

这些事过去很久了，人们仍津津乐道。我认为是愚蠢的。世界生点病，是正常的；我们习惯于活在正常中，是不正常的。如果每个人完成一次正确的事情，世界就会向健康靠拢一点点。我带女儿参观了城里幼儿园之后，觉得，世界上如果有人能治好我女儿的病，这个人只能是我。那个冬天，我沉浸于做游戏的快乐当中。每天躺在被窝里，我便设计好了第二天跟女儿做的游戏。我设计每一个细节，包括游戏台词、动作、可能涉及的生活道具、女儿应当出现的反应，或出现意外反应后如何处理。我想得很仔细，很快乐。女儿也开始快乐，在游戏中重新学会了笑，这说明，她放松了对生活的戒备。

那天，我老婆慌张地从外面回来，我正跟女儿玩"小老鼠数蚕豆"的游戏。我装作一只老鼠，反反复复地数数，随着节拍，女儿小脑瓜有节奏地摆来摆去，虽然不说话，但我知道，那些话蚕豆一样在她身体里蹦来蹦去，总有一天会蹦出来，发出叮叮当当欢乐的声音。

我老婆紧张地跟我讲述村里发生的事情，讲那位父亲怎样摸儿子渐渐冰凉的脸，怎样剥了糖纸，在不再张开的嘴边蹭来蹭去，然后带领人们，拿着各式凶器，去与死神战斗。宋大个儿已不见踪影，他们没找见他，只好把他的房子坍倒，包括不久前，他帮忙修建的那间。

"一定有人通风报信。"我老婆说。

"小老鼠被弄糊涂了。"我刮了下女儿的鼻子，重新数数。

这就是那个冬天的事情。

转年春天，穿白衣的人最后喷了一遍消毒液，便不再来了。他们说，疫情得到了有效控制。

7

清凉的黎明，我在惊蛰的雷声里醒来。

窗户外面，白气濡湿，四下洇散，玻璃上流下行行水渍。我从枕头下摸出劣质香烟，点燃。女儿生病后，我在很短时间内，学会了吸烟。此刻，她们还在酣睡。小熊偎在女儿臂弯里。我的世界在雷声里摇晃着，许多熟悉的东西漂浮在土炕周围，发出微薄的光芒。曾经在那里，女儿欢乐地尖声说笑，羊角辫蹦来蹦去；我老婆温情地看着我们，一边擦拭她的梳妆匣。那些曾经快乐的场景，在黎明的小屋里跳动着。

现实渐趋清晰，梦境尚未远去。幼年开始，一个衰老的身影，便时常走入我的梦境：我持着鞭儿，看着他疾步如飞，行走在我熟悉的山梁。哭啼的婴儿，趴在他汗水漓淋的背上。我的羊群散落在道路两旁。他从我眼前飘过，容颜模糊，像一团雾气。留在记忆中的，只有一丛抖动的白胡须。这种模糊的影像，一遍遍地呈现在梦境与现实之间，为我构造了一个模糊的生命轮廓。我相信，每个人有不同的记忆与梦想，潜藏在各自的意识深处。这就是人们在不经意间，常有意料之外言行的缘故。

雷声隐隐，在那个清凉的早晨，我蹑手蹑脚，起身来到院内，想看一眼经历过死神威胁的土地。在枣树下面，我发现许多鼓起的小土包，成群的蚂蚁、天牛和蝼蛄的幼虫钻出巢穴，天刚微明，便劳劳碌碌，行走于大地，寻找食物或成为食物。世界的食物链被它们唤醒。可以想象，许多生命从链条上跌落，无声无息，魂归浊泥；许多生命躲过一次次浩劫，幸运地感受姗姗来迟、终究还是来到的春天。我感到，蛰伏体内的躁动在苏醒。我用一支烟的时间，设想着属于今天的游戏。

我期盼有一天，游戏和生活在女儿心里重叠。即便不能，女儿也可以一辈子生活在游戏中，快乐着。我希望如此。

不知谁家的公鸡，跳到半截墙上，踱步，像电视中戴高顶礼帽的绅士。墙头的沙土瑟瑟而落。我的墙垒了一半，因为太多烦扰，没有进行下去。我听到墙外面有人训斥牲灵，稍远处，一台拖拉机不肯轻易启动，响响停停，我能想象它主人气急败坏的样子。播种时节，藏孤遗民开始了新的生活。作为幸存者，他们不可能像死去的亲人那样不再吃饭。河洼的冰碴儿还未全部融化，人们已开始着手展开一年的生活了，打磨生锈的农具、往地里送攒了一冬的粪便、购置种子和化肥。曾经勒过棺木的绳索，又套在驾辕的牲口身上，或者帮主人背回种子柴火；挖过墓穴、掩埋过亲人的铁锹镢头，复成为真正的农具。生活就是这样。没有一片羽毛、一丝光线，可以停留在过去。人们像生活在传送带上，很快被投送到未知的事情里面。

天色明朗，薄雾渐散，继之而起的，是家家屋顶上竖起的炊烟。我家烟囱里的青烟，很快跟邻居家的融汇一起。我知道我老婆起来了，做好早饭后，她该去出工了。不是我们家的地，她在帮来仔儿犁地。人死了，她不想让那块地荒了，地长满荒草，感觉，那人就彻底死了。"你猜怎么着,她的手套还搭在一把木犁上。"这几天,她总唠叨这句话。

果然,我刚返回屋,她从灶口折起身,揉着烟迷了的眼,第一句话就是:"可怜见的,你猜怎么着,一进她的地,就看到木犁直撅撅插土里,她的手套搭在上面,风吹得一起一落。"

屋里,水气和炊烟混杂着,让人的情绪也湿黏黏的。

我抚摸酣睡的女儿,说:"我想了一个新游戏。"

"两只手套一前一后,像是扶着犁地呢。可怜见的,这样子了,还在地里受了一冬。"

她揉揉眼,麻利地铺开炕桌,准备叫醒女儿。女儿睡相周正,像个聪明的孩子。她的小枕头夹在两只大枕头中间。两只绣鸳鸯的大枕头,很久没有挨在一起了。感觉,在山窝里挨过那一晚之后,世界增添了许多隔阂。

实际上,游戏从女儿睁开眼的那一刻,便开始了。

"吃完早饭——拌汤、糖汁、稀饭,之后,我们要到外面去。"我对女儿说。

女儿在游戏中有所好转后,我们趁机准备了一些流食,供女儿选择。通过努力,女儿渐渐克服了对液体的恐惧。女儿吃早饭时,我把科普卡片铺开,将大海、湖泊、河流都展现在她面前,告诉她,它们各有不同的味道,跟碗里的东西一样,是很多动物,比如小熊、小鱼,还有小虾的食物。女儿似懂非懂,不情愿又听话地呅吸流食。很长时间以来,我们的每一天都这样开始,许多早晨来我家串门的人,见过这样的情景。

正是上午十来点钟,光线中闪动着蒸腾而起的地气,田野中忙碌的人影都轮廓模糊,好像融化在光与气里了。我拉着女儿的手,踩过青石板,走过黄土埂,向那些濡湿的灰色人影走去。女儿胳膊弯里挎着一只小篮，小篮里盛着小熊和一些纸船。那是"送给妈妈的信"。我们今天的游戏。

"亲不亲黄土沟吗"，我说，"不是没法儿，谁愿意离家浪荡呢?"

"他离家这么久，一定很想妈妈哦，"我说，"我们把船放灌水渠里，它一路漂回去，妈妈就看到啦。"

女儿一言不发，小手心里满是汗。我知道她正激动着。

"小熊妈妈高兴坏啦。"我大笑。

我拉着她向灌渠走，这几天是放水的日子，我知道那里面水很多。我走在游戏里，她迈着小碎步紧跟我，好几次差点绊倒。我紧握她的手，心里发誓，不能让她再受了丁点伤害了。我不允许那样。

刚听到水声我便跳跃起来，"看到了吧，这就是装在渠里的河。"

我夸张地跳跃叫喊，在渠边湿土里连翻了几个跟头，"快，孩子，快来看，靠近点……它能带去小熊给妈妈的信。"

我得设法让女儿相信我的话。我指着浑浊的水面喊："这里有条鱼，快来看，靠近点……"

女儿双手搂紧篮儿，远远地站在渠畔，看着肮脏的浑水像要哭出来的样子。

我折了根树枝疯狂抽打水面，"好大的鱼，那么长那么肥。"

女儿终于哭出声来。我看到她的眼神在向我祈求，我没有理她，坚持跑着抽打水面，"它跑不了的，我们快抓住它了。"

有那么一会儿，我故意跑远一程，远远窥见女儿无助地蹲下身抽咽。我挽起裤管，做出要下水捉鱼的样子，事实上我很害怕，这儿的水有一丈多深。听到女儿尖叫一声后我跑回来告诉她："这里面鱼太多了，还有青蛙，不如我们不放船了，最好换个地方。"

看得出女儿有点失望。

这符合游戏。我可以拉着她沿渠埂走下去了，不时向她指点着漂浮在水面上毫无意义的东西。

算来在水边待的时间够长了，是以前没有过的。

在柳林拐弯处，她停下来，指点给我看。一棵老柳将半个身子探到渠里。我笑着称赞她，再没有比这儿好的地方了，"在这儿放船给小熊妈妈，是吗？"

她点点头。

我们将小船一只只放水里，看它们顺水漂流，被杂物绊住时，女儿抱着柳树，腾出手划水给它们鼓劲。这情形是洪水之后没有过的。她不知道我有多高兴。在我潮湿的心里，那些小船，劈波斩浪，漂向女儿的未来。尽管她依然在游戏中未曾开口，我心里却回响着属于我们的对话。"爸爸！"她在我心里一直开心地叫着。

看看到晌午了，该是收场的时候了。我起身，听到身体里一声骨节轻快的脆响。头顶的阳光一圈圈地在我们周围扩散，碰到浑浊的水面便碎裂开来，白沫儿和污秽荡漾到渠两边，黄色的水涡顺畅而下。"回吧，宝贝，今天可以结束了。"

女儿凝神不动。她的一只脚已淌在水里。

我拉她。她指着远处的水，嘴巴张开。我不知道她想表达什么。

水面浑浊依旧，那些小船已看不见了，也许漂远了，也许沉到了水底，对我而言这没有区别。我仔细看着水流，渐渐看清一个起伏的黄色斑点。"那是什么？"我回头看一眼女儿，发现她的小篮儿不见了。

"维尼，小熊维尼。"我尖叫出来。

我拉女儿上了渠埂，追上去。柳编小篮已无踪影，光剩下毛绒玩具在水里起起伏伏。我很着急，女儿这时候反倒异常安静，面目苍白呆滞，一副死神降至、一切灰飞烟灭的表情。瞬间，我恍惚看到那个黑沉沉的洪水之夜。我着慌了，冲她喊："没事的，宝贝别怕，我们很安全。"说着话我撅了根长柳枝，我用树枝勾小熊时，适得其反，它沉到水里，看不见了。我搓着两手，没有办法。如果我是一条鱼就好了，我脑子里浮起一个念头，"女儿不再信任我了。"

这是件令我恐惧的事。很久了，我所努力的，正是得到女儿的信任，取而代之小熊维尼。眼下我却在失去所得，我好像看到女儿在水里挣扎、下沉。没有时间考虑了，尽管水有三米多深，可是说不定我跳下去便会水呢。跳到水里时，我听到女儿在我心里叫着："爸爸……"

我感觉到了柔软的力量，水很快让我意识到，我不可能找到小熊了，我的处境比它还要糟，我正像石头一样下沉。那一瞬息，我明白了一件事，我十三岁帮父亲放羊时，发现了那个可以藏身的地方，我曾觉得那是藏孤祖先留给我们的，一有危险，就应该往那里躲。而事实上，真正的危险，来自内心，是躲藏不掉的。

我听到女儿在叫着："爸爸……"

"爸爸……"女儿的声音仿佛从遥远的地方传来。我听到了：

"你快上来，爸爸，我不要小熊了，爸爸……"

如果这是真的，将是这个春天，我得到的最好的礼物。

我想我可以死掉了。

8

事情过去很多天之后，我反复对老婆说，你再告诉我一次，这是真实的，好吗？

我用了很久时间，来确定事情的真实性。

那天我不知道是怎么回事，不知道自己是怎么回到岸上的。然而千真万确，女儿在哭着跟我说话：

"爸爸，你别藏起来，我怕……"

我像舔舐伤口一样，抱着女儿，亲干了她的泪水。"宝贝，没事了，"我对她说，"妈妈收到了维尼的信。"

我痛快淋漓地哭了一场，然后搂着女儿，像电视中看到的袋鼠一样，在高低不平的田野上狂奔。风在耳边响着。我几乎是冲锋陷阵地来到干活的人们跟前。

我把女儿架脖子上，得意地炫耀："宝贝儿，叫爸爸。"

"爸爸。"女儿脆生生地喊，铃铛一样响亮悦耳。

人们欢腾开了。我老婆从另一块田里跑了过来。

"宝贝儿，叫妈妈。"

"妈妈……"

女儿甜丝丝的声音让我老婆涕泪交加。她搂过女儿去亲个不够。

有人问我："书呆子，你家伶俐娃咋回来的？"

我说："事实上，是我不知道咋回到女儿身边的。"

我们沉浸在突然来到的幸福里。出工的队伍里，我看到几位丧子母亲的身影，用围巾裹着脸，但从她们的眼睛里可以看出，不管愿不愿意，她们已接纳了丧子的现实。那位死去儿子的木匠，趁大伙喜悦的时候，跟身旁的妇女调笑起来，妇女们协力反击，将木匠的裤带抽了下去。人们哄笑中，我老婆要我扛上木犁，"我们回家。"她说。

回家的路上，女儿不停在我俩怀里轮换，甜嘴巴关不住了。

幸福一直持续到晚上，安抚女儿睡着后，我老婆把两只鸳鸯枕头靠在一起。像鲜汁与陈酿的勾兑。这是洪水之后，我们第一次做爱。

安静之后，她躺在我臂弯里，不厌其烦地柔声描述，今年我们家应当出现的情景：院墙尽快垒起来，要用白灰勾出砖缝，墙脚买点水泥抹成光面，废弃多年的羊圈要修葺好，院子东南角卧几头肥猪，鸡笼要扩大面积，它们的粪便沤在西墙外面，玉米收茬后，请乡里农科干部设计个大棚，菜畦除了往年的规划，再引进一些草莓和葡萄，如果可能，年底购置电脑和摩托……

在她的描述中我昏昏欲睡，她睡着后，我又醒来。我仔细想着今去来昔的诸多事情。不管过程如何，不管最后怎样，正像白衣人所说，眼下藏孤村得到了有效控制。舍剪刀的人一去无影踪，再来，不知何今年月。附体的收魂人也被大伙赶跑了——最好永远不再出现。许多过去习惯了的、从藏孤遗民脑子里溜掉的事物，在外面浪荡一圈儿，又钻了回去。劳劳碌碌中，藏孤遗民找到了从前的感觉。

这是很重要的。

9

幸福似乎未经敲门便进来了。女儿转好头几天，我老婆每天在鸡鸣前，便哼着歌清扫屋子，把家具电器擦得锃亮，黑漆彩画的梳妆匣隔几天便换身新衣服。女儿打开话匣子后，收拾不住了，嘴巴抹蜜，除了逗人高兴，慢慢地学会了狡辩和跟我拌嘴，整天缠着要我跟她做游戏，我很烦，给她小屁股一巴掌后，心底上会泛起一股子舒畅，有时候觉得，这样慢待曾经梦寐以求的，很是奢侈。

在蹦蹦跳跳的日子里，我戒了烟，重新把闲情放在书本上。我能感觉到，人们对我不再那么轻蔑，那些杂乱堆积的书籍，让他们感到神秘与敬畏。曾有人央求了我一个下午，他指着我身后落满灰尘的书堆，表示不相信我能治好女儿却治不了他的风湿。

不单我们家，藏孤村整体精神勃发。进城打工的人越来越多，不断有新鲜事物走进村庄和人们的头脑。隔三岔五，县里乡里会来一些干部，带给我们一拨又一拨希望，印象最深的，是从西伯利亚空运来的小尾寒羊、穿越大西洋到这里安家的长脖火鸡，尽管最后，它们大多客死异国他乡，却着实让山村喧闹儿番，藏孤遗民算是开了眼，有一回，干部们带来几个碧眼高鼻的洋人，他们打算把这里变成澳洲蝎基地，后来因口蹄疫流行而作罢，但他们带的蝎种留了下来，我们这儿因此出了位养蝎专业户。去年年底，乡里搞了个富豪排行，养蝎专业户顺利入选，他风光地成为我们村从城里开回汽车、染回性病的第一人。很多思路活泛的人纷纷效仿，并且有所突破，我们村陆续有人养起了蚯蚓、蝇蛆、土鳖，最近有人从南方学会了养蛇的技术，咝咝响的蛇群再次落户山村，很多人去看，大家觉得这一切都很自然，没有什么不妥。

曾有一个冒失的人，偶然提及几年前，滹沱河对岸曾有过一个养殖场，大家都沉默了片刻，然后谈论起节气和别的事情。

新的欲求不断产生。我们家的房子很快落伍了，在周围拔地而起的新房俯瞰下，它显得寒酸卑微。我老婆常在我想做爱的时候，趁机向我灌输可能有用的致富信息，让我感到，我们处在一场没完没了的挣钱竞赛当中。每个人都想赢。每个人都不知道终点在哪里。

女儿没有上过幼儿园，令我愧疚了几年，她二年级的时候，我费力将她送到了县城小学。我开始像大多数城里人那样，每天骑着摩托，接送孩子上下学。我风驰电掣地驶在城乡公路上，电线杆和路旁景物鳞次退后，常有陌生的水泥建筑突兀闪过，让我在瞬间感到迷茫，有那么几回，我产生了错觉，以为这不是那条熟悉的砂土路，隐在山凹的，不是我们藏孤村。我似乎走在别人的路上，感到周围的一切，像游戏场景那样不真实。

对新生活感到失望的人不多，文昌爷算是异类了，"滚，滚，害人的东西。"在生命最后时光，已陷混沌状态的他常冷不丁冒出这一句。这时候，守在一旁的程大毛便难为情地向人解释："爷说的是手机和电脑之类，爷对这些持反对态度，爷觉得层出不穷的新奇事物，实质是人们贪得无厌的表现，不算进步，爷说是堕落。"

文昌爷咽气时，很费力、很清晰地吐出四个字："祖先……藏孤……"

很少有人谈论多年前那场不大的洪水了，即便谈起，我想，也是一片轻盈的回忆，没有人费心思忖，它淹没了什么，改变了什么，冲走了什么，留下些什么？时光机器的传送带将人们运到一个又一个新的领域，同一片土地上，显示清晰内容的，永远是当下的印记。

有时候我看着院中的枣树，杞人忧天地想象，再来一场洪水会怎样？如果可以重回旧时光，人们会怎样度过？常常是，我还没有想出头绪，便被一些琐碎的事情唤回。

这一次，我被两个女人的吵架惊扰。程大毛的胖老婆在隔墙那边，冒出半个肥身子来，叉着粗腰向我家叱责什么。她乱发杂散，眼泡虚肿，像刚起来未及梳洗便投入了战斗。我猜她是站在高凳子上，居高临下，大嗓门儿砸下："呀呸！把你个不普通的外路货，啥球的路数。俺？"

炊烟四散，我老婆在墙角做早饭，拿把蒲扇，向炉口扇风，一下一下，慢条斯理，对攻击不闻不问。她就是这路数。天气暖和后，她在院角砌了个泥炉，这样，屋里就不那么热得难受了。因为夜露湿了秸秆，不容易燃着，我老婆费了些功夫，尽量以最小的代价对付一顿饭。青烟弥漫，她不时咳嗽几声。

没有得到响应，大毛媳妇只好继续进攻。

我听清了，我们家的炉子靠着两家隔墙，青烟和柴灰越界过去，污染了邻家。大毛媳妇见我走过去，喊："叫众人来看看，我胡说哩？俺？将将洗的床单，白咯丝丝的，就尽是黑毛，俺？不是一回两回一天两天了，连个屁也不放，俺？啥球的做法！啥球的人家！破房烂院的，活该！"

我老婆递给我一把小葱，让我去洗干净。她说："把黄斑一点点掐净，泥倒不打紧。今年的菜籽有问题。你看，一拃高的东西尽说法。"

我被支到水管子旁，弄了半个时辰。大毛媳妇渐渐气势小了。我听见我老婆这时候说："妹子，我家饭好了，过来吃吃，当心闪下去，你那肚子可金贵着哩。"

自失了儿子后，大毛媳妇再没开怀。大毛两口子看了不少中医西医，无济于事。

"旦旦可是个乖娃，我常念想哩。"我老婆继续说。我推搡她进屋，瞅见大毛媳妇眼圈红了。

"妹子，家穷不算穷，人穷到老空，"我老婆说，"大毛可是个本事人，县城里有买卖……"我忙把她拉进屋子。

村里人都知道，大毛在城里做买卖，养着个二十出头的女人。

墙那头偃旗息鼓了。我老婆笑着招呼过礼拜的女儿起床吃饭。我怨她何必话头子伤人。她笑着说："你当她为这个，啥柴灰黑毛的？她是为那一尺宽的地垄。"

这倒是事实，开春时分，县乡的领导到我们这儿做了工作，说一个大老板相中了我们的土地，要建个啥企业，总之很隆重很难得的样子，占谁家的地，给谁家钱，这还不算，最诱惑农民的，谁家幸运地失去够指标的土地，就给你转市户，让你在企业上班。这对五十六户人家的藏孤村来说，是大事，很多人盼着早点失去土地，越多越好。文昌爷听到这件事后，一命呜呼了。程大毛家和我家的地挨着，量过来量过去，把中间的地垄算给谁，谁家就达到了那幸运的数字。因此，我们两家较上了劲。

"吃罢饭，你去隔墙一趟。"我老婆说，"思来想去，把地垄让给他们吧。"

我给女儿夹一筷子咸菜，劝她别挑肥拣瘦，再过两月十岁生日就到了，到时想吃啥吃啥。

我老婆说："风光不在衣鲜，她苦哩。"

上午我从程大毛家回来时，看到女儿在跟羊说话。它是女儿缠着我从别人家抱回来的。那时小羊羔刚出生不久，柔软的卷曲白毛，闪着绸缎般光泽，像一首阳光里的童谣。女儿一见，喜欢得不得了。把走不利落的它抱回家后，女儿见天给它挖草、捋树叶，沾水梳理皮毛。"不许挑肥拣瘦哦。"女儿学着我的口气，把树叶子递到羊嘴边。小羊启动下颌，嚼了几下，便摆头要放弃。女儿拽住它的胡须，咯咯笑着。她身后，是我家的菜畦，小葱浓郁，蒜苗青绿，豆荚正在爬秧。"爸爸陪你去河滩放羊，那里有它爱吃的鲜草，甜苣、猪耳朵，还有紫花苜蓿。"我说。

我觉得，我们今天做的决定，对女儿是个损失。

日渐当头，热风滚动，河滩上看不见人影。我们把小羊的绳子解掉，任它自由觅食。很久没有跟女儿出来玩了，看得出，她很高兴，叫着在草丛间跑来蹦去，马尾辫在脑后跳跃摇摆，不一会儿，采了一把蒲公英花送给我，然后跑到河边去拣好看的石头了。水声清脆舒缓，缕缕白烟在河面上浮荡。空气里飘浮着水草的腥味。我脱掉汗衫，靠了块光滑的大青石躺下。眼前，青草和沙石相间，顺着河流走势铺开，直到视线尽头，被一座山丘挡住。再没有别人了，整个河床是我们的，我衔了根狗尾草，闭眼享受惬意时刻。羊羔在不远处咩叫。

"爸爸，我看到小鱼啦。"女儿欢笑。

"小心点，别让水猴子拉走。"我懒洋洋地说。

"我才不怕呢。"女儿咯咯笑着。传来她溅水花的声音。

"说真的，宝贝，你生日想要什么礼物？"我逗她，"毛绒小熊吗？"

"才不呢。"

"新书包怎么样？"

"不要。"

"那你想要什么，该不会是自行车吧？"说实话，我愿意给她。我还没有从让出地垄的事儿里缓过劲来。

女儿咯咯地笑："不要，爸爸，我早想好啦。"

"什么？"我坐起来，"说来听听。"

远处，顺着河湾移动着一个人影。模糊的光晕在人影周围晃动。

女儿笑着跑过来，很认真地跟我说："爸爸，我要你再想一个游戏。想一个从来没有过的游戏。"

人影越来越近，渐渐能看清他戴着草帽，身后跟着一条狗。

"不像是咱们村的人。"我指着那人说。

10

他拉紧狗绳，喝止它冲小羊狂吠。"悄悄儿哇，看把你高兴的。"他说。

那是一头纯种狼犬，体形硕大，耳朵尖刀一样。看我注意他的狗，他说："我在吉庄买的，买时才这么点儿。"他用两根手指比画了一下。

"这种狗我见过，德国黑背，县城狗市上，一条这东西好几千了。"

"那不算贵的，我伺候的老板有条狗，才一拃来长，上了万了。"

"唉，图甚了？"我问，"吉庄在哪儿？"

"在一片儿岛上，周围全是水，"他递过来一根烟，我拒绝了。

"那几年没人去，现在上岛得花二百块，租个快艇。你得按紧帽子坐好，当心海风闪了你。"

"快艇我见过，翘起头，用屁股犁开水线，快得很。"

"就是，水蛇似的。初坐还怕了。不过是，人就图个这，越怕越有人坐。"

"要不说人是贱的、东西是贵的。"

"是了，东西越来越贵，楼房一天一个价。就那还排队抢号呢。"

"嗯，我见过，电视上甚也有。咱村儿去年装了有线，"我注意到他在打量我女儿，将她拉紧，继续淡淡地说，"效果不好，茶贵。大部分人家还用锅盖。"

德国狗吠了会儿，腻烦了，吐出红舌头喘息，转着圈儿嗅来嗅去。狗绳在他左右手间不断轮换。晌午的日头火辣，汗水不停往出冒，我忍着那种湿黏黏的难受。

"娃儿都这么大了。"短暂沉默后，他从背包里摸出两包干脆面和几粒糖豆，给我女儿。我一再拒绝。他有点恼火："你还是老样子！"

女儿看我一眼，接住了零食。他摸了下女儿的马尾辫儿。

"我老远就认出你了。"他说。

"我也是。"

"人不亲土亲哩。"他说。

"你咋把它带回来的，"我指着狼狗，"路上没人管？"

"我包了辆车。"他重新背上包，示意我们一块儿进村。

"你先走，"我说，"羊还没吃好呢。"

他走了几步，甩下一句话："这河滩，乱糟糟的没人修。"

"这次回来，不走了？"我冲他背影喊。

"不走了。"他远远地回应。

空气闷热，我被不停滋生的汗水搞得心乱如麻，脱了衬衫又觉骨头里面冷。羊拖着滚圆的肚皮在河槽里溜达，看样子，在找盐碱帮助消化。我没有心情在河滩待了，召呼女儿回家。

女儿牵着羊过来，问："爸爸，给吃食的那个伯伯是谁？"

我说："路过供销社，爸爸给你买更好吃的。"

不管女儿愿不愿意，我夺过那两包干脆面和糖豆来，远远地抛到河里。

消息传得很快。"宋大个儿回来了，"一进家门，我老婆便神秘兮兮地跟我说，"你猜怎么着，宋大个儿带着一条狗回来了。"

他回来做什么？我躺在炕上思忖。这个中午，藏孤村大概有很多人在想这个问题。

"你猜他这时候在哪里？"我老婆问我，不等我回答，她便接着说"他去了坟里，他一回来便进了来仔儿坟地。"

这倒有点出人意料。后来藏孤村不断有人谈到这件事。

那天中午，很多人跟在宋大个儿后面，远远地打量他做什么。宋大个儿牵着狗，背着包，戴一顶俏皮的卷边儿草帽，咖灰短褂配着松垮的牛仔裤，脚底下是一双鞋带密集的褐色板鞋。几个男孩子悄声议论，如果再背把吉他就更像了。他们说的是在网络上出了名的一位流浪歌手。

他走过长长的青石板路，拐了两次弯，上了通向后山左岔的羊肠道；他穿过荆棘林和灌木丛，穿过黄花正绚的荞麦地；他拖着步子，慢慢走近来仔儿的坟；他就那么静静地站了会儿，然后卸下背包，从里面取出一只梳妆匣；他抱着梳妆匣，在来仔儿坟前的土堆上坐下，一直坐着。

三婶儿在那天下午，义愤填膺地在我家讲了这些事情。

"没人味的东西，做戏给谁看哩？"她这样评价本家侄子。

我老婆安慰她："好歹搭伙了五六年，许是不一样呢。"

"他咋不在外面碰死病死饿死叫野狗咬死？"三婶儿拍着炕沿，诅咒本家侄子，"还有脸回来？回来做啥？做戏给谁看哩？咋不刨开棺材咯嘣咯嘣咯嘣撅两根骨头给人看？"

我老婆听不下去了，直截了当地安慰她："不管咋着，白纸黑字，红戳赤印，那协议是板上钉钉、改不了的。婶儿放心好啦。"

来仔儿死后，我老婆看不得那地空着，每年犁耕锄钯，让它在气势上喧闹热火些，秋后的收入，能抵得上来年的种子化肥，如此反复，地没荒芜，也没人拾掇。今年，企业按占地多少补钱，占得多还给转户口、办工作。那块地便有了说法。按理该宋大个儿受益，可是他失踪几年，不知死活。按政策，地没荒，村里便不好收回。反正是不能种了，归谁都无所谓，我老婆只为那块地本身遗憾。这时候，三婶儿出主意解决了难题，她认为，论血缘、论远近、论亲疏，不管论什么，宋大个儿的地，都应当记在他堂弟、也就是她儿子身上。她觉得即便侄子本人在场也不会反对。

"你协议在手，怕啥？再怎么着，毕竟是他长辈，他还能不听婶儿的？"我老婆安慰三婶儿。

"就是就是，我就是觉得，回来回来吧，不管活的管死的，这号人拎不清个轻重。当年不是我报信，他能走成？"三婶儿跳下炕沿，准备离去，临出门，嘟哝了句，"你说说，也不知道回来做啥？"

有人跟三婶儿撞个满怀，告诉她，他们打起来了。

街上，三婶儿的儿子领着几个小兄弟，等住了从坟地归来的堂兄，他要堂兄赶快滚，"滚出藏孤村，藏孤村从来没你这号东西！"他们恐吓着，忍不住就动起手了。三婶儿赶到后，喝止了儿子，给侄儿擦鼻血，擦着，就动了真感情了，看得出，她呜呜啼啼的哭是真心的，"叫人咋说你哩，信也晓不得写。不省心的……"她哭道。

等婶子哭了会儿，宋大个儿把三婶儿交给堂弟，说自己去村委有点事。他拍着比自己低一头的堂弟肩膀，宽慰说没关系，比这厉害的，他经受多了。

很快有人从村委传出消息说，宋大个儿念念不忘河对岸的盐碱地，他要求正式批给他，他要在那里盖房、建犬舍。他说他的黑贝——那只受命蹲在门口的狼狗，肚里正怀着崽呢。它来到这里，作为安家落户的第一代犬种，它的子孙将在这里繁衍。村委一班人开了个简短的会，认为宋大个儿的要求是一个美好的愿望，没有理由不批给他。况且，宋大个儿从南边挣了点钱，一回来，便拿出两万捐给村小学，这是可以上报的典型。年轻的村主任很欣赏宋大个儿的做法，最后，他进一步探讨了关于占地补偿的事，宋大个儿表示无所谓，咋都行。他起身告辞，黑贝跟在后面。"别像了咱，叫这一茬娃们学好。"宋大个临走时说。

闲人们又跟着宋大个儿来到河滩。宋大个儿在对岸的家已还原成了一堆黄土。很多人参与了几年前的那件事。他们跟在后面，小声谈论，宋大个儿站在废墟面前，会是什么表情？"他给学校捐了两万，千真万确？"有人问。"这种人，说不准做出甚事来，大伙还是小心点。"有人提醒说。

多少年了，这条季节性河流肥肥瘦瘦于村子西边，河对岸除了盐碱地，就是不成气候的小块地，沙化得厉害，人们觉得种什么都得不偿失。因此，河流上面始终没有修起过一座桥，哪怕是简陋的独木桥。最勤快的人也不愿汗水白白浪费。人们跟着宋大个儿，蹚着齐膝深的河水，上了对岸。三婶儿和她儿子，一路说着侄子的好话。

宋大个儿站在废墟上，看了会儿，在杂草间走了几步，停下来，弯腰从黄土里拽出根长条形的东西。他抖落上面的土，吹了吹。大家看清，那是根门槛石。他拿着石条，左右梭巡，在废墟一个合适的位置上放下去，摆正，看他如同孩童过家家的认真样儿，好像跨过石条，就进入了一个家庭。宋大个儿这时候才放下背包，吆喝黑贝说，到家了。

黑贝在新领域转悠、撒尿。

后来，三婶儿来我家串门时，对侄子赞不绝口。说他有本事，到底还是一门人，像她死了的那口子；说他不计前嫌，出手阔绰。那天，宋大个儿在荒滩上顾自搭起了临时帐篷，三婶和儿子劝说无果，便鼓动大伙齐动手帮忙。"他把包里的烟呀吃食呀，啥啥都拿出来，散给众人了。"三婶愠笑骂着，"呸，也有脸皮要。"

接下来的一月，河对岸空前热闹。几辆拖拉机和农用车整日奔波忙碌。宋大个儿用最短的时间备好材料后，为着出行方便，拉回十几棵圆木，刷了桐油。人们还未完全醒过味儿，河面上出现了一座气势不算小的木桥。桥面上铺了层沙土，人们试探着走上去，感觉那十几米路，跟平地上一样稳当，还多着点情趣。因此有人觉得，那块盐碱地其实不错，背山面水，开阔平坦，过去不曾发现，不该让宋大个儿捡了便宜。

河对岸要起个二层小楼，藏孤遗民传说着。

捐了两万，还要盖房起楼，还要修桥铺路，藏孤村出现了许多宋大个儿在外面如何挣钱的版本。最离奇的说法，宋大个儿靠裆中之物，赚了许多南方女人的钱。我憎恶这种下流的臆想。尽管我同样憎恶宋大个儿本人。我内心承认，他骨子里不算坏人，只是他不在我的世界，我做不出他做的事，活不出他的活法而已。

当然，提出这种下流说法的人，也不是坏人。他们这些天在帮宋大个儿盖房，很辛苦，比我这样四体不勤的人要强得多、有用得多。我在那些日子，最挂心的，是在女儿生日的时候，送给她一个前所未有的游戏。我还没有想好，有点着急。作为父亲，我尽力满足她的要求，避免她受到丁点委屈和伤害。有时候我觉得，付出，其实也是一种欲望。

宋大个儿的房子盖到一半的时候，遇到点挫折。村里有个人吃着饭，称赞儿媳厨艺的话吐了半截儿，忽然就僵住了，说不出话来。医院做开颅手术的费用是二十万。据说这恰好是宋大儿的全部积蓄。焦急的人很轻易地在宋大个儿那里拿到了钱。

因此，河对岸二层小楼的图纸可能用不上了，到现在，那房子的一层还没有浇顶，宋大儿用塑料薄膜覆盖着，在雨季和汛期前，牵着黑贝，住了进去。

工程队及时讨了点工钱撤走了。对宋大个儿来说，一河滩闲置的水泥钢筋是个问题，他得日夜防着雨水和贼。养鸡户看到后，决定扩建鸡场。他答应养鸡户，年底时一次还清所借水泥钢筋或等价的钱。事实上，一场禽流感很快让养鸡户破了产。

我女儿十岁生日即将来到的时候，藏孤村又来了白衣人，没完没了地喷洒消毒剂。

11

有一个叫志生的朋友活着时，常常蹬几十里自行车，从远处的村子到我家，为的是一起聊聊常人觉得没用的闲话，有时候磨缠一天时间，仅仅因为谈论一个拗口的句子。"活着，是欲望的不断释放与一再孕育。"你可以想象，两个衣衫褴褛的乡下人咬文嚼字的滑稽样儿。我们在别人看来是不可理喻的。我只有他一个朋友。他也是这样。因此，前年六婆出殡的时候，我替死去的朋友披麻戴孝，埋六婆时我号啕大哭。这件事让很多人产生了误会。藏孤村再次出现白衣人后，便有人恐慌地来找我。我哭笑不得，向他解释禽流感是怎么回事，可是看得出，他希望我像六婆一样，讲出另一番不科学的说法来。

尽管宋大个儿接受了别人的帮助，也帮助了人，但他依然没有摆脱被孤立的命运。很快，有人指责这个不祥的人不该回来。"几年前，公鸡便给他做了记号。"有人愤愤地翻起旧账。

也有人觉得这种话无聊透顶，但灾难落到头上的人家，总是想找到一个可以承担责任的对象。特别是被送到医院，没有好起来，反而越拖越糟的病人家属。他们心急火燎地寻求各种办法。事实上，这种新疫情在很多地方出现。白衣人在村里忙碌的时候，看到许多人尝试千奇百怪的土方、熏艾草、吃白灰、针刺放血，甚至以毒攻毒，生吞蛇胆。白衣人并没有制止这类作法。藏孤遗民觉得，禽流感远在白衣人能力之外。

死亡终于降临了，被死神选中的是三婶儿的女儿。上初中的三丫蒙着白布，被哥哥开着农用车，从乡卫生院拉回来。她是个性格爽朗的孩子，继承了母亲的优点，伶牙俐齿，一副好嗓儿。上礼拜去卫生院时，坐在农用车上，她还给一脸愁云的哥哥唱了几首歌。再回到村子时，是个黄昏，三婶儿已不能自持，众人帮忙，将直挺挺的女孩儿抬下车。宋大个儿去搬堂妹的腿时，被人一把推开了。

"离我们远点。"那人说。

"瘟神！"三婶儿的儿子冷冷地说。

像在城市蔓延的非典一样，疫情引起了足够的恐慌，也引起了足够的重视，村里按照红头文件的指示，让学校放了假，正在建设的企业停了工，封锁了进出村庄的路口，没有得到特别允许，不让一个外人进来，不放一个村里人出去。即便这样，还是不断有人病倒，特别是老人和孩子。救护车隔几天便呼啸而来、呼啸而去，留给村庄无奈和凄凉。如果不是有人戴着红袖标，日夜把守村口，肯定会有人背井离乡。大家明显感觉到，白衣人定期进入藏孤村，喷洒消毒剂时，变得格外小心谨慎，好像进入了雷区，对村里人也充满了警惕，看到我们时，总是想远远躲开，好像藏孤遗民是一群恐怖分子。

其实不单外人，连我们都对自己产生了怀疑，看着平日司空见惯的山村景致，一株树、一块石头、一堵老墙，人们都感觉跟往日不同。人们互相照面时，都有几分尴尬和别扭。对河对岸的人和半截房屋，更是避而远之，宋大个儿每每过河这边来时，大家都紧张着。既然不能像上回那样，把他赶走，大家就得把孩子藏起来，生怕被他看一眼。

"他妈的，真想宰了他。"经常有人说类似的话。

终于有人受不了了，带着妻儿，到后山上搭起了窝棚，过上了离群索居的日子。我不知道他是不是得到了祖先的启发。好在天气暖和，这种做法有可取之处。

不用上课，整天疯玩，孩子们是这些天唯一快乐的人群。看着女儿对一切满不在乎的模样，我担心死了。女儿休学在家，加重了我们的负担。我每天要给她量三回体温，强迫她喝定量的水，禁止她靠近河边。我老婆则用她老家的办法，每晚将女儿脱下的衣服，用煤块压在锅台边，这样的衣服百毒不侵，据说是暗合五行的做法。女儿对此不屑一顾，用她小学二年级的知识批驳我们。"y—u—yu，m—ei—mei。"她拖长声这样念拼音。

陆续又有几户人家搬到了山上。他们相互避开，就着山势，尽量把窝棚搭在隐蔽处，好像在跟谁捉迷藏。老实讲，我理解这种心理，但这次我不准备那么做。事实上，搬到山上，也并不能切断跟村庄的联系，每天得回村挑水，孩子们会偷偷溜回村子玩，有时候在山道上，会出现女主人匆促的身影，一会儿便可以见她抱着盐罐或别的什么，再次匆促地上山。

"纯粹是自找苦吃。"我跟老婆说。

我老婆对别人的事儿不作评价，她针对我说："上回，咱也一样。"

"这一回我得坚持住。"我说，"这一次我要赢。"

女儿很向往窝棚下的生活，在她看来，搭棚子本身就好有意思。那些孩子下山来玩时，她总是投去羡慕的目光。我一次次拒绝了她的乞求。女儿不理解地看着我。她一定觉得，这件事我认真得过分了。

她为此绞尽了脑汁。有一天，她很生气地质问我：

"你想好送给我的游戏了吗？"

"还没有，我保证到时候会有。"我被她弄得有点烦。

"把这个送我好了。"女儿说。

"什么？"

"上山搭窝棚啊，"女儿晃着马尾辫儿，"多好玩啊。我就要这个，把这个送我！"

"那不是游戏，"我认真地说，"那是很严肃的事情。"

"严肃个鬼。"女儿撅着嘴小声嘟哝。

女儿再次遭拒后对我爱理不理，我内心是高兴的：女儿把那当成游戏，说明上次藏匿山窝的事情，没有在她心里留下黑色印记。这是应该庆幸的。

瘟疫横行的一个月里，村里的鸡几乎绝迹。它们被归拢一起，不管有病没病，掩埋到一个大坑里。人们知道，错不在它们，它们是无辜者。它们的主人，默许了这件惨不忍睹的事发生。这件事连累了村里其他牲畜，很多人家为避免白白失去它们，而忙于趁白衣人动手之前宰杀它们。

女儿不理解这些杀戮的场面。颤着声询问我，为什么？我不想让她明白生存的残酷道理，总是含糊其辞。

我女儿在十岁生日前夜，哭哭啼啼的。她的小羊病了，好像被野棘果划伤了胃，一直在吐血。她担心它的命运，哭着，很晚了不去睡觉。

"爸爸。它不会死吧?"她哀求我说。

"当然不会,它只是吃错东西了,睡一觉就会好。"我撒谎。我十三岁便开始放羊,经验告诉我它凶多吉少。

"它为啥吐血?吐了这么多血?"

"那不是它的血。它吃错东西了,那东西在流血。"我装作发火,命令她快去睡。

"爸爸,你不会像他们一样,杀掉小羊吧?"

"怎么会?快去睡,睡一觉就好了。"

女儿睡着后一会儿,小羊死了。我看了一下表,已过零点。趁女儿睡着,我把它埋在它最爱吃的苜蓿地里了。我想着怎样跟女儿解释。生与死是正常的事,她迟早会明白。可是如果明白的过程充斥了血腥味,是我不愿意看到的。如果很不幸,女儿再出现类似上回那样可怕的问题,我恐怕没有耐心活下去了。我还没有想好合适的话,天便亮了。

女儿醒来后,一骨碌爬起来,咩咩叫着,四处寻找小羊。

我告诉她,不用找了。女儿不解地看着我。

"今天是你生日,"我笑着,"还记得爸爸跟你讲过的游戏吗?"

"它死了,是吗?"

"那是游戏的一部分。"我用轻松的语调,编着瞎话,无非想让她糊里糊涂地快乐下去,"今天你十岁了,有件事应该明白了,现在,爸爸来告诉你。"

女儿被我唬住了,忘了为小羊哭泣。

"这是件非常大非常重要的事情,世界上只有少数人知道,你能答应爸爸,保守秘密吗?"

她紧张地点点头。

我继续骗她:

"每个人一出生，世界就为他启动一个游戏，里边有很多人、动物、东西，他们不断加入进来，成为游戏的一分子，扮演好的、坏的、病的、健康的，各种角色。当然，也得有退出的，比如小羊。还有那些死去的鸡、牲畜、人……"

"为什么要退出？"她问。

"没有为什么，"我说，"这是游戏规矩。"

她沉默着，可能被弄糊涂了。

"就是这样，我活在你的游戏里，你活在我的游戏里，我们活在一个大游戏里。"我继续说，"到了应当的时候，谁也得退出，爸爸、妈妈，还有你，每个人都是这样。游戏就是这么定的。所以，世界上没有生死这回事，只有加入和退出。"

我盯着女儿，察言观色，希望她在糊涂中安心，又担心加重她的恐惧心理。

"那……游戏规矩是谁定的？"

"不知道。"我真的不知道。

"好了，就这么回事，现在，我们吃油糕好吗？妈妈等着我们呢。"我说。

"那……我们以前，藏在山洞里，也是游戏吗？"

"是的。现在也是。现在还有人玩那个游戏。好了，我们吃油糕吧。"

"那……可以改变游戏吗？比如我们忽然不吃油糕，改吃饺子。"她深入着我的圈套，有点出乎意料。

"让我想想，"我擦着汗，我老婆在一边笑着，幸灾乐祸的样子。我继续胡扯，"这个……嗯，是这样，总有人企图不守规矩，改变游戏本来的样子。游戏会派出一种人，他本人并不知道，作为游戏一分子，他监视大伙儿，专跟大伙儿作对，像宋大个儿和他的狼狗……"

我老婆忽然大笑起来，好容易忍住笑，招呼我们吃饭，要我用油糕堵住嘴。总算敷衍过去了。我擦着满头的汗，开始吃为女儿准备的生日早餐。我老婆想起什么，笑喷了饭。女儿莫名其妙地看着我们，放下筷子，认真地问我，是那只肚皮拖地的大狗狗吗？我告诉她，那是只怀孕的德国黑背。

女儿的生日还算顺利，我以为事情就是这样了。这一天，我和老婆清理了菜畦，给南瓜架了秋秆，给西红柿掐了尖，下午时粉刷了院墙，禽流感看看要过去了，克制它的疫苗已经在村里推广，白衣人明显减少了来的次数。我们联系了一车砖瓦，打算等女儿重返校园后，将她住的屋子翻修一番。黄昏的时候，有人跑来告诉我，我女儿在河滩出事了。

我们赶到那里时，女儿已被送到了医院。

医生告诉我："不要紧，咬下来的两根手指头已经缝上去了，也打了狂犬疫苗。"

我最担心的不是女儿的手。她的手包在厚厚的白纱布里面，我看不到，但我知道，它毫无疑问地存在着。女儿躺在急诊床上，不哭不闹，也不说话，怯怯地望着我。这是我最害怕的事情。我不能确定，她的心里，我们长期努力搭建的城堡是否坍塌。我有点懊悔，或许应该像窝棚里的人那样藏起来；或许有些人的内心是永远无法走进去的。

宋大个儿拿着一摞检查单子进来了，看到我，惭愧地往出掏钱。我不允许女儿受到任何伤害。我恨恨地说："我要的，不是这个。"

他解释说黑贝快临产了，不让人靠近的。他摸我女儿的头发，夸奖她。下午，我可怜的女儿自作主张，去了河对岸。

"你女儿很有意思，她希望大家都能好一些。她不知想改变啥，她说大家都让一让，说不定就能改变。"他摸着我女儿的马尾辫，

"我很喜欢这孩子，来仔儿也是。"

"离我女儿远一点。"我警告她，把桌上一个杯子砸到他头上。

几天后，我抱着女儿回到藏孤村。疫情已不那么重要了。女儿看起来没有出现身体之外的任何问题，这是最重要的。女儿反过来安慰我，说她守住了我们的秘密。"说不定，游戏本来就是这样子呢。"她举着受伤的手说。

把女儿安全交给老婆后，我便去了宋大个儿家。在他半截房子里，我说出了我的来意。他给我跪下了。"它怀着一肚崽子呢。"他说。

我很坚决，把绳子扔给他，像多年前我老婆杀猪时那样，淡淡地说："你只要把绳子套上去，就行。"

事情刚刚处理完，闻讯看热闹的人就围了一河滩。我老婆抱着女儿，火急火燎地跑来了。看到这情形，她又没出息地哭了，奇怪的是，她口口声声哭的是苦命的来仔儿。宋大个儿瘫坐在地上，搂着狗尸，眼神干枯。时光好像转回了从前，很多人想起了多年前的一幕，"就是这样，一言不发，失魂落魄地瘫在地上。"人们围成圈儿谈论着，有人说可怜，有人说活该。

女儿在我老婆怀里，被眼前的事、特别是被我的脸色吓到了，小声地叫我："爸爸……"

我把她搂过来，亲她的小脸蛋，安慰她："没事的，宝贝儿别怕。我们很安全。我们回家。"

"爸爸，"女儿小心地说，"我想，我想……我们能不能输掉？"

"什么？"

"游戏。"女儿在我耳边小声说。

我一下子流出泪来。我搂紧女儿，说："我不知道……"

我真的不知道，如果再来一次的话，我能不能输掉。

奶　香

1

　　印象中那天是个好天气，日头红艳艳地像个撩人的新媳妇。俺、俺爹相跟着去上五里外的小学校。学校在半山沟的向阳坡，就一间半没顶子土坯房，快倒的山墙用根椽顶着。俺早去过，爹不知道，俺不敢说。——爹不让俺绕山架梁地跑。俺偷笑，爹和村里人都低估俺。一路上爹吩咐，二小，见了先生别讲话，也不要和娃们讲话。俺说，赵秃子一脸麻子俺才不屑跟他讲！那些娃娃没俺球高，俺不尿他。说完俺笑了，右手在裤兜里捏俺鸡鸡。它懒洋洋地配合俺。俺打小就发现一些迷惑人的诀窍。愚笨的村人全被俺日哄了，解不开俺一脸嬉笑的背面。嘻！

　　天气真不赖。这些年俺遇见这样的天气就格外兴致。后来俺嫂也是在一个好天气进的门。

秃子从头到脚打量俺。爹一面摸俺头，一面弯腰撅腚地说，赵老师可得要下！十四岁大是大点，那几年没钱耽误了娃。他五大娘也说大的赶不及二的就上吧。五大娘就是秃子娘。爹说话时腰弯得更厉害了。爹很会做这个姿势。秃子瞅着俺说，看福全说的，亲戚理道我还能咋？他不说"俺"说"我"。俺想笑。爹赶紧把俺推进教室，就那间顶上铺草的破房。

爹临走又叮嘱俺别讲话。坐了阵没球意思，俺的手指头在裤兜里不老实了，俺总能找到使自己快乐的办法。秃子不识火色，在上头讲个不停。俺突然哈哈地笑起来，指着秃子的头说，虮子！一只虮子爬哩。娃娃们一愣继而哄然大笑。房顶上的干草噗噗地往下掉。秃子啪啪地敲折了手里的树枝。秃子没好气地叫俺坐好。俺腾地站起来，走了，出门顺脚将山墙外的那根椽踢倒了。秃子不讲理，俺不该好心指给他。

不到一天，俺结束了俺的求学生涯。比村里大多数人强。俺熟悉和喜欢村里人看俺的眼神。村里人把两根指头圈起来说，二不愣，这是几？俺说，是你娘的屁。他们笑呵呵地骂，傻瓜！

后来被窝里将这事讲给俺嫂，俺嫂将俺揽在她奶脯上说俺鬼精。

大学生，你一进来俺就看出你没甚出息。

俺丢一块煤渣到嘴里。煤渣像嘎巴脆的花生豆滑进俺胃里。俺享受着食管和胃中火焰的舞蹈。俺全身激荡着热腾腾的气息。俺席地而坐像个世外高人。你不能怀疑一位历尽考验的二不愣的能力，如同俺不能容忍别人小看俺的肚皮。煤渣一定明白俺肚皮是它作为燃料的最佳归宿，因为俺真正体验到了它在俺胃里过节般快乐，它雀跃、欢唱、舞蹈。当然，俺一次次地燃烧。

大学生，你的眼镜片子告诉俺，你不识五谷不省公母，你白净的手捉不住驴扶不起犁。你捏着鼻孔走过俺跟前，你高声吆喝老板：把臭要饭的撵出去。你一人要了一桌菜一瓶酒，你用印有女人屁股的餐巾纸擦了嘴揉成团扔在俺面前。你个傻货，你不知道，你饭菜的最终归宿是俺肚皮。

俺和俺哥都没吃过俺娘的奶。生俺哥时娘没奶，等俺落地连娘也没了。

俺光腚在炕上号。俺哥踩板凳上做饭。俺爹笨，灶火旮旯里抽抽搭搭哭。俺哥说，大大，二小饿。俺哥四岁，把"饿"说成"讷"。俺爹往灶坑里塞把柴。柴烟灰伸了无数利爪在俺家撕扯，并从各种缝隙和破洞里溜走。俺估计它把爪子伸入了俺、俺爹俺哥的嗓眼里，俺们都没命地咳。还好，因为咳都止了哭。

俺爹曾用三年时间来证明俺不像村里人说的那样。爹用老茧手勾俺下巴，说，二小，给爹笑一个，不行眨巴下眼。俺空洞地瞅着那双急切的红眼，俺肯定想要表达，可俺憋着，第四年才给爹答案。

俺终于学会说话，诱因是只奶。爹啃着这只奶。奶的主人咯咯地笑，说你茶二小醒了。爹回头瞟一眼继续吃奶。现在俺明白，俺该给爹磕头。爹成功诱发了俺的一种欲望。俺舌头在口腔里艰难不折地找寻，终于找到并吐出来：奶。爹喜出望外。俺接连让爹欢喜：奶……奶奶……

爹的欢喜没能维持多久，接下来三年俺只会说"奶"，偶尔有诸如"吃奶""摸摸奶"。村里人说俺七成货、二不愣。俺高兴，俺跟他们不一样。

爹偏俺，从不打俺。直到俺有爹高了爹才打俺一回。俺在村口河边溜达，俺和树啊水啊虫啊玩耍。阳婆暖烘烘地逗俺，俺脱得赤光光叫它逗。兰花抱着盆过来。兰花见了俺惊呼一声甩了盆就跑，跟俺爹过年杀的猪一样尖叫。俺没追她，俺撵她只想问她为甚跑。可一眨眼兰花已在水里了。

兰花不好，藏猫猫不能这样。俺圪蹴在桥上，俺看着兰花在水里耍。水里有俺，有俺光光的屁股，还有俺腌黄瓜似的鸡鸡。俺朝水里的俺龇龇牙。兰花扑腾起的浪扯碎了俺。俺有点火。俺听到兰花叫唤。兰花叫得断断续续，像俺爹夜里的尿。后来兰花不叫了，兰花藏水里不出来。俺看看水里逐渐合拢来的俺，站起来回家。

　　想想爹没道理嘛。爹一脚踢开阻拦的哥，扬起菜刀杀俺，爹一菜刀劈俺头上。俺杀猪似的号。村里人围成圈看却没人阻拦。想想俺那时傻，搁现在俺就要问爹，凭甚杀俺？俺救了条命，凭甚杀俺？

　　俺走出十来步站住了，俺抬头瞅瞅红彤彤的太阳，俺下河捞起兰花。兰花像条俺从没捞住过的大鱼，好玩。

　　后来俺嫂摩挲着俺鸡鸡问，二愣，你咋开了窍救人？奶！俺说俺想吃奶。俺嫂被窝里"咔咔"地笑得肚疼，俺嫂问俺吃了没？俺说吃球甚，叫爹打个半死。俺正盯着兰花饱满凸现的奶愣神，村人们都来了。所以俺这辈子吃过的奶，不是娘，不是兰花，只有俺嫂。

　　那是甚样的奶？甚样的奶能让圣洁的二不愣如此执着？俺只能说，是俺走过三十个夏日，经见了无数次正晌午的利刃穿刺、检阅之后，所见最恒温最炫目最香醇最动听最令俺窒息又能把俺从窒息的死亡提拔到活的快感中的一种尤物，是让傻瓜和圣人都对生命和死亡、现实与梦幻、灵魂与肉胎提出思考和质疑的东西。以至于俺，一个血统纯正的二不愣竟说不上它的颜色、形状、大小……不过，俺肯定，如果说煤渣是俺激情的兴奋剂，是烧酒或春药一类的东西，那么奶便是俺永恒追思的粮食和营养。

　　俺嫂在俺十八岁的一个日红晌午天进了俺家门。你瞧，俺终于要说起俺嫂了。

　　可俺还得说说爹。要说俺爹还是疼俺，砍过来的刀到俺头上变戏法般成了刀板。嘿嘿！俺爹在地下挖空心思地闹腾几年，俺家终于有了肉吃。肉们在肚皮里喧嚣得俺瞌睡。那晚俺趴炕上睡得正香，叫呱吱啪啪的破门环吵醒。一个墨黑的人进来，俺知是爹。爹一声不吭，圪蹴地上抽烟，火星烫着嘴了爹才扔下说，要不要媳妇？爹的牙好白，爹说话时瞅着哥。哥白天在地底下过，可能过坏了脑子，不吭声。俺说："要！要！要！"爹盯俺片晌叹声气出去了。

没几天俺嫂就进门了。

天气真好，日头红得猪血一样。俺洗了脸里外踅了十几趟，俺问爹：来么？咋不来？肯定来么？能来么？不能不来吧？爹瞪俺一眼甩门进屋躺下。俺哥不急，一根接一根吃烟。俺哥抬手看看说，12点了。爹公道，那东西爹买了俩，哥一个俺一个，哥给俺套腕子上说，比日头准。俺不这么看，扔了。哥刚说12点了，门啪唧推开，臭臭探进个脑壳压嗓喊，来了。紧接着一群人头也不抬急匆匆进院，俺还犯愣怔他们已进屋了。俺纳闷，这些人竟然走得没声息。

俺进屋就看嫂，那会儿还不是俺嫂。俺嫂垂着头，乍蓬头发里露着窄窄的脸。俺比预料中的俺聪明，俺看到一朵荷花在俺家土屋绽放，俺嗅到一股清灵的香气萦绕不绝。

大热天咋披个大衣？俺解不开使劲想。爹和哥忙着敬烟。爹说，不容易不容易。那些人说真他妈不容易。一个猴子样的家伙说，甚鸡巴鬼地方，光山路就走五十里。俺哥脾性不好拉着脸说，要不还不烦劳你哩。爹变戏法般掏出一大沓钱塞给他们，他们屁股没坐热就走了。临出门那猴子朝俺挤挤眼说，憨头憨脑好后生嘛，哈哈。

你瞧，就这么简单俺嫂就进门了。

爹说，闺女，屈着你了，今后这就是你家了。今儿个就是你大喜。爹把嫂的大衣摘下，俺才看见麻绳，俺嫂背抄手捆着哩。哈，俺嫂就捆着进了俺家门。

后来俺嫂鼻涕和泪糊了俺一脯子跟俺讲，俺才知俺嫂这门进得不简单，俺才解开爹说的"不容易"。

俺嫂在饭铺给人做营生。一回，客人盯住她看，客人说，啊呀，女娃儿是不是古县的哟？俺嫂说对头。客人感动了，真不容易，上千里地竟碰见老乡。老乡说，啊呀，你是哪个乡的嘛？不会是七大梁的吧？俺嫂瞪直眼惊喜道，啥子不是，俺就是七大梁的嘛。老乡感动得掉泪。缘分！俺嫂也哭，出门一年多头一遭见亲人。俺嫂止不住哭，想把一年来的苦水倒腾尽。后来俺嫂红着眼跟老板说，饭钱从俺工资里扣！

转天老乡来看俺嫂，老乡说一会儿车来接去黄庄谈生意。老乡说黄庄纺织厂的妹子一月挣这个数，老乡伸四个指头。俺嫂说四百？老乡笑眯眯说四位数。俺嫂说，一千？老乡说，妹子也去得哦。俺嫂摇头说，哥耍笑。老乡气呼呼说，龟儿子才耍笑嘛，下碾的小二凤认识不，就哥说进去的嘛。说话间，龟壳车在外头打喇叭。老乡说，妹子不信坐车去看下。俺嫂摇头，到中午营生一忙就走不开了。车上司机喊，快点嘛，赶中午还得回来，忙！

俺嫂头一次坐龟壳车。俺嫂说，哥，快到了么？哥说，到了你就说是咱亲妹子。路边的房子逐渐矮下去，最后消失了。车里望去成片的稻田河一样流逝。俺嫂说，哥，快到了么？哥说，妹子挣了钱多买点衣裳哦。俺嫂说，不，俺攒着。俺嫂说："俺攒钱给弟娶媳妇。"

俺嫂开始吐，喝点水，后来就睡着了。俺嫂醒来天已黑了，车停在一个黑黢黢的屋子前。老乡说车坏了。俺嫂缩着肩哆嗦，说，哥，俺怕。哥说，进去吃点东西。俺嫂一进屋就被两男人从背后抱住。俺嫂吓得一激灵出了身汗，俺嫂厉声尖叫，又撕又咬。一个男人摁住她，另一个撕扯她裤子。俺嫂喊，哥，哥，救俺。随后进来的哥一耳光扇得她晕倒在地上。四个男人齐动手把俺嫂剥个精光，轮流骑俺嫂。

俺嫂眼泪鼻涕糊俺一身说，这是她第一次遭强奸。

最后一次是在俺家炕上。

俺嫂在黑屋子里哆嗦了一晚，天亮了俺嫂收拾起身子哭，想娘。老乡和龟壳车不见了。剩下两男人又把她卖到五百里外，这次用的是卡车。后来俺嫂又坐了蹦蹦车，坐了马车，到俺家是步量了五十里。

你瞧瞧，又是龟壳车又是卡车又是蹦蹦车又是马车还得步量，俺嫂进俺家门真不容易哩。

你瞧瞧，日头真像个手持利刃的新媳妇，喜滋滋勾人，又要检验你的智商。——幸亏俺是个天生纯正的二不愣。

俺喜欢日红晌午天。

2

俺爹说，闺女，这两娃都是老汉亲生亲养的，你挑一个吧。

俺爹说，咱山里人实在，不哄人。大的叫石天柱，跟俺挖煤，不愁活法；二小天梁你也看见了，实受，不会欺负人。你挑一个吧。

俺爹说，老汉一辈子公道，不做孬事，你挑一个吧。

俺嫂低头不语，像尊石像，窄脸上罩层清冷霜气，一下子把小屋冷冻得像三九天。俺嫂薄唇里长吹口气，俺看见一双雾茫茫的眼。

俺第一眼就喜欢上俺嫂，她穿件水红色上衣，上衣下摆吊个核桃大可爱的小兔子，小兔子瞪着红红的眼睃俺。

俺哥脸红堂堂地给人递烟倒茶，忙乎得有点像傻瓜，言语较平时长了许多，像喝足烧酒的样子。臭臭娘梳着标致的寡妇头说，呀，呀，俺敢说这是全窑头最袭人的媳妇，大愣也不给个喜糖。哥讨厌这名字，大愣是因俺得名。可今儿俺哥一脸酡红笑眯眯地不生气。一群半大小子在大人腿间钻来穿去。臭臭娘劈头给臭臭一掌骂，钻，钻你娘的逼。门"啪啦"被踢开，村主任刘黑头进来嚷，骚寡妇，又想让谁钻你的逼。人们嘻嘻哈哈地笑着，真有喜事的气氛。

村主任说，福全，听说你家娶下个俊媳妇，俺代表村委祝贺，顺便讨杯酒喝。俺爹却蹙着眉说，你瞧，钱咱是花了，可麻烦也来了。村主任说，咋？俺爹瞟俺一眼跟村主任小声嘀咕。村主任跟爹咕哝半天，末了扯大嗓门喊，这也成问题？俺爹弓着腰直点头说，对，照你说的办。

俺嫂忽然站起来。满屋子瞬时静得俺能听见自己的心跳。俺嫂径直走到村主任跟前"扑通"跪下，俺嫂拽着村主任衣襟说，村主任，救俺！放俺走。嫂哭得满屋一股酸菜味。

村主任刘黑头沉着脸不吭，后来不耐烦了说：你说球的甚？老石家花了整整六千，六千！臭臭娘把俺嫂拉起来说，妹子，老石家是好人，你可不能害人啊。一屋人喳喳地叫个不迭，都说，是啊，是啊，你不能害人。

俺嫂看来不像害人的样子，她斜靠在炕沿上两手捂着脸，看不出是笑是哭。俺盯着俺嫂小葱白一样细长的手愣怔。忽然俺嫂抬起脸扫一眼众人，薄唇一撇，竟笑了。

村主任说，对喽对喽，这就对喽。你看石柱膀大腰圆多好的后生嘛。俺哥好像知道迟早会是这个样子。哥涎着脸对俺嫂说，你看，屋子里两个男人养活你，你受不了罪。俺大声说，三个男人，是三个男人。

满屋人都笑。俺嫂不笑，她盯着俺说，不是让俺挑么？俺就挑他，老二。屋子里再次静得出奇。这回轮到俺笑了，俺看着众人张大的嘴，哈哈笑得抱肚子坐地上晃。俺清清楚楚听见村主任喃喃道："小女子不简单！"俺还听到爹又叹口气。哥呢，俺四下里没瞅见他。

俺咧着嘴瞅俺嫂，俺嫂眨眼工夫就成了俺媳妇。哈。

狗日的刘黑头却开口了：不成！二不愣不行，球也不懂！俺爹也说，二小，爹挣下钱再给你买一个。满屋人又附和，对，对，你爹再给你买好的。

俺嫂，不，俺媳妇，——你瞧，俺七成货闹不清咋叫啦。俺媳妇却说，这两个可都是你亲生亲养的。俺也说对哩，爹一辈子公道人。俺爹和村主任各瞅了对方一眼。村主任说：这事不听你的也不听你爹的，听老天爷的。

爹叫俺哥拿来一只碗，说谁抓住算谁的。爹弄两粒纸蛋儿扔碗里。那纸蛋儿碗里滴溜溜转个圈。两纸蛋一大一小。

村主任瞅俺哥一眼说，大的先抓。俺哥盯着碗不敢下手，挖惯煤的手在两个纸蛋间来回游走。你瞧，这就是聪明的傻处，一旦将命运当作掌控指间的玩耍，就绝不会保持一个二不愣式的冷静和英明。

村主任咳嗽一声大吼："大的，先抓！"

俺哥哆嗦着终于抓了一个。俺听到爹又一声叹息。俺把剩下的纸蛋攥手心里。村里人勾着脖子嚷，打开，打开。俺把纸蛋展开，是个血红的圆圈圈，像极了俺嫂进门一刻的血红日头。

哥的甚也没有。村主任朝哥的背影叹一声：咳！哥冲出屋圪蹴到檐下哭。

俺嫂，不，俺媳妇又笑了一次，她说，村主任费心了。俺媳妇上前来仔细打量俺说："看来俺命里该着个傻瓜。"

后来，俺成了专业乞丐，四处找俺嫂俺才真正解开她这话。

俺媳妇有个好听的名字——宋珠英。当下俺撵走所有的人，俺和宋珠英到里屋炕上困觉。俺听到爹在院里送那些人说，哪天一定补上酒席。俺哥则狠狠地放了一串鞭。俺捏住嗓咮咮地笑。宋珠英坐炕沿上不动。俺说，困觉！宋珠英还是不动。俺生气了吼，困觉！俺听到外屋一只碗"啪啦"掉地上碎了。

宋珠英终于脱鞋上炕了。炕上是两铺早有预谋的新被窝。俺打赌爹和哥在新被窝上肯定花了心血。俺光溜溜在它里头受活，不是俺熟悉的那种汗馊味，新棉花的清鲜朴爽让俺觉得像躺在云彩里，悠悠地晕眩。俺似乎被一种诱人的馨香袭击、沉醉。那是一股可以追溯到遥远亘古的馨香——奶香。俺沿着奶香走去，就像有条绵软的绳索勾搭俺手。俺按索而寻，来到片茸茸草地，俺尽兴地打滚，俺爬在酥松的草地上，俺像个朝拜的圣徒四肢舒展，俺听到地泉咕咕地在俺身下涌动，俺揭开草皮开始往里钻，钻……忽然，一只硕大无朋的奶涌到跟前。哈，俺找到你了，俺终于捉住你了。俺扑陷在奶里，一股馨香奶水从狗尾花似的奶头里喷泻而出，俺吮吸着，大口大口啜饮着，俺脱得赤条条泡浴在奶水里，俺在奶水里戏耍，俺奇异地发现俺身体某处正发生着惊人的变化。

俺被"啪啪"的敲门声吵醒。俺感受着早晨温和的第一缕阳光。突然俺发现，梦里俺变化的那个地方湿漉漉的，俺尿炕了，俺尿湿了俺爹和哥新备的被窝。俺媳妇呢，俺一骨碌爬起来看见她盘腿坐在炕头。她的被窝整齐得像没有动过。

门"啪啪"响着。宋珠英一声不吭下地开门。俺哥进来同样一声不吭放下饭碗，又一声不吭端走空空的尿盆。

就这样俺度过了俺的新婚之夜，俺幸福得稀里糊涂。

俺爹俺哥怕是又去地下挖煤了，四口人肯定吃得多。俺院里看了会儿蚂蚁打架，一个窝的蚂蚁不知为甚得头破血流，逝者尸骨未寒，弟兄们又兵刃相见，俺看不明白。俺想俺该去街上转悠了。俺喜欢在自然里在明晃晃的太阳下探求真理。门却朝外锁着。俺家的门是用破木板栅成的，结构简单，但一定能阻碍些什么，至少眼下阻碍了一位探求者的脚步。俺用砖头"咣咣"地砸。木头上有无数眼和嘴露着讥讽，并用木头的沉默秉性回击叩问者。俺破声大骂俺爹俺哥不讲理。俺说，早知道娶了媳妇要圈住，球才娶哩。

门外聚了一堆人，他们问俺："二不愣，夜儿个咋睡来？"

俺没好气地答："你娘搂俺睡来。"

臭臭娘在外头喊："二不愣，鸡鸡尿来没？"

臭婆娘，像俺身上的垢泥。俺说："尿来。"

"咋尿来？"

俺说："尿球了一炕。"

门外"轰"一阵笑。

后晌俺爹回来，俺爹问，二小，你真的不会？俺说，会甚？俺爹闷了半晌说，你媳妇没跟你一被窝里睡？俺不吭。哥低头抽烟也不吭。

晚上俺叫宋珠英进俺被窝里睡，她没说甚就进来了。那天俺迫不及待地盼天黑。爹则对此忧心忡忡。哥似乎正相反，眉目间露着丝冷笑。俺哥已两天没搭理俺了。俺盯着哥一起一落的胳膊说，干甚哩，哥？俺哥手中的铁锤砸得狠，一锤接一锤砸一截钢丝。好像睡宋珠英的是那截钢丝。

钢丝在哥手中呻吟，并以挺直身子消缓痛苦的方式接受蹂躏。俺看着哥冲他喊，哥，俺不害怕。

俺说，不用插门，外屋就是爹和哥，怕甚？宋珠英却不听。俺一说困觉就困觉，躺炕上想着昨晚的美梦打起鼾。俺突然听到宋珠英叹息一声说，真是个傻瓜！

俺问她："谁？"

宋珠英被窝里攥紧衣裳说："二愣，你娶媳妇做啥？"

俺想也没想说："吃奶。"

宋珠英瞅俺片晌说："想吃么？"

俺说："嗯！"

宋珠英又瞅俺片晌说："明天吧，明天俺让你吃奶。"

俺说："嗯！"

虽然俺是天生的二不愣，比大多人强，可对于"明天"这个词俺跟大多人一样易犯幻想的毛病。否则俺宁愿相信今天。

宋珠英跟俺一个被窝睡，宋珠英让俺明儿个吃她奶。俺说，困觉！说完就闭上眼。宋珠英却说："俺比你大两岁，你跟俺弟同岁。"

"俺爹有病，俺家穷。俺背了野菜回来，娘用柴火熏红的眼看俺，说，英子，娘一定给你寻个好人家。俺娘没来得及寻。俺娘想喝碗红糖水，俺一路小跑借回来，娘刚咽气。娘差一点就能喝上红糖水。"

"俺背俺弟下地做活，俺弟耍俺辫子睡着了。俺背俺弟去集上，俺用山药换糖给弟吃，俺问，好吃吗？俺弟咬得嘎巴香。俺弟大了，俺弟懂得要媳妇了。俺城里挣钱，俺还没给俺弟攒够钱。"宋珠英眼泪哗哗弄湿俺胸脯说："俺欠俺弟个媳妇啊……"俺闭上眼想明儿个要吃宋珠英的奶，俺等着，俺不急。

俺真像个男人哩。

3

第三天。今儿天不好，阴沉沉的。

俺哥也阴着脸，光着膀子"哧呼哧呼"地磨刀，像是要杀猪的架势。俺过去看，见哥不是磨刀，磨的是那截钢丝，那就肯定不是杀猪。

有个小耗子一蹿一蹿地在俺哥胳膊里上下，俺哥了不起。俺想问哥身里有多少俺害怕的东西。俺哥却"噗"地往磨石上吐口唾沫，钢丝在唾沫里嘶叫并尖锐。俺哥拿起钢丝放眼底瞄准，并用大拇指在钢尖上割割。钢尖惨自得晃眼，哥的血瞬时在钢尖上绽放，像颗令人战栗的寒露沿钢丝滑下。俺哥伸长舌头极快地舔净。鲜红的舌头品尝到原始的美味，愉快地弹跳几下。一丝战栗从闪着冰冷光辉的钢尖传来。俺的眼哆嗦一下赶忙扭头走开。俺说，哥，俺不怕你。

说实话这两天俺是喜欢黑夜的，白天俺儿乎看不到什么东西。俺毫无目的地在村里溜达，俺并没有注意到村里异样的冷清，他们全到哪里了呢？俺不能感知这个阴谋，这不像俺。所以俺相信后来俺在乞讨路上听到的那句话。那个流浪并乞讨的诗人说，恋爱中的人都是傻瓜。俺不能确定俺是否恋爱，但眼下俺的确不是个精明的二不愣。

俺似乎听到她的声音，但俺像只扑灯蛾一样期待黑夜的光明。坚守一个二不愣的贞节并不是件容易的事，俺一直溜达到天麻麻黑才回家。俺似乎又听到她的呼唤。

但事情并不是那样，俺显然被他们的阴谋击中。俺在进家的瞬间晕倒。

俺前脚出门，后脚那些阴谋家就踏破了俺家门槛儿。

俺爹说："这行嘛？咋想也对不下二小。"

刘黑头说："操，咋不行，你石福全不想做个老绝户头吧，二不愣是个连鸡巴也弄不胀的货！"

俺爹瞅一眼俺哥说："天柱，你说哩？"

俺哥青着脸抽烟，说："俺听爹的。"

俺爹转圈瞅下众人，最后一跺脚盯住村主任说："行，就听你的。"

宋珠英在屋里抹灰，她把俺家仅有的躺柜擦得锃亮。见呼啦啦进来一屋人，她紧按住腰身后退一步，靠在炕沿和躺柜的夹角里。

俺爹像是不知咋开口，又转圈瞅一眼众人才支吾说："闺女，屈着你哩，二小，他……有病。"

宋珠英说："俺知道！"

俺爹弯下腰说："二小，他甚也不会……"

宋珠英说："俺愿意！"

俺爹腰又下弯，终于就"扑通"跪下了，俺爹的眼泪说来就来，俺爹撸把鼻涕说："闺女，老汉人土半截的人了，老汉也知事做得亏，可老汉难哪！俺屎一把尿一把把俩娃拉扯大，俩娃都是俺心头的肉，俺不偏大不向小，俺也不想亏了二小，可俺想看眼孙子再闭眼，俺抱抱孙子就歇心了，哪怕一天哩。闺女，你就成全老汉吧，看在老汉可怜的分上，老汉给你磕头。"

爹说着就"砰砰"地磕起来。宋珠英泪流满面不知该说啥。俺爹乘胜追击，俺爹头磕得山响说："闺女，俺石柱人是粗笨些，可能养活家口，老汉闭眼也心安。二小心善，可不够数，是个不识好赖香臭的主……"俺爹哭得心痛，后来就真的号啕开了。屋里眼软的女人们抽抽泣泣地抹眼泪，说，福全老汉说得在理。

宋珠英也哇一声哭开了，她说，你们只知自家的难，就不知俺最难。俺像头驴马卖这里，谁有钱就拉走，想让谁配就让谁配，圈牲口一样圈住俺。俺不是肉做的？俺不是俺娘的心肝肉？俺不是娘屎一把尿一把拉扯大？爹哩，俺叫你一声亲爹，俺给你磕头，你可怜可怜俺……

宋珠英也跪下"砰砰"地磕头。

村主任刘黑头说话了："嗯，是这，你俩都起来，咱是商议喜事，甭号那丧。"

众人把两人拉起来，臭臭娘说："大妹子，男女那东西就个开头难，你索性闭上眼两腿一叉就过去啦。"

一屋人哈哈嘻嘻地笑。刘黑头说，对，骚寡妇给她说说，当初你是咋过来？臭臭娘瞟一眼村主任"咯咯"笑着说："讲就讲，当初俺那死鬼五袋燕麦就把俺黄花大闺女换下了，俺不服，两腿夹得紧紧地不让他上。倒可气，俺那死鬼也是个憨，真不上。"

村人嘿嘿笑着说，后来哩。臭臭娘一拍大腿说："后来到底俺憋不住了，松了腿。"一屋人哈哈地笑，宋珠英不笑。臭臭娘说，有了一回还想哩。臭臭娘一把揪住宋珠英使个眼色，女人们七手八脚地把她往炕上架。事情来得突然，宋珠英被搋住了，没来得及抽出腰里的家伙。

臭臭娘一边使劲一边招呼俺哥，大愣，快，还愣球甚，还不快上，亏你五尺五高男子汉。

女人们手脚麻利地剥光俺媳妇衣裳，一件铁家伙叮当响地掉炕上。俺哥上前捡起来一看，是把缺了半边的坏剪刀。俺哥一甩手扔地下，上炕。

事情发生在众目睽睽下，亏了好心人协助，俺媳妇被强奸了，被俺哥，在俺家炕上。

俺闭着眼想象宋珠英如何悲痛凄号。她呼号着天爷地王，呼号着所有死去和活着的亲人，甚至呼号俺的名字。但无济于事，一向圣洁的二不愣尚且犯傻，何况那些聪明人呢。

宋珠英只能缩在炕角哆嗦。院里爹补办着酒席，推杯换盏，满村上空浮荡着祥和安宁的气息。这种气息像亡灵的素衣弥撒着人类畏惧的光斑，它沉默着，却盖过了所有声音。俺哥呢？义无反顾地承担起传宗接代的责任，酒过三巡，醉醺醺踢开门再次上炕。

一声惨叫！疼人心魄。院里喝酒的人须发竖立，俺爹捏不住酒盅摔碎了。俺就是这时进的家门。俺跑进屋一看，血！炕上宋珠英昏死过去，一截钢丝穿透她小腿肚，绾个蝴蝶一样漂亮的结，跟炕沿捆扎一起。钢丝换了面目，它以蝴蝶结的形式遮蔽冷血的本性，代价是一个悚人噬目的洞。俺哥笑着拧。钢丝附和着，一声刺透天灵骨的叫喊迂回在山野，不像发自宋珠英之口，似乎是那个淌血的洞。

狗口的哥，操你娘。

原谅一个二不愣语无伦次的不孝。

俺也叫一声晕过去。等俺醒来，看到一只核桃大的小兔子瞪圆溜溜眼睖俺。它被从原来的地方扯下躺地上，它嘶哑的嘴里淌着血，像剥光皮待烹的可怜的一盘菜。俺捡起来，还有半只剪刀。俺出门了。

俺想杀人！杀谁又不确定。是俺哥？是俺爹？还是所有的人？要不，是俺自己？俺无法确定，谁都该杀又似乎谁都不能杀。俺只好出走。这似乎是俺漫长乞讨生涯的一次演练，又好像俺要借此寻找什么，是俺丢失的东西吗？是智慧吗？

或者是理由？

好，大学生，不赖！灌下一瓶酒后你终于聪明起来，你啪啪地敲着桌子像只狼一样伸直脖颈吼唱：给我一个理由，让我去追求；给我一个理由，可以不再为谁停留。俺真高兴，你小子终于能在这个层面上与俺对话。这是进酒之前你绝对达不到的高度。即便你怀揣着经年苦熬来的经不住揉搓的文凭，也得忌妒上帝对天赋禀异的二不愣的偏爱。那么，你需要什么样的理由呢？

你吃饭拉屎需要理由吗？你需要吃屎吃炭吃肉吃毒药的理由吗？恋爱并失去恋爱需要理由吗？你偶然进入饭店偶然遇见尊贵的二不愣需要理由吗？你需要喜欢奶并为奶执着的理由吗？

不行，这样问下去显然不行。因为答案只有一个。所以俺怀念那位流浪兼乞讨的诗人。在死亡线上俺与他共享一根人骨。诗人说："上帝用大脑思索，而可怜的人只能用鸡巴思索。"像传递火炬或轮灌一瓶烧酒，俺和诗人将一个人最靠近思索的部分消化掉。诗人问俺："上帝有什么理由给你理由？你有什么理由需要理由？"这真是个需要思索的问题。大学生，别插嘴。如果只能用鸡巴思索就请闭上嘴。

诗人说，女人不需要思索，"奶"只需要被思索。

那位伟大的诗人兼乞丐最后死在离死亡线八百里的一名妓女怀里。这是后话，眼下俺上路了，带着一把残缺剪刀和满腹疑惑上路了。这件失去剪刀功能的铁器成为俺日后忠实的伴侣。俺和它日夜相随相依、交流争执。

它说：杀死爹！

俺说：爹？给俺娶媳妇又阴谋抢俺媳妇的爹？地底下谋活法，给二小买新衣裳的爹？用老茧手勾俺下巴眼巴巴盼二小笑一笑的爹？就那个永远直不起腰，老脸上嵌一双满是眵目糊红眼的老汉？就那个没明没黑地上地下受苦的老汉？就那个兜里刚半鼓就拾掇他茶二小上学堂的老汉？

它说：杀死哥！

俺说：一边歇去，哥是甚？哥是踩板凳上给二小做饭的人；哥是给二小上树掏雀下河摸鱼的人；哥是把受欺负哭鼻子的二小背回家的人；哥是把最后的馍和肉留给二小的人。

它说：杀死刘黑头！杀死所有的人！

俺鼻子里哼一声说：去，俺打赌，离了这儿，你再见不到这么一群热心肠的人了。

它说：主人，那就不客气了，只能杀死你！

俺说不上来。但俺没有让它杀死俺，因为俺还没找到。那会儿俺还没遇见伟大的诗人。俺就沿河流的方向走下去。不管如何，俺已在路上。这相当重要。你如果把一截高粱秆剥开，你会发现在果实与根茎之间有一节一节的关卡，哪一节都不可少。当然形成关卡的因素很多，二不愣不能诠释。

俺惊了一只归巢的鸟，一粒卵和一片羽毛改变了原来的轨道，卵碎成一汪泪泡，羽毛于鸟尾上滑翔，嫁接到一棵椿树上；俺一脚将落后的懒羊踢到队伍前面，它正好被屠宰汉相中，成了美餐。俺改变了它的命运，但老天作证，俺只是不经意的一脚。

就是这样。

俺沿滹沱河的流向走着，不再思索。其实河流也是如此。在三个多月的演练中俺除了感受季节的表情外，学会了品尝。品尝一切见到的东西，包括煤渣。这期间的两件事俺有必要讲述给你听。

第一件事的背景是个黑屋子。俺在河沿上看见它鬼鬼祟祟地背着俺。俺踩过由千万具叶片尸体和汲取尸体营养而生活的芨芨草组成的小径，来到它面前。门半掩着，俺从它呼出的气息中抓住了肉的味道。

俺进去发现它有理由半掩着，这是既要多装载光线又能少泄漏肉味的最佳选择。一个聚精会神于某事者忽然发现被人窥视应有的表情就在俺面前。这是个女人。面目黑丑的女人没有惊叫，因为她的嘴正被诸多肉占有。她努力睁圆双眼盯俺，俺盯着她手中的碗，碗里有久违的肉。肉们洋溢着与俺一样急不可耐的热切表情。但女人相反，冷酷、凶残，有点像护食的狼狗。女人的表情更坚决，俺只能退出来。

但在俺扭头走的瞬间，女人撵出来。她说："你不能说给他。"

俺说："谁？"

女人说："俺男人。你不能说给他。"

女人说到男人时黑脸竟红了一霎。俺说："他拿钢丝扎你？"

"不，他从不打俺。"女人说，"可你不能说给他。"

俺点点头要走，她从门口消失又飞快地出现说：给你一块！

一块肉就飞过来停在俺脚尖旁的牛屎里。俺极快地捡起来放进嘴里。

俺继续行走，但俺已多了一份责任，俺的视野更多地关注每一个可能是吃肉女人的男人。俺运气好，没走出二里，俺就看见了她男人。

俺相信他绝对是吃肉女人的男人，没有理由。他也正聚精会神于一事，不同的是他没发现俺。他在一丛色彩斑斓的树后，跟一个女人合力完成一件事。看来这是件费力的事，他和她都完全光着身子，俺甚至看到他们屁股上都沁出黄豆大的汗珠。他和她干事的奇怪声响掩盖了他们的谈话，俺只听到一些断续的字："亲亲……偷……孩子……母猪……下次……"

俺很失望，她的奶竟平坦得没有想象的余地。但俺还是决定要告给他，因为俺毕竟吃了他女人一块肉。俺大呼："你媳妇没吃肉！你媳妇没吃肉……"

俺之所以将这事讲给你听，俺想是因为俺吃了肉，俺三个月演练生涯中唯一的一块肉。其二，俺很奇怪吃肉的冲动第一次击败了吃奶的欲望。

第二则故事也是关于黑房子的，但要简单得多，只有一个老得没地方搁自个儿皱褶的阿婆。俺在她房里待了不到一刻钟就起身回程。俺决定回窑头村不是说俺找到了甚，但肯定跟来时的俺不大一样了。

黑房子里的老巫婆说："儿子大了，娶了媳妇；女子大了，作了媳妇。"

俺吃着煤渣听。

老巫婆说："媳妇成了女子，女子变作媳妇。"

俺觉得这粒煤渣欠火候，使劲地咀嚼。

老巫婆说："女子不生儿子又成了媳妇，媳妇不生儿子回头作女子。"

俺没给火炉面子，将黑房子的煤渣尽数装进胃里，俺拍拍肚皮说："阿婆，鬼地方哪来那些人，儿子、女子、媳妇的，还会变。"

老巫婆没理俺说："人走了，河走了，只剩老婆子了。"

俺想问她怎么变的戏法，怎么说走就走了。俺还没来得及张嘴，老巫婆突然站起来用她支撑重量的拐杖在俺两腿间乱搠。边搠边嚷：都怨你，都怨你。

俺大骇，双手护着鸡鸡就跑，俺边逃边骂，俺咋来？俺鸡鸡咋来？俺又不是你买来的，想打就打想扎就扎。

俺就这样逃离了黑房子，俺踏上了返程的第一步，俺想象着俺爹灿烂的笑颜和俺哥宽阔的胸板守望在村口。还有宋珠英，她坐炕上笑吟吟地瞭俺。俺幸福地融化在她水红色线衣里。但她的腿用爹和哥付出心血的新被窝盖着。俺看不见。

俺进村时秋风为俺扫净了霜尘。

4

这事跟一个卖豆腐的有关。

他的那根寒酸扁担在窑头村只出现了几次，俺、俺爹俺哥就改变了命运。否则俺不可能成为有成就的乞丐，俺哥也不会自杀，俺爹不会死。你瞧，那根扁担跟俺踹羊屁股上的一脚异曲同工。

俺进村时特意四下睃望，但没有爹和哥的影子，俺看见了他。他藏手在袖筒里，吸着鼻涕圪蹴在秋风的村口。旁边撂着一副担子，担子里堆三五块豆腐。俺毕竟在三个月里具备了乞讨爱好者的素质，俺一眼就看出他的豆腐有问题。

不是味道的问题，是别的。

他似乎怕俺更深地研究，讪讪地笑了，用袖头揩下鼻涕，说：下庄的，输，输，输得没，没，没钱儿了，弄，弄俩钱花，花。俺急于回家，没理这个结巴。他在后头不依不饶，兄弟，弄，弄，弄块豆腐吃。俺心想哪来的傻瓜，山里人自家磨豆腐，吃不完。他喊："兄弟，你不，不吃，你嫂，嫂吃不？"

俺真想掏出鸡鸡把他的豆腐浇黄了，但俺没理他。俺想回家。

哥先看见了俺，他在院里劈柴，手里拎着个吓人巴煞的斧子。俺看见哥在抬眼的瞬间，脸上灿烂如花。他扔了斧子三两步跑过来抱住俺，哥把俺像小孩子一样举起来。俺悬空转悠着，俺看见哥眼泪哗哗流。

哥把俺轻放地上，摸着俺头喊："二小回来啦，二小回来啦……"

屋子里"砰啪"一阵乱响。爹跑出来，老脸愉悦地抖着，倚着门框就软软地坐门槛儿上。俺爹就那么一脸笑纹，坐门槛上定定地瞅俺。风在那一刻住了脚。

俺哥呼啦啦冲进屋，又旋风一样出来，手里握着一把寒光四射的刀。

俺没来得及反应。爹异常敏捷地站在俺面前，哥与俺中间。哥已冲进猪圈。猪圈里传来尖利的猪叫，可再尖也尖不过俺哥的刀。

俺说："离过年还早。"

猪也说着同样的内容。但俺哥说："今儿个比过年高兴。"

爹没说话，就是说他不反对哥杀猪。爹的白胡子越多了。

猪的愤怒可想而知。俺喜欢它的肉，俺喜欢它在饭桌上香喷诱人的样子，可俺不喜欢它变化的过程。猪怎样由屋外蠢陋肮脏的物件变成炕上小桌中的美色，是个复杂的问题。俺把它交给爹和哥，或者说爹和哥替俺策划了这个过程。

俺坐外屋炕上，看着锅里升腾的热气，心里怅然若失。直到爹和哥做好了一切，将火炕上小饭桌摆布妥帖。哥端碗盛点肉要进里屋。爹说，让她出来一搭吃。哥大喊：等甚？出来！吃肉！俺心里揪得紧张。

俺听到里屋"哗哗"地水响，片晌探出半个身子来。宋珠英的乌发油光光贴着脑壳，后面想必是个髻，额前一抹水似的刘海儿。俺眼已走进她身子里面了。俺哥说，二小，别愣着，快吃肉。俺一转息间见她已整个地站在里屋门口，用春风一样的眼瞅俺。老实说，俺在霎时间涌上喉头的字是：娘。这有点可笑，俺为俺的可笑咧嘴笑了一下。她抿嘴浅浅一笑，然后走过来。

等等，不对劲。俺指着她大呼："腿，腿？"

俺哥给俺夹一块肉送嘴里，说："你最爱吃的猪心。"

俺爹挪个位子给宋珠英，宋珠英说："二小瘦了。"

俺把嘴里的肉囫囵吞下，刚张开嘴，爹说话了："二小，你哥地上地下快找疯了。"

没人懂俺心思，俺急得跳下炕在地上学她一瘸一拐地走。宋珠英"扑哧"笑了说："姐下地崴了脚。"

不对，俺知道不对，俺刚张开嘴，哥把筷子往桌上一拍说："甚姐？嫂！"

宋珠英低了头不吭。哥的眼利得吓人，像那把杀猪的刀。俺不敢说甚，上炕吃肉。

屋子里一阵牙齿的欢呼声，它们迎来了节日，彼此交错响应着，跳着集体的舞蹈。可怜的肉则只能幻想拥有最后的力量，然而无济于事。

俺嫂说，饱了。跳下炕用一只脚点着地，回过身说，二小，别撑着。说完就回里屋了。俺一眨不眨地盯着。俺嫂左脚踩一步，右脚点一下，身子顺势歪一点，胯骨紧跟着一个弧形扭转。

俺鼻子一酸，说，俺嫂瘸也瘸得好看。俺嫂就这么一踩一点一歪一扭地回了里屋，俺从没想过从外屋火炕到里屋门口几步的路程能走出这么多内容。

俺想象着一朵铁花的盛开，它根植于骨髓，赖以血的灌溉，它的生命里融入了无限的悲怆、愤懑。然而它锋利的叶片并未能凝敛一粒泪状的露滴。它叶脉中流淌着冷的胆汁样的血液，它只能在扭曲的注视中孤苦大胆地开放。

爹咳嗽一声说："你看，二小回来了，俺明儿也能下窑了。"

俺哥腮帮鼓动半天，不说话。

俺爹又说："越挖越深，营生越来越不行，煤少了。"

俺哥说："俺多加两个班，爹就不用下去了，苦重，年纪大眼神也不济。"

爹说："不行！老汉有俩娃，一个下河了，一个还在岸上。"

俺哥把碗一摔说："那也不行，家里不能断人。"

"有二小！"

"二小顶个屁！"

俺睁开眼看见透过窗棂破洞射进来的一束光，它在墙上画了个圆形光斑。一只扁足虫在那个圆里踯躅，找不到突破口。这是俺回家后的第一个早晨，俺睡了个好觉。想不起俺睡着时，发生了什么。空荡荡的炕上俺形单影只，俺一骨碌爬起来，不见爹和哥。

忽然一丝不易捕捉的哭泣传来，像是不经意间从门缝里吹来一缕风。俺以为是俺嫂，她当然有哭泣的理由，她甚至有号啕恸哭并弄死自己的权力。但不是她。俺麻利地下地推门到院里，俺爹坐在檐下抱着头抽烟，地下一摊烟头。

见俺起来了，爹说："二小……"

俺却久久等不到爹的下文。爹似乎被一种看不见的东西折磨、压制。爹使劲吸着旱烟炮。俺想扭身回屋，爹却又开口道："他们现时挖得正欢哩。"

爹说完忽然就埋头"吭哧吭哧"哭出声来。俺明白爹的哭，一个人丢失掉心爱之物是件很伤心的事。他失去了劳作的权力。俺不知怎样帮助这个老汉。但他的哭似乎还有其他的因由。爹忽然抬起头问俺："二小，爹是精还是茶？"

"爹做了件甚事？"

爹一下子给了他茶二小两个问题，而思索是件头疼的事。俺和爹呆呆地坐在檐下。风在空中嘲笑。秋天的日头不冷不热地俯瞰着爷儿俩。

俺嫂在屋里喊："爹，饭好了。二小，看姐做的啥？"

做的啥并不重要，俺更喜欢吃着俺嫂做的饭看着俺嫂。所以晌午饭吃得异常拖沓，俺哥"嗵嗵"地进屋俺还端着碗。俺哥黑着脸像头有白森森利牙的魔兽，俺哥很奇怪，没有吃饭而是一把拽住俺嫂头发拖到里屋。

里屋顿时热闹得古怪，各种稀奇的响声层出不穷。俺爹一脸黑云悻悻地去院里抽烟，俺惊讶那些奇怪的声音到底是从哪里生出的，里屋门却将答案紧锁。

好久，哥从那可怕的音响里拔出来，哥出来往怀里揣两馍就走。俺听到爹在院里吼："你不要命啦？"

这样的奇怪事旷日持久，哥不定甚时回来，有时早有时半夜，有时俺被尿憋醒就听到里屋混浊的动静，俺就知道哥回来了。

那天刚擦黑，俺哥一进屋，俺嫂像只驯服的猴子，站起来颠颠地朝里屋走。俺爹喝住：坐下，都给俺坐下。

俺们都静静地坐着，爹又半晌没下文，爹经常这样。爹的旱烟炮烫得捏不住了，爹才拧熄烟屁股讲话。爹说：天柱天梁，你俩都是爹亲生亲养的，爹总想一碗水端平。爹又卷着新的旱烟炮，爹接着说：天柱，你的心思爹知道，你没白没黑地地下钻，是觉得亏欠二小。可钱不是一朝一夕挣下的。爹扭头对着俺说："二小，爹把话放这儿，只要爹一口气在就迟早给你买个。"

俺没吭声，俺觉得这不重要，俺有嫂子就够了。俺哥意外地开口了："大，你是不是还想下窑？"

俺爹说："今儿俺一伸手就抬起了碌碡，俺身子骨还行。"

俺哥说："那也不行。"

"咋？"

俺哥像个牛哄哄的债主，说出结果就不吭了。俺爹一连声问，咋？咋？哥只是不吭。

俺嫂怯生生地说："不是俺想让爹下窑。俺只是说，俺不跑。"

爹和哥齐刷刷扭头瞅她。俺嫂怕是说错话了，俺嫂低下头不敢讲了。

俺哥叹声气说："不是这。"

"是甚？"

"窑塌了。"俺哥说，"塌了十来天了，俺在下庄的窑上寻了活，来回二十里路。"

俺爹愣怔半晌不说话。俺说："塌就塌吧，又不是咱家房塌了。"

爹一黑夜独个儿念叨，好好的红洞咋说塌就塌呢？哥说，哪个窑没红过？哪有挖不完的煤？咱村早挖人家下庄地底下了，两下一起官司，咱村不就完了，窑让封了。哥没好气地，人家下庄根本不让咱村人去帮工，俺找了五大娘，人家看在赵秃子面上才让俺去了。俺哥往怀里揣了几个馒头说，活儿苦球的没法说，挣得没以前一半多。哥临出门撂下一句：小心，眼下咱村乱得很。

俺想起那个卖豆腐的，他是不是个坏蛋？

俺哥回家次数渐渐少了，有时背一口袋干粮就三五天七八天不回家。俺哥想多挣钱给俺买媳妇。但俺哥掰着手指头算算就没话了。俺哥一拳砸进脸盆里说，太少了，他娘的逼，狗日的们真黑。俺看着水花四溅，俺知道俺的媳妇泡汤了。

想必爹也知道，爹的腰弯得更厉害了。他常做的事是在秋阳下坐在檐下发呆，一坐就多半天，旱烟炮常烫着手指头。以至于俺以为他脑瓜不行了。与爹的沉重相反，俺嫂似乎轻松了许多。她像只出了圈的绵羊，屋里屋外喧欢，也异乎寻常地勤快起来。

俺印象中说不清嫂那些日子共买过几块豆腐回来。

这是个秋日难得的好天，天干净得像俺嫂擦的锅台，枝头有喜鹊喳喳地叫。这样的天适合忘记与放纵。俺一如既往地吃着煤渣，这东西在俺村越来越少，但俺总能找到。俺嫂把俺家能洗的东西都洗净晾院里。

俺嫂边做活边小声吟唱：山歌不唱不开怀，磨子不推不转来，大磨推得团团转，小磨推得溜溜圆……

俺走进里屋说："嫂唱的甚？怪逗人。"

俺嫂说："好听吗？"

俺嫂又唱：山歌子来子山歌，俺歌没有你歌多，三下两下唱完了，摸来摸去摸脑壳。

俺嫂说："二小，晓得不？按规矩该你接着唱。"

俺说："唱就唱！"

俺把煤渣咽干净，清清嗓子眼儿大声唱：子儿子儿配对对，配下金银满柜柜；子儿子儿配对对，配下玛瑙耳坠坠……

俺嫂笑得"咯咯"的像只乍抱窝的小母鸡。俺嫂说，二小，再唱，再唱。

俺想起爹哄俺睡唱过的：俺娃睡，圪捣锤，捣烂糠，喂鸡鸡，喂下鸡鸡下蛋蛋，下下蛋蛋卖钱钱，卖下钱钱买镰镰，买下镰镰割草草，割下草草喂羊羊，喂下羊羊抓毛毛，抓下毛毛擀毡毡，擀下毡毡卧娃娃……

俺还没唱完，俺嫂就笑得直不起腰了，直说，二小，再唱再唱。可俺不会了。俺嫂笑着笑着就哭出泪来。俺嫂哭得伤心。俺嫂的泪像雨天檐下的帘。俺奇怪，问："嫂，你哭甚？俺哥又扎你来？"

俺嫂住了泪，定定地瞅俺，叹息一声道："你真傻。"

俺说，嫂放心，俺已偷偷把钢丝全扔河里了。俺嫂又定定瞅俺，说："你咋这么傻？"

俺不知是咋，俺不吭。嫂再次定定地瞅俺片刻，最后像是一咬牙说："二小，你会想姐吗？"

俺点头。嫂独自喃喃：俺欠你。

俺嫂说："二小，你想吃奶不？"

俺不吭声，但点点头。

蓝格莹莹的天，水格灵灵的奶。窑头村二不愣度过了他最幸福的岁月。俺幸福得死去活来。在接下来的短暂几天里，俺敢说，俺绝对是世上最幸福最幸运的二不愣。全怨那个狠毒的卖豆腐的家伙，他的最后一次出现，让俺坠落冰川。

俺不得不再次提到那个不凡的诗人，在乞讨路上俺跟他无数次探讨关于"奶"和"恋爱"的问题，诗人说："当人开始思索时，也就是开始使用鸡巴时，人是最愚蠢的动物。"俺确信，俺在那一刻，绝对未能保持一个二不愣的天分。

这里有个不容忽视的问题，就是俺爹。俺爹在俺幸福无边的那段日子里，像是不存在一样。事实上俺爹确实不存在，他患上了爱遛街的毛病，一到俺幸福时刻的来临，他一准犯病。

俺早说过，俺爹脑子不行了。

哥的脑子里全是煤。黑，成了他眼睛里的全部颜色。有一回俺哥丁哩哐啷地进屋，俺刚从里屋出来，手里还提着裤子。但俺哥只高兴地说，二小，今儿哥多挣了五块钱。

你瞧，在如烟日子里，人的视野多么有限。

5

俺必须把那块豆腐处理掉，它搁置太久了。

俺正躺炕上眯眼回味，回味刚度过的美妙时光，门"哐"一声打开，哥黑头黑脸地进来，哥说，他娘的逼，冒顶了，差点要了命。哥往俺身边一躺顺口问，爹呢？是啊，爹呢？爹出去遛街了，但这回似乎遛得太久了些。俺哥又问：你嫂呢？咋不做饭？

俺哥"嗵"地跳下炕里屋院外地寻，甚至看了猪圈，没影。俺哥急了，大呼：大！大！大！俺爹像头得到召唤的笨驴子，跌跌撞撞闯进来。

俺哥说："大，俺媳妇呢？俺媳妇呢？俺媳妇不见了，俺媳妇跑球了。"

俺爹急得胡说起来："咋？不能！刚还和二小……不是，咋？才还……唉！"

爹老泪和鼻涕随他的咳嗽一起下来。俺哥说："大，不急，五十里山路她个瘸子跑个鬼，等俺弄死她。"

话音未落，俺嫂进院了。俺嫂一颠一颠地过来，俺、俺爹俺哥默不作声地看。俺哥忽然上去抢一巴掌。手起人落，俺嫂坐地上抱脑壳哆嗦。

俺哥怒不可遏，问："干甚去来？"

俺嫂抹去嘴角一缕血红，没作声。她的蓬乱长发遮蔽了眼，俺看不清里面的内容。俺哥四处睃寻，檐下找了劈柴的斧子，扬起来像是过年贴的门神。俺哥大吼一声："说！"

俺嫂怯声说："买豆腐来。"

"豆腐？"俺哥俺爹异口同声，山村来了卖豆腐的，这不常见。

俺说："卖豆腐的是结巴，俺见好几回。"

哥厉声说："豆腐呢？"

俺嫂从她身下拎起压碎半边的豆腐。嫂的言行合情合理了，哥没理由再举着斧头。爹一把夺下来说，有煤，不用劈柴。俺嫂拉住俺手起来匆匆回屋做饭。俺哥愤愤不平：山里有的是黄豆，买球甚豆腐，败家货，打得不亏情。

俺嫂买回豆腐，似乎还带回比豆腐硬实的东西。俺嫂噼噼啪啪地拉着风匣子，像是铆足劲的发条。俺嫂眼里放着炽光比往日生动了许多。而且她对俺哥的野蛮似乎有无限的忍耐力，这种忍耐力显然不是来自恐惧。

与待俺哥相反，嫂更温情地待俺，她不避讳狼吞虎咽的哥，一个劲儿往俺碗里夹菜。她甚至用春日一般的眼盯着俺说："二小，姐好不好？"俺瞅一眼哥，哥没计较。俺说："好。"她春情依然如故："姐咋好？"俺血脉喷薄，几乎就要说，咋都好，姐让俺吃奶，姐奶最好。但俺爹忽然"噗"地把饭吐了一桌子，说："天柱家的，饭咋这碜！"

俺哥一面骂俺嫂没淘净米硌了爹的牙一面出门去上工。俺嫂脸上溢着笑。俺嫂的笑一晚挂脸上，像个把奖状贴脑门的小学娃。俺惊讶俺嫂的变化，她像是吃了仙丹一样。俺想起那个结巴说的"你不吃，你嫂吃不？"看样子，俺嫂真吃了。

晚饭后俺和爹躺在热腾腾的炕上烫脊背。俺爹舒服地闭眼假寐。俺听到俺嫂在里屋叫，二小，给姐烧烧炕。

俺抬头看爹，爹毕竟老了，已很响地打起了鼾。俺跳下炕蹑手蹑脚地进了里屋。

嫂依然笑着盯俺说，坐。俺和嫂面对面坐炕上。嫂笑着盯俺片刻就流下了两行泪。嫂说："俺弟跟你同岁。"

俺说："嗯，俺知道。"

嫂说："二小，以后再不敢胡吃乱喝，也不敢瞎跑。"

俺说："嗯。"

嫂又说："以后想姐不？"

不等俺开口俺嫂就低低地啜泣起来。俺听到窗外呼呼地风响，深秋的脚步冷静地逼近，不管人们是否做好准备。俺嫂突然抬起头盯着俺。俺心咚咚地要蹦出来，俺以为嫂又要让俺高兴，可嫂只淡淡地说，好了，二小，出去睡吧。

俺重回外屋躺下，爹翻个身说句含混不清的梦话。

俺朝另一个方向翻身睡去。俺似乎听到悠扬的胡琴凄迷人耳，像是远古画册里一位姑娘的啜泣，如歌如诉。这幅画俺在甚地方见过，也许是一个老巫婆的黑屋子里吧。姑娘的哭泣愈见清晰，俺甚至看到她袅袅走来，时光的铅粉逐渐剥落，尘埃弥散间她的音容渐显端仪，恍惚间她竟是微笑的俺嫂。俺嫂轻履薄衫半裸酥胸向俺走来，俺看到一双呼之欲出的奶子，如两只结伴而行的玉兔，召唤引诱俺。俺跳起来要奔去，猛然一声霹雳，电闪间俺嫂倒地，炫目的红血从嫂乳间涌出，嫂胸口赫然插一把残剪。俺怵叫一声醒来。

俺嫂竟真的在地下看俺，手抚前胸，痛楚不堪。可怕的是地下竟有五六个大汉。

其中一个手里握支枪。黑洞洞的枪管子瞄准爹脑门，爹半跪在炕上像只掉陷坑里的猎物，爹打着冷战，空气里凝固着窒息的火药气息。一个秃顶汉子说，把枪收起来，走。持枪的人说，你们走，我俩吃棵烟再走。

那几个人扯了俺嫂就走，俺大叫一声要拼命。俺嫂喊："二小，不敢，他们是好人。"好人还能抢人？好人半夜跳俺家墙头？俺不信，俺要拼。俺爹说："二小，他们是公安。"

"公安是甚？"

"公安就是政府，政府就是管村主任的。"

俺不动了，这些人比刘黑头还官大。俺嫂被扯出院又扑进来，俺嫂拉住俺手说："二小，俺……"

政府说："甚时候了还啰唆，快走！"

俺嫂说："要不，等他哥回来说一下。"

政府说："胡说，快走！"

俺嫂哭得说不全话："二小，欠……"

俺想，谁欠谁？

老人家，受惊吓了，来，抽根烟。小伙子，来，坐下。我们也是不得已啊。政府说。

这是个大案，跨省大案！人贩子祸害大啊，毁了多少女子。宋珠英是他们祸害的一个。政府说。

政府问：老汉花多少钱？六千？是这行情。老汉花得冤，就当买了法看——买人犯法哩！

政府说：下庄姓赵的窑汉认识不？他买了个四川媳妇，叫枪毙了。他媳妇原有男人娃娃，给他做了三月媳妇要了他条命。我们破了这跨省贩人案，去解救他媳妇，他媳妇白儿黑夜捆着，跟他困觉也捆着。我们的车上不了山，我们步行解救那女子，我们带她走出村一里地就让包围了。让锄头铁锹包围了，估计全村的锄头铁锹都出动了，我们的枪没用。我们的帽子打飞了，上面有国徽。他们胜利了，他们把那媳妇抢了回去，我们像些斗败的公鸡，抹着脸上的血，步行下山。

第二次我们骑了马。我们离村十里就下了马，等天黑摸进村。我们贼一样跳墙进去，我们背了那媳妇往山下跑。半路被截住，他们抄小路来，他们没客气，铁锹劈头盖脸抢下来，小洪就死了，脑壳削了半边，小洪是警校实习生。我们没开枪。

后来逮捕了赵窑汉，他说，他花了钱，他媳妇花了他钱。可法不认钱。法要了他命。那女人回四川了。赵窑汉没了钱，没了媳妇，没了命。

俺爹和俺坐炕上，俺爹抽着烟咳嗽，政府一个劲给爹烟。爹咳嗽得山里一切生灵不安，公鸡咯咯地打鸣。政府说，行了。

政府说，是时候了，就走了。

俺没机会笑，现在俺跑滹沱河边大笑。村里人劝俺，二不愣，别伤心，该着哩。村里人说，唉，可怜仁义的老石家。俺爹一整天在屋檐下呆坐，俺哥砸烂了屋里能砸的家什。

哈哈哈，俺替俺哥俺爹笑，俺为村里人可笑的话愈发笑得肚疼。

俺嫂说，二小，吃奶不？

秋天干枯的喉结哽咽，燥热气息喷薄欲出。俺偎在嫂怀里。想象如同地里拔节的莜麦。俺领悟着自然的无穷奥妙。奶香响彻云天，那是神赐的粮食和营养。没有一种音乐如此震撼，俺用双手和舌尖聆听——那种弹指心弦的呻吟；没有一种颜色如此诱人香醇，须以全部想象阅读与静享——那粉红与白嫩的构思。俺偎在嫂怀里。俺陶醉在一个季节里。

俺嫂走了。俺像只懵懂的狗，沿河寻找昨日肉欲划伤的气息。在草丛、石隙、花间、落叶的缤纷里，俺嗅着，恍恍地走着，把爹和哥扔在脑后。

俺嫂说，二小，吃奶不？

河水在地表咕咕奏鸣，是由亘古悠长的地心吸力指引。引导俺畅游流连的，是乳色山峦下咚咚跳着的力量。俺对自然佩服得五体投地，俺用眼、手、舌头以及能用的一切器官感受并回报深埋地底的心音。

你不得不嘲笑一个二不愣悼念昨天的方式。俺无法制止双脚前行的步履，俺在俺似曾相识的任意地方，可能是一棵树后，一尊嶙峋的石旁，或是面对一汪浊水，俺的手在裆间快乐地游走、弹奏、拨弄。俺想，俺用手与鸡鸡对话，至少是思索一具肉体如何面对孤独世界的问题。

俺嫂说，二小，吃奶不？

这句话是俺制造快乐、寻找逝去气息时的背景。俺聆听着俺嫂这句话，俺沿着它能寻到俺嫂轻吐如兰气息的红唇。俺生活在它的指引下。这句天籁之音成了俺应付一切魔鬼的武器，孤独、寒冷、饥饿都统统逃逸。它是有魔力的咒语，类似后来俺乞讨生涯中听到的僧人的偈。

与俺的懵懂和在山野枯黄日子里自造快乐相反，俺爹俺哥陷入了不可救药的绝境。俺看着他们衰草一样枯萎，俺哥索性背了一麻袋燕麦去了下庄，他把自己交给张着黑洞洞饿嘴的大地。这样俺爹的日子简单成吃、睡与拉。俺爹开始糊涂了，常常弄不清昨天与今天的界限，常常在午饭后小憩醒来又忙于造午饭。

那个鬼鬼祟祟的卖豆腐人再没来。那块搁置太久的被俺嫂压碎一半的豆腐，臭了，扔猪圈里了。

就这样，日子在俺们快乐与忧伤、心痛和诅咒间一页页掀过。败亦犹荣的秋天走了，冷酷而公正的冬季登场。风儿捎来上帝谈笑间撕下的一页剧本，天地间周而复始地上演。

俺想说一下俺家的过年。

雪掩盖了事情真相，满目是纯洁的颜色，天空中无休止地继续开放虚伪的花。俺哥在全村的欢腾中哈哈笑着放了一串鞭，俺家的年在"噼噼啪啪"中来了。俺哥说，二小，笑起来，该哩。俺爹也露出豁牙。

俺哥说:"二小,笑起来。"

俺哥俺爹盘腿坐炕上对饮,他们嘻嘻地笑着,谈论一些与生活无关的事,谈论来年未知的收成和未来某件高兴的事。他们一碗接一碗地喝,俺不屑喝,俺有比酒更能点燃自己的煤渣。

俺哥说:"女人算个甚?没女人咱照样过个好年,是不是,爹,二小?"

俺哥说:"没女人咱不照样喝酒吃肉?女人算球个甚!"

爹闷头喝酒不吭,哥又烫了一壶。窗外雪花漫天飞舞,闹腾得真有过年气氛。爹忽然开口:"有个娃就歇心了。"

俺哥哈哈地笑着说,爹说这干甚,说这干甚?爹喝醉了。哥大碗喝着酒,哥说:"女人算个甚。"

"女人算个球!女人算个球!"哥哈哈地狂笑起来。

哥把碗往地下使劲一摔,哥哈哈地狂笑,女人算个甚?哥的笑忽然变成号哭,继而号啕大哭,哥哭着喊,女人,女人……

俺爹说,莫哭,柱子,莫哭,过年哩,该笑哩。

俺也说,哥,笑起来。

在爹和哥探讨哭与笑的问题时,俺跑出家门,冲向雪野。

也许在诗人看来,雪花只是上帝的道具。它让忠实的愚民狂热,让一个二不愣在大年初一的喜庆里扑向死亡。在这样一个容易覆盖真相的天气里,没有人注意一个微不足道的生命正在雪的袭击下消散、冷却。

二小,吃奶不?咒语再次响起,俺在没有人迹的山道上狂奔。仿佛命中注定,俺必须去,俺必须投入雪原怀抱,因为那里有俺生命的源泉,有俺赖以维持的营养。俺在月光惨淡的瞰视里爬行,俺不能停息,与博大的原野比较二不愣的执着只有一个。

俺在生命冻结的前页,梦见俺偎在嫂怀里,嫂敞开的胸怀弥散着生动馨香的鲜活光泽。在大自然宽宏的偏爱下，俺真像个吃奶的孩子。

<h1 style="text-align:center">6</h1>

这个梦无疑是冗长的，因为俺睁开眼已是两天三夜之后。"二小！二小！"在梦的结尾俺听到了天空的偈语。梦的内容已不很具体，俺只隐约感到弥撒温暖的母体是梦境永恒的主题。"二小！二小！"这好像是俺迷惘生命走向的一种暗示。它与"二小，吃奶不？"遥相呼应，它们站在俺生命的两端，以现实与梦幻两种形式遥控着二不愣的生命。

俺睁开眼，听到唤俺吃奶的声音在耳畔叫着"二小醒了，二小醒了"。俺的力量从天而降，俺一骨碌坐起来，俺使劲揉着眼，俺不相信俺真的醒来，这只能是梦里的情形——俺嫂！俺看见了嫂，她笑吟吟望着俺。

俺嫂没有变，还是窄窄的脸浅浅的笑。俺嫂变化太大了，俺二不愣思索得脑壳疼，不得其解。俺爹见多识广，他笑呵呵地张着豁牙老嘴告诉俺：傻小子，你嫂怀上了。爹要有小孙子了。嘿嘿。

俺瞅着俺嫂的大肚子，有个小家伙藏那里笑。

俺嫂说，她回了老家，爹死了弟也死了，房子没了地也没了。嫂就回来了。"老石家花了六千，俺还个娃娃。"俺嫂说得平淡。

这件事情，俺爹俺哥没深想。如果你允许二不愣能够将他日后的乞讨生涯彩排一番，你会发现二不愣像只嗅觉灵敏的警犬。二不愣会告诉你，对，这就是结果，但得到它的过程相当烦琐。试想一下，死是多么烦琐的一件事。

无论如何，俺嫂做出了她自己都吃惊的决定。俺嫂挺着肚子瘸着腿又回到了她告别四个月的窑头村。这个梦魇一样的地方，几千里地呵，看得出，俺嫂的确是个不简单的女子。

俺说，俺知道，你踏进白雪皑皑深山的第一步俺就知道了。俺听到了你的召唤。

俺的脚印给了他们线索。积雪将脚印放大、保留，成为一把钥匙。酒醒后的爹和哥还有热心肠的村人轻而易举就开了锁。他们点着火把循迹走了几乎四十里，几乎要完全下山了，他们发现了俺。老天安排好了，雪地里俺保持爬姿的身体前方，不足三十米，他们发现了俺嫂。俺嫂抱着肚子坐雪地里哭。

俺嫂说："二小，你救了俺。"

俺爹则更干脆："傻小子，你救了老石家。"

俺哥嘿嘿笑着将家里过年预备的所有鞭炮点着。他说，二小，哥说得没错吧，咱能过个好年。

雪下得真大，纷纷扬扬落在以往落过的地方，覆盖了一切真相。

接下来的日子，似乎都围着俺嫂肚子过。俺嫂一人住里屋炕上，嫂咳嗽一声，外屋三个男人就眼巴巴问个究竟。

对于政府俺是怀了无限崇敬和恐惧的。俺亲眼看见威风八面的村主任刘黑头叫政府收拾得灰头土脸。他腆着不太大的肚皮在村里很多场合嚷：真他娘高兴，俺终于扔了背了多年的石头，俺早他娘不想干了，你们捉大头才把俺顶前头，现在好了，俺闲云野鹤了，有球甚事甭来寻俺。

刘黑头说的是实情，眼下窑头村没人钻那索套，会计被逼得没法兼了村主任，且见天嚷着选举。

这天政府又来了俺家，政府问："宋珠英，你真是自个跑回来的？"

俺爹插嘴说："敢情，咱老石家……"

政府打断爹的话："老汉，没人叫你说，你别说。还有你们都出去，该弄甚弄甚。"俺爹说，没开冻，地里没甚，没甚。但政府还是把俺爷仨推搡出俺家门。

政府说："宋珠英，你甭怕，有政府。"

俺嫂坐炕上用被窝护了肚皮说："俺不怕，怕俺就不回来了。"

政府瞪大眼说："这么说，你真是自愿回来的？"一旁戴眼镜的女政府提高嗓音说："宋珠英，你要知道，解救你送你回家我们花了多少心血多少经费。"

俺嫂说："经费是啥？"

"就是钱！"

"俺还！"俺嫂说。

戴眼镜的政府腾地站起来拉了不戴眼镜的政府走。俺嫂忽地踢开被子，挺起大肚哭着说："你说俺该咋？要是你咋？"

"你回了家，因了你的丢人，弟死了，因了弟的死爹死了，你咋活，你挺着大肚皮咋办？"

政府在门口定住，政府把眼镜摘下来擦擦眼，是啊，咋办？

俺嫂说："俺想死，俺娃没罪是咯？"

政府一声叹息：可你总得扯个结婚证吧？

俺嫂说："俺不！"

甚地方，甚样人。俺想政府是再不会来窑头村了。俺早说过，俺嫂不简单，这回俺嫂将政府的步伐打乱了。在别的地方就有了很温情的一幕，政府拉着被贩妇女的手问：你是愿意回家，还是待在这穷山旮旯里受罪？有的妇女哭哭啼啼恨不得立时回到生她养她的地方；有的就抿嘴不吭，甭问，她肯定在这搭穷山沟已扎了根；也有的含泪扔下屁股后头撵窜的娃娃走了，但过阵子又回来。受苦人有句话：麻绳草绳能割断，肉绳能割断？

俺嫂一时间成了乡里县里头头脑脑会议、饭桌上不朽的话题。俺高兴。不过，这跟俺嫂日后挺着肚子大闹县法院比起来，是小菜一碟。

由于肚子的缘故，俺嫂一人占了里屋，这多少阻碍了一些故事的发生。四五月间天暖人懒，也是麻雀抱窝孵卵的好时候。俺的时光基本用来掏鸟蛋。俺屁股后跟一串鼻涕娃，他们说，二不愣，掏几个？俺的手从满塞杂草的檐缝里抽出来，俺把手掌摊开，让他们看，他们一二三四地数着。俺心里乐，傻屁孩，俺把数学难题踢给了他们。他们说，二不愣，你敢吃吗？俺眼不眨一下就把鸟蛋捏碎，俺仰头张嘴，鸟的液体就滑进俺喉咙。间或会有些性急而不走运的家伙被俺掏出来，它们浑身软肉没有片羽，它们吱吱地叫，俺把这些吱吱叫的家伙塞嘴里，俺牙齿兴奋起来，那家伙的小脑壳"卜"一声脆响，一股黏稠液体挤进俺口腔。俺很响地咂巴嘴，那些鼻涕孩羡慕地"啊啊"叫着。

那天俺刚把一只不幸的幼雀嚼烂吞下去，臭臭娘过来问："二愣，你嫂害娃娃好吃甚？酸的？辣的？"

俺说："你管球的宽，这个你吃不？"

俺手一伸，最后一只吱吱叫的小雀伸她鼻子底，臭臭娘"啊呀"一声退一步。俺哈哈笑着，把小雀子扔自个儿嘴里嚼得香。臭臭娘"呸、呸"连声吐着。

芒种时节，俺快活地在田野里忙碌，俺像只巨硕的田蝗，把各家地里的黑豆叶、莜麦苗啃得豁豁齿齿。以至那些人都嫌了俺怕俺，俺一进谁家地头马上就有人过来塞给俺块馍或饼，说，二小啊，您老人家行个好，别处去哇。臭臭娘更是怕得慌，她说，二不愣，放过俺，你是吃神，你是咱村吃神行不？所有人都怀着异样的眼看俺和俺肚皮。俺很得意。

不要和二不愣的肚皮过不去，这是俺给你的忠告。这跟不要跟诗人的脑瓜较劲是一个道理。诗人饿着肚子作诗，他说世上一切都是诗，他说在屎里嗅到了诗，你一定要相信。相仿，俺放眼世界全是食。

那个女人就犯了这样的错误。俺一进家，俺哥就说，好二小，哥满村找你，看看，这是你嫂给你说下的媳妇。俺抬眼瞅一下说，不要。哥说，咋？俺说，屁股像磨盘，不把炕坐塌？爹拉俺衣袖悄声说，娃不懂，女子腰粗臀大才能坐稳齿口。俺直摇头。爹急得地下直转圈。爹说，二小，你他娘以为你是皇上。

哥转头向那磨盘女人讪笑：俺弟实受。那女人假装没听见俺说话，跟俺嫂不知说着甚。俺大声说：俺不要侉侉。全屋人一愣，俺哥笑着向俺嫂翻译"侉侉"。俺嫂笑吟吟说："那俺不也是侉侉？"俺掏出一块煤渣，这块煤渣太大了些，无法整个扔进嘴里，俺啃馒头一样啃得仔细。那女人眼珠子瞪得灯泡大，她说，妈呀，瓜娃子，那也能吃？俺说，你娘呀，俺把你眼泡吃了信不？那女人尖叫一声，扭着磨盘屁股跑出俺家门。俺嫂在后头叫也叫不住。

俺爹气得扇俺一巴掌圪蹴地上抽烟咳嗽。俺嫂又是那种哭腔泪调。俺嫂看着俺说："二小，你就让姐给你说个媳妇，你就成全姐行不？你就让俺给你说个媳妇行不？"

那女人到底没走，她说，咱这地方女人真享福，啥也不用干，生娃就行。她嫁给了俺村另一个光棍。

俺不得不再说一遍，俺嫂真不简单。她到底用什么方法说服一个女子，离了自己家乡、亲人走了几千里地到了这块贫瘠的土地，把自己嫁掉。真是个谜！

所以诗人说，一个男人说他射下了太阳，你可以怀疑；一个女人说她把上帝装进了肚皮，你一定要相信哦。

事情复杂起来，在那侉侉女人极快地嫁掉自己之后，莜麦已泛黄的时候，政府再一次登门，他们把俺嫂请到了县城。理由是涉嫌贩卖人口。事情好玩极了，俺嫂由被贩者成了贩人者，仿佛她把缰绳解开套在了别人脖颈，现在她是个手牵缰绳的人。

说是"请"一点也不夸张，因为俺嫂快生了，她的大肚子成了最耀眼的风景，政府前呼后拥，用一块门板做了临时的轿子，尔后又极小心地扶上马背，最后上了四个轱辘的汽车。这在窑头村是绝无仅有的。俺嫂着实风光了一回。

很遗憾，俺没能目睹俺嫂在法庭上如何怒斥群雄傲驳四方的风采。俺爹怕俺不习惯城市的喧杂让俺待在家里。俺可怜的爹分明是担心他茶二小走丢。在他们走后一刻钟，俺直奔山下。

俺嫂在城里激起了轩然大波，贩夫乞丐和官家款爷都在讨论这事。俺嫂给了司法一个刺果。这其中一个争议的事实是俺嫂得了男家一千块。俺以一个二不愣的名义作证，那光棍的一千掏得绝对心甘情愿。侉侉女人和他绝对在被窝里偷笑。

法庭息了三次，再次开始时俺嫂忽然捂着肚子坐地上。警车鸣笛，进了医院。石蛋幸运地生在了城里医院的产床上。这在窑头村恐怕也是绝无仅有的。石蛋就是俺侄子。

但在当时的紧要关头，石蛋却要命地顽，不肯出来。俺哥俺爹大概能急死过去。好在从法院传过话来，那份没有宣读完的判词是说俺嫂无罪。俺嫂听了这话一笑，石蛋就降生了。

石蛋"哇"一声啼哭，俺想是送给俺爹，他爷的。

当人们乱哄哄从喜事里钻出来，想到，他爷呢，让那个想孙子想疯的老汉抱抱孙子。俺哥喊着，大，大，大。满廊道里回音喊着，大，大，大……终于在产房门的长凳上看见爹了。哥说，大，你咋还在这，快看大孙子去？

俺爹不动。俺哥细看，"啪"地跪下磕头，爹呀，爹，你咋说走就走了。

俺爹死了，在石蛋降生的一刻。俺爹一定听到了石蛋的啼哭。因为俺爹笑眯眯地，像一个做着好梦的笑眯眯的老头儿。俺爹笑眯眯地走了，俺爹终于歇心了。

窑头山上，一峦黄澄澄的莜麦等待收割。也许，收获就是伸长秸颈等待镰的锋，芒。

7

医生问：你是孩子爹？你家有遗传病史么？

俺哥摇头，说：俺家穷，估计没那个甚"一串蓖屎"。

医生转头问嫂，俺嫂摇头。医生说：就是说你们两个家族都没智障等精神病史？

俺哥说，没有。俺嫂不吭。俺哥又说，没有，绝对没有。

俺就是这个时候闯进病房的，原谅俺的迟到，二不愣一下山就迷失了方向。俺用袖头拭去鼻涕，一把掐着石蛋脖子叉起来。俺瞅着俺侄子，俺乐开了花，俺问俺嫂，这大脑壳从你哪儿钻出来的？

俺嫂赶紧抢下石蛋。俺哥讪讪道，二小，俺弟，没见过世面。医生看俺们一眼，没说甚走了。

俺们哭着葬了爹，不提。

俺哥脾性越来越坏，许是没了爹的缘故。可爹没了快一年了。俺嫂说："娃都会满炕爬了，还没个名。"俺哥一脚踢开一块石头蛋说："球个妨死爷的贱命，就叫石蛋。"在不去地下的日子里，哥常把自己灌醉。哥似乎不那么疼我了，哥在酒醉后说要宰了兔崽子，兔崽子是谁？俺问哥。哥一把推开俺仰脖使劲灌酒，可要俺躲远点。

哥不得不延长在地底的时间，少了爹可多了石蛋。石蛋一张嘴、一撅屁股就是要钱。俺哥常抱怨草纸用得太快。俺说俺从来不用，俺有土坷垃。嫂在这段时间是只沉默的母羊，除了石蛋她不挂念别的。她常抱着石蛋念叨：过了周岁娘就放心了，过了周岁蛋蛋就不吃奶了。

乡里乡亲不间断来看，他们的嘴和眼表达着不尽相同的意思。他们说，看小东西长得……长得怎样他们不说，他们把话含眼里，他们在迈出俺家门槛儿后才说。俺听到他们嘻嘻地笑，说，二不愣能有那本事？

有时看的人实在太多了，俺嫂不好撵，只能抱了石蛋说，娃刚睡着，别吵。俺瞅着俺侄子的小脸蛋说，真亲。人们嘻嘻哈哈说，看，跟二小一个模子扣下的。侉侉女人说，又一个瓜娃子。臭臭娘说，二不愣，鸡鸡听话不？俺说，听你娘话。

石蛋听话，快一岁了一个字不说，光想吃奶，像俺。石蛋光光的大脑壳，小眼睛瘪鼻梁，像俺。石蛋不像哥。

那天俺在河边捡了只瞎狗，它莽撞地用鼻子瞧路。俺把它抱怀里，这世上总有些没娘的可怜孩子。俺搂着它回家。俺说，瞎狗！哥一旁"呼呼"地磨刀。刀尖利地叫，在夏日血红的太阳下，它真像那刺目的光。俺说，瞎狗！

"瞎狗"短时期内成了俺梦中呼唤的字眼。

俺惊异于正晌午的光，它暖烘烘地照俺，又像一位智者审视的眼，锋利、尖刻、无情地刺伤俺。

俺在走进家门的瞬息就嗅到了死亡的影子。你看，这再次证明，人的视觉事实上常被高估。俺嗅到死，然后才看到血，院子里开满艳丽的夺人心魄的红花。俺踏着这些眩晕的花三步并两步跑进屋，俺嫂抱着石蛋做饭。

俺问："俺哥呢？"

另一个声音在问，该杀的刽子手呢？

俺又问："俺哥呢？俺哥呢？"

俺身后一声咳嗽，哥粗壮的身躯立在门框里，堵住了夏日智者的光芒。俺一声不吭盯着哥，哥手里拎着滴血的刀。

哥说："瞎狗。"哥用滴血的刀一样的眼盯俺。

俺撞开哥冲出家门，俺看到山墙上绷着一张血迹斑驳的狗皮。狗皮像一面招摇的旗子，一阵风刮来它啪啪地拍着巴掌，它说，痛快！让灵魂裸露真是件痛快事。俺盯着脱离肉体说胡话的狗皮，俺清晰地感到刀尖在肉体与灵魂间舞蹈的战栗。

俺哥在俺身后说："一只瞎狗要它做甚！"

俺不知道做甚，俺只知俺被哥第二次刺中。

俺哥说："人都吃不饱。"

俺扭头再次看那淌血的刀，的确，有一些声音在上面吟唱。

你不能不相信乞丐诗人的话，他不止一次提到一种叫"信息素"的东西。俺曾问诗人，甚叫信息素，能不能吃。诗人嘲笑俺超强的肚皮。他说，有些东西并不是用来吃的。

当一只久经沙场的耗子被一块令其垂涎三尺的肉考验时，它在思索。这块伪装很好的肉未能完成使命，耗子最终放弃了诱惑，是什么让它如此热爱生命并自愿舍弃时不再来的美色呢？答案就是那个"信息素"。

在肉的外面，在道具一样的场景中，它感到了信息素。注意，并不是看到呵。有过一次刺伤的神经使他敏锐，那个捕鼠夹上布满死亡和血腥的信息。它听到了鼠夹上的悲鸣，那是同类的灵魂储存于铁的介质上，并发出善意的提醒。于是它没有迷失于铁的陷阱。

俺从握在哥手里的尖刃上，聆听到亡者的歌唱。老实说，是俺那时还未谋面的诗人救了俺，俺像他讲的那只耗子一样，夹起尾巴溜了。

第一回合，俺输了。俺在"瞎狗"的皮下苟且偷生。

俺不准备偷袭，但俺明显处于劣势。俺在河滩卵石上磨着残剪，但残剪并未折射出灼人的光。

俺嫂将俺送到侉侉妇人家。那个曾经的光棍有种不完的山地。俺嫂说，二小，爹走了，以后哥和嫂再走了，你没个活路，赶紧学个受苦本事。俺在光棍家莜麦地里锄草。侉侉女人说，可得说好，光管吃不给一分钱。俺嫂说，不用管饭。光棍不说话，只担心俺不分麦与草。小窥俺，俺毕竟是窑头村的二不愣，俺一出手就博得光棍一声喝彩。俺锄得比谁都干净，又不伤苗。光棍高兴地说，这块地就归你锄吧。

日薄西山，俺让光棍大吃一惊。他说，二不愣，你咋没动弹，光锄了一杵长的地。俺说，不是你说，就让俺锄这块地，这一杵长地俺刨了几十遍，保证一根球毛也不长。

光棍七窍生烟，俺窃笑。其实嫂多虑，俺不稼不穑，却满腹肥肠。如今是很成功的乞讨人士。

俺嚼着光棍的馍告别无奈的光棍，地平线上夕阳挤出最后一丝惨淡的笑。俺进了院感到死一样的寂静。没有炊烟，没有风匣子热烈的鼓掌。俺进屋大吃一惊。

俺嫂五花大绑躺地上，像条甩在岸上的鱼，光挣扎使不上劲，张大嘴喘不上来气，嫂嘴里塞满石蛋的屎布。石蛋的脸憋得紫胀，俺哥的手掐在他嫩芽似的脖子上，卡在他生命形式最脆弱的一环。石蛋的哭啼被他爹的大手截成两段。一段化作泡沫拖在嘴角，一段像个孽胎被扼杀在肚里。

俺情急之下抽出残剪，但俺不能将它插在哥身上，于是俺拎起

094

哥喝了半瓶的酒，"咣"一声哥的脑壳砸碎了酒瓶。哥一歪倒炕沿上，脑壳哗哗地盛开一朵花。

狗日的哥，你杀了俺媳妇，你杀了俺瞎狗，你又杀俺石蛋。

"俺杀了你，俺杀了你……"俺拳打脚踢将往事一件件砸哥身上。直到嫂挣扎着爬过来用头磕地，俺才停下来，俺解开嫂，嫂直扑炕上，石蛋命大，石蛋泪汪汪地哭不出声，俺嫂抱着石蛋也哭不出声。俺哥却"嗷"一声号哭起来。

这有点出俺意料，第一个哭的竟然是哥。这个拎过刀的人。俺哥号道："二小，你杀了哥吧，杀了哥吧，哥生不如死啊。"

俺怔怔地看着这个轻言生死的人，俺被眼前突如其来的事弄糊涂了，俺理不清石蛋与俺与俺哥之间的瓜葛，俺不明白不愿活的人却愿意了结别人性命。俺茫然听着院里风响，俺在那一刻听到爹从坟墓里坐起身说：好二小，你又救了老石家。

过去好几天，俺问哥为甚要杀石蛋？哥抽着烟苍老地像俺爹，他瞅着石蛋说："小狗日的，二小，终究是你赢了。"

俺说："咱打个平手。"

诗人还给俺讲过另一则"信息素"的故事，故事主角是俺曾解不开的蚂蚁。蚂蚁们在尸体旁同室操戈。新的尸体产生，尸体被活者运走，甚至喜悦地立哀伤的碑。上帝叹息，于是诗人来了。诗人把死亡的信息涂在活者身上，于是他成了"死者"，他的同胞将其埋葬，他自然又回了家，但终逃不了再次埋葬的命运。

活着的死者再次回来，于是日子漫漫，有了嚼头。蚂蚁的斗争缓解了，他们的日子充满误会的忧伤和虚伪的繁荣。

俺和俺哥空前地团结，兄弟情深。哥在一个煤油灯忽闪的夜晚抱着脑壳抽烟，好一会儿他说："二小，信命不？"

俺说："命是甚？能吃俺就信。"

哥用长垢甲弹弹灯花，说："哥是受的命，你是享受的命。"

俺说："石蛋是甚命？俺嫂是甚命？"

哥答不上来。要是哥能答上来俺还准备问他瞎狗是甚命。哥忽明忽暗地抽着烟，烟雾后哥叹息连连，哥说："二小妥妥在家歇，哥好好在地下受，咱家男人女人一条心，不怕日子不红火。"

嫂子和石蛋一直是不吭声的，石蛋不会，嫂不敢。但现在嫂忽然开口了："要不，咱拢群羊，让二小放。"精明的嫂一直替俺打算，她并没忘记给俺一个媳妇的诺言。就这一群羊成了俺日后屹立于窑头村的光辉旗帜。俺拢得好羊，窑头村的女人贬低自己男人多了一招：你看看你多球势，还不如茶二小呢。

俺开了俺村成为养羊专业村的先河。但当时俺说，不，不如养狗，俺喜欢狗。俺哥一拍大腿说，对呀，养羊！好主意！转天俺哥就揽回十只羊羔，哥说二小，好好养，过年吃肉。过年变成二十几只，再吃肉。俺就好好当起羊倌，哪只羊不好好吃草，俺打它。

> 二不愣，放羊汉，
> 挑着粪铲绕山转。
> 二不愣，放羊汉，
> 饥了渴了咬羊蛋……

这是臭臭等一班娃娃唱俺的。俺吆着羊前头走，他们后头喊。有时俺扭回头跟他们一块喊。喊到兴致俺舞了粪铲撵他们，他们鸟兽散。

俺幸福的日子咩咩叫着延伸。俺躺在河沟，躺在山坡上，俺在阳婆的絮絮叨叨中伸着懒腰。俺的羊们在身旁静静地吃着草。这是件连上帝都羡慕的事，不是么？他牧着人类，辛苦而疲惫，还得绞尽脑汁回答人类的各种问题。而俺呢，牧的是温驯地将草变成肉和绒毛并除偶尔咩咩赞美几句外永远缄默的绵羊。俺可以随心所欲地踢任何一只羊的屁股，甚至俺想吃谁肉就吃谁肉。所以，俺在此高声赞叹放羊汉这个职业，它的确是世上除了乞丐之外最好的行当。

俺想说说石蛋，因为在那段日子里，他是除羊之外唯一能愉悦俺的人。他愉悦俺的武器是沉默。迄今为止他不会说一个字节，村人说不稀罕，当初二不愣就这样。他就那么沉默着，但俺从他眼神和嘴巴中能找到熟悉的东西。试想，如果他伶牙俐齿，会不会掩盖了俺读懂的内容。俺嫂在他眼神和嘴巴的乞求下，撩起衣裳，露出雪白的奶子，将乳头塞他嘴里。

石蛋双眼放光，他找到了快乐。他的嘴愉快地吮吸，他的整个身体因了奶的滋润而愈加光彩。俺看着石蛋，他光光的大脑壳，可爱的瘪鼻子，俺穿越茫茫时空仿佛看到了俺，俺就躺嫂怀里，俺的小手捧着她饱满的奶子，俺的舌头舔舐她粉红的奶头，俺的唇吻着她绵软的肌肤。一种人类从生回味到死的悠扬奶香咕咕流淌到俺胃里、身体每一个末梢、血液里、头发里。俺幸福地在奶水里沐浴，俺吸收到足以维持到死神光顾时的勇气和营养。

那是个日红晌午，俺懒懒地圈了羊，俺将羊鞭插在腰里匝了一圈的麻绳上，鞭子在俺屁股后拖了长长的尾巴。俺进屋吃饭，哥还没从地下钻上来，嫂撩着衣襟奶石蛋，俺一下被石蛋的幸福感动了。

俺透过尘埃看到多年前的俺缩在嫂怀里，俺没料到俺如此贪婪，俺的器官疯狂汲取她的生命，俺像个理直气壮的强盗，掠夺着母体上每一寸可用价值。她是圣洁的，心甘情愿地接受掠夺。她甚至在俺唇齿的滋巴响声里，发出快乐的呻吟，俺从灌入喉咙的奶水中感受到了她内心的甘甜。俺嫂说："二小，乖乖吃奶。"

俺的嘴蠕动着，像是听到亘古的召唤，俺向圣洁的乳房靠拢，俺俯着身子找到合适的跪姿。俺听到嫂急促地叫着，二小，二小。在俺的唇碰到温软如玉的奶子时，俺听到嫂愠怒的声音：二小，你抢了石蛋的奶。

俺在瞬间醒悟，像是被时光抛弃的孩子，俺沮丧极了。俺不情愿地将嘴移开。就在霎时门"砰"一声打开了。俺的奇怪姿势费人心机，俺和嫂做着同一个表情，仿佛俺俩曾密谋过某件事一样。哥黑塔似站跟前，像尊门神。

俺极快地走出屋，哥一把没揪住俺却揪住了俺屁股后的鞭子。俺胡乱地赶着羊群，没有鞭子丝毫不耽误俺撵羊的速度。走出院门时，俺听到鞭子"啪啪"的响声。

俺想象着家中发生的情景，俺一时间心浮气躁，俺似乎听到鞭子跟俺嫂肌肤碰撞时的撕裂声，俺想象着俺嫂的衣服碎屑翻飞，俺沿着嫂的斑斑鞭痕走去，俺听到嘤嘤哭声，好像古画中女子吹得竹箫呜咽。

但事实不是这样。俺急急地赶了羊回家，路上的人取笑俺：二不愣，急着去吃奶么？俺没停步地往家赶。在院墙外俺就听到嫂一声尖叫，像极了俺以往听过的一声尖叫。

俺嫂说，哥没有打她。俺哥甩了几个漂亮鞭花，然后将鞭一撅两段扔地上，俺哥就圪蹴地上抱了头不动。俺嫂不能挨打就颠颠地做饭。俺哥一人去屋外檐下抽烟。俺嫂魂不守舍地做好饭，出去寻哥时，一声尖叫。

哥将自己长长地吊在檐下，并在风中颤颤摇晃。

俺看到吊着哥的不远处，一张风干的狗皮哗哗嗦嗦响着。

8

他娘的石蛋，就许你妨死俺爹，就不能让俺杀死你爹。

哥没死成。俺费力地使他着陆，嫂像是经验丰富的巫婆将红唇附在哥铁青的嘴上，嫂的嘴运动着，就像是吟诵着神奇的咒语，哥醒了。

既然没死成，哥当下站起来拍拍屁股上的灰就去地下挖煤了。

后来俺像甚事没发生过一样问哥，你咋就想死？石蛋在炕上咯咯笑着，俺哥幸福地瞅着，说了那句话：他娘的石蛋，就许你妨死俺爹就不能让俺杀死你爹。

既然日子不可避免地回到老样子，俺就有必要讲述一下二不愣的真实境况。俺不想隐瞒。

从俺幸福的第一页说起吧。

俺嫂说，二小，你想吃奶不？

俺不吭声，但点点头。

俺嫂一声轻叹，犹如在尘封古书里的一页诗笺滑落。俺嫂舒解衣裳，一粒粒纽扣像是登上琼山水榭的一梯梯石阶。在俺嫂纤纤素指指引下，俺拾阶而上。像是一些破碎的花瓣，俺嫂一件件衣裳零落炕头。嫂双眸轻闭，往后一仰，斜横炕上。俺像个不谙世事的顽童，不经意间踏上了陌生的亭榭，并触落一本诗稿，诗稿泛黄的纸页与大地接触的瞬间，发出轻灵而震撼的叹息。

俺低下头来仔细打量嫂的奶子，俺并没惊奇，它圆满绵润的模样正是俺想象中的样子。它们白皙微颤，犹如一枝细雨微打的并蒂荷花，散发幽香。

"二小，你娶媳妇做啥？"

"吃奶！"

"想吃吗？"

"嗯。"

"明天吧，明天俺让你吃奶。"

这些话从尘埃茫茫的远处传来，二不愣不明白昨天到今天竟然如此繁复，时光的步履如此艰难，轻轻一页竟然如此沉重以至于让俺掀得伤痕累累。

俺嚼着那点花蕊，俺啜泣着，俺像个没出息的孩子，将俺幸福的第一页湿得泪迹斑驳。俺嫂摸着俺头说："二小，哭吧，俺欠你。"

俺说不成话。俺在暖融融的乳房上哭泣，没有一个男人能在此刻恐惧，因为他聆听到母亲的心跳。

这里没有寒冷和饥饿，也不会有聪明的嘲弄，这是个安全地方。窑头村的二不愣生平第一遭踏踏实实睡了个好觉。

在梦里，俺在娘的坟前长跪，俺说，娘，二小吃上奶了，你不欠俺。

俺与诗人邂逅于死亡线的起端，他将俺递过去的糍粑扔给远处的野狗，他说那种东西不配诗人的胃口。可是在接连三天了无人烟的乞讨路上，他不得不将路边罕见的一盘狗屎送入胃里，他说他尝到了诗的味道。

他嘲讽俺为了肚皮乞讨，而他是为了圣洁的诗在人世乞讨。俺不能容忍他对俺肚皮的嘲讽，俺说："不管如何俺在路上，而在路上最难对付的就是肚皮。"

果然，又是荒无人烟的三天，没有一梗草根，偶然看到一粒鸟粪都会让他们激动万分。俺和诗人紧贴大地胸膛爬行。诗人哭诉着："兄弟，诗人活不成了。诗人为了抛弃诗人的女人，为了失落的爱情流浪，可我现在才知道，诗人的乞讨没有意义。因为诗人现在迫切喜欢一堆屎。"诗人说,兄弟,我看到了坟墓。俺说,俺看到的是一双肥硕丰腴的奶。

俺在濒临死亡的边缘醒悟,俺听到高空戛然一道钹响,俺得了印证的因果:原来俺并不是为寻俺嫂而乞讨,俺只是行在路上,每个人都在路上,而乞讨只是俺在路上的一个符号,就像人们的衣裳。

俺哈哈大笑,俺终于了悟:原来"奶"是在路上最好的营养。

这就是俺,一个二不愣对奶痴迷并执着追寻的原因。

在死亡探头探脑的时候,一具人的骨骸在远处招手,俺和诗人看到了生机,诗人说,原来墓碑是一座里程碑。俺们像是地壳上顽强的爬行动物向俺们的食物爬去。

第二页:俺嫂说,二小,吃奶不?

二不愣不想在这一页上画个日头一样血红的圆圈。俺将自己扒个精光,俺在嫂一脸腮红的注视下,扒嫂的衣服。

嫂紧抓着裤腰带说,二小,你不是想吃奶吗?你不是只想吃奶吗?

俺像这种境况下的大多人一样笑着,但俺的手没有停下。嫂显然急促起来,嫂摇着俺的胳膊说:"二小,你是俺……弟。"一滴清泪挂在嫂眼角。

俺替嫂将泪珠抹去,俺说,这不是吃奶的一种方式吗?

但显然俺对嫂的裸体激动得毫无办法。在一阵舌头和嘴唇的舞蹈之后,嫂喘息着,嫂的身体痉挛似的扭曲颤抖。嫂的嗓子里像有只飞蛾在吟唱,嫂的双手逐渐活跃起来,它们在俺身体上寻找。

二不愣在后来经历了死亡线的顿悟之后,俺忽地明白,有一只聪明的魔鬼隐藏在人的鸡鸡里,他左右着人的思索。有很多向往神圣者,行在路上的目的之一就是:杀死这个魔鬼。

嫂的手显然没有找到。幸亏俺是个天赋禀异的二不愣。俺鸡鸡里的魔鬼在出娘胎时就失去了大半法力。在虚脱的疲倦和失望后的庆幸里，俺嫂笑得花枝乱颤，嫂咯咯地笑着，嫂用手摩挲着俺的鸡鸡，说：小傻瓜。

原谅俺不能将俺为数不多的几页幸福尽数翻给你看，那是俺的财富，一个山汉土鳖的财富得藏着掖着。在俺打理乞丐的财富时，那几页永远被放在包裹的最里面，并藏在俺怦怦跳动的地方。

现在，大学生，你明白了吗？坐在你对面的乞丐是多么富有。

当你用热的酒将自己灌糊涂时，你向傻瓜靠拢，俺清晰地看到你燃烧中的血液是红的，就如日红晌午的尖刃下，解剖出的经得住炙烤的东西。

讲到这里，聪明的你会发现一个问题，就是导致俺哥将自己挂在俺家檐下的问题。二不愣是个糊涂者，俺嫂呢？俺宁愿相信嫂也是个糊涂者，而不是深埋起一个秘密，并利用这个秘密，让这个秘密成了一种武器。

再次借用诗人的话：女人不需要思索。

不管如何，这成了窑头村一道独一无二的风景，两个男人和一个女人组成的家，还有一个说不清的娃。

秋老虎又来了，红彤彤的太阳炙烤着所有生灵。在莜麦开始泛黄的时候，俺的母羊们怀孕了。俺的羊群面临手足兄弟一个槽里争食的问题。

一切事情都朝好的方向发展，哥甚至计算着羊群到什么数量时能给俺风光地讨一个媳妇。那阵子俺家的笑声是窑头村最多的。

俺哥来回点着手指头说："不远了，二小，你媳妇的半个身子有了。"

俺不置可否，俺关心的是羊的肉。俺说："俺想吃羊腿。"

哥急惶惶道："可不敢，二小，吃个羊腿，你媳妇就少个脚趾头。"

俺呵呵傻笑。俺想着一个少了脚趾头的脚丫是什么样子。

嫂说："二小，你找了媳妇，嫂就放下心了。"

俺哥也说："爹也放心了，有人跟二小过了。"

俺说："俺不要，俺和石蛋过。"

哥不说话了。嫂抬起头想说甚又不说。

现在想来，在俺哥扳着指头数算时，俺嫂也扳着指头。嫂用心谋划，并且极佳的设计了二不愣的将来。你瞧，俺的媳妇就隐藏在那群羊里。俺常幻想着某一天，在满山悠闲地吃草羊群中会忽然站起一只母羊，它在微风中摇身一变，霎时间一个笑吟吟的媳妇就迎着晌午的光走来。

俺嫂这么说俺媳妇，她说："不能太肉，肉了就懒，懒了就馋。你媳妇得会算计着过活。"

俺心里想象一个瘦削身材窄脸庞的女子，俺说："关键要奶好。"

哥和嫂没有笑俺，哥说："关键要能生娃。"

嫂则说："关键是心要善。"

俺们一家其乐融融地描绘想象中谁家的女子，这个时候的秋风呼啦啦地打着窗户纸，一丝凉意从破纸洞里伸进手来，在每个人心上揪了一把。的确，有一件大事正蹑手蹑脚走来。

俺哥说，日子的确是快，爹的周年到了。

俺这才意识到爹在地下快一年了，俺的鼻子一酸，俺赶紧用袖子擦了一把脸。俺抬头只见哥拖着长长的鼻涕，好一阵子才哭出声来。哥说，爹要在多好，看看咱家见天好转的光景。

"大办，一定要大办，咱要让爹的周年风风光光。"哥说。

"嘟……哇……"唢呐骤然响起，悲怆和喜悦同时游弋于秋日山野。一两株去年就忘了收割的庄禾瑟瑟立在晨风中。与大片等待收割的同类截然不同，它们的血肉早已干枯，他们作为遗忘者只好在孤寂的山巅战栗了一整个冬天。而今寄希望于镰刃的祭奠。

俺和哥在鸡叫前来到爹坟前。哥将昨晚就预备好的黄纸烧掉，上面有请专人画的符咒，据说是请求批准打扰亡魂的申请。俺爹虽不识字，但哥和俺四磕头后烧掉的黄纸化成个小旋风，哥说爹同意了。这就意味着今天爹和娘将在深不可测的地底过得手忙脚乱。俺哥说，爹，该请的都请了，你老安心在家待客吧。

唢呐就在这时响起。是雇的远近闻名的牛家班响器。"好响器！"俺哥听着如歌如泣的唢呐不由喝彩。俺哥提马灯前头照着，俺们要在天亮前回到家。路过沱河边时俺驻足聆听，俺说，哥，不对！

哥停下脚说，咋不对？说完他也支起了耳朵。有奇怪的声响从河里传来，"咕嘟，咕嘟……"像是小米糊糊在锅里熬着。俺哥放下马灯照着河面，只见晕黄灯光下的河水咕嘟咕嘟地冒着蘑菇似的水泡，俺大惊：河开了。

河水沸腾着，整个河面像一口等着下饺子的大锅。俺哥颤声问二不愣：咋了？二小，这是咋了？

俺当然说不上咋。俺说，哥，是不是爹生气发火哩。

这时又一轮唢呐呜咽起来。俺哥说，管球它咋，咱快回。

俺哥到家后先放了一串鞭。

嫂在院里正房檐下设了香案，供着爹的灵位。五谷香斗里香烛缭绕，案桌上供有头天杀好煮熟的猪头，猪冷眼斜睨着小院的喧嚣。陪伴猪头的是一对牵鹤捉桃的童男童女面人、与真羊大小仿佛的面羊、红果绿叶的面寿桃。香案两边各跪了一个唱哭先生，咿咿呀呀唱着。这是新兴的仪式，一般人家只在发引当日才舍得雇。

人陆续来了，这些平时嘻哈的村人今日多了份矜持，讲究人甚至穿了从箱底取出的过年才舍得穿一下的待客衣裳。刘黑头一进门就咋呼："好响器，真好响器！"一干人都应和着，是呵，是呵，大愣二愣是真的孝子呵。

俺心有余悸地说："不对，不对，肯定不对。"

刘黑头说："咋不对？是你爹死的不对？还是你哥的事宴办得不对？"

俺说："河不对，河开了。"

众人哈哈地笑俺。前任村主任劝道：今儿不一般，二小可不能胡闹。俺搡开众人一口气跑到河沿，河水平静如镜。

俺奇怪地回来，众人愈发笑得开怀。哥也在人群中瞅着俺笑。

刘黑头说，是时候了？哥说，是时候了！然后鞭炮齐鸣，唢呐长嘶，唱哭先生们泪涕齐下，一问一答，唱着俺爹的丰功伟绩，进而劝导俺跟哥不忘祖恩。俺哥在人们的簇拥下拉着俺在爹灵位前跪下，磕三个头，尔后又大哭三声，站起来大笑三声。意味着虽是为死人做周年，却是喜事，叫作"白喜"。俺木头一样被众人摁倒拉起来，没哭也没笑。但村人似乎不大计较，都坐席吃开了。

俺正要找地方坐下吃。哥却拉着俺说，不该哩，咱得去坟上哭。

嘈杂中有人喊，孝子哭坟，孝子哭坟喽。俺哥拉俺到爹坟前。俺问：咱甚时候才能回家吃肉？哥一旁呆坐着说：等阳婆下山。俺一听就哭起来。

俺嫂真不简单。俺和哥在坟茔哭时，家里一河滩人和事她一人支应着。俺说，嫂真不简单。俺哥说，是不简单。

俺和哥到底没等日头落山就回家了。一切来得太突然。

天要塌一般低沉下来，黑云滚滚铺天盖地而来，刺骨阴风让跪在坟前的哥和俺一激灵，正骇然间"轰"一声炸雷震耳欲聋。俺一声厉叫抱脑壳坐到地上，俺战战兢兢瞅哥，哥哆嗦着爬到爹坟前。俺说，哥。哥说，二小。

俺俩屁滚尿流往家赶。村口的河瞬间暴涨，河水前所未有地怒吼、咆哮，山洪暴发了。"发大水了，发大水了……"

窑头村上空弥漫着恐怖气息。满村鸡飞狗跳，人仰马翻。俺跟哥进门的瞬间，大地一阵摇晃，窑头村痉挛一般扭动战栗。村人洪水似的从俺家涌出四散，又惶惶然不知去往哪里。

"地震了，地震了……"

洪水继续上涨，涌向村里，地势低凹的人家洪水已上了炕。俺跟哥随着人流涌向山顶。到达山顶，喘息未定，俺才发觉石蛋在俺怀里。呵，俺甚时抱了石蛋？

俺在山顶没睃见嫂，哥说，瘸女人怕是跑不动没上山。天完全黑了洪水才退去，俺和哥惊魂未定回到家，还好，俺家地势高，炕上没进水，被褥是干的。俺把石蛋放炕上，石蛋哇哇地号。

嫂呢？俺哥说：瘸女人死哪去了？俺哥屋里院外满村上下找个遍，没影。俺嫂不见了，俺嫂失踪了，俺嫂从窑头村消失了。

这是难挨的一夜，石蛋哭个没完，俺在躺柜里发现他一身新做的小衣裳。俺才想起，今儿个也是石蛋的生日呵。

俺哥恨恨地骂了一夜。天亮时从下庄传过话来，离下庄不远的下游水洼里，捞起个女人，死了。

9

河道里漂浮着许多猪羊驴马的尸体。那个泡得肿胀的女人不是俺嫂，有个不认识的老妇人扑在死尸上痛哭，俺从老妇人的哭诉中听到了赵秃子的名字。原来死去的女子是赵秃子的学生，不知甚时和赵秃子好上了，女子家当然要打要骂：赵秃子闺女和你一般大，你不要脸的咋选个有婆娘的老头子。女子三天两头跑，后来家里就捆住了。发大水地震时一慌乱，闺女一人跑出来，不知是失足落水还是不想活了，反正是死了。

哥一看不是俺嫂就松了口气。旋即又咒骂起来，瘸女人，死女人，再不要回来，回来俺撵出去。俺哥痛骂着嫂，俺哥说，二小，再和哥在山沟壑梁里找找，说不定那瘸女人跌哪儿了。俺不抱希望地陪哥找。俺明白，嫂真的再也回不来了。俺看到叠得整整齐齐的石蛋的新衣裳，俺就明白嫂走了。嫂并不是瞅了天灾的空子，是老天无意中配合了嫂。

嫂割断了肉绳，这个女人真不简单。

接下来的日子，哥几乎每天都到山沟里转一趟，这可能成为他后半生的习惯。他经常坐在门前石头上，晒着暖烘烘的太阳，打量村口的小路。偶尔有村人路过跟他招呼，他便憨厚地一笑：俺不等人。

有人说在沱河下游外县地盘上，那次洪水后竟捞起十余具尸体，有男有女，有些没人领就埋了。村里人说起来往往不由地抹泪，天柱家的，又能干又好看，真是可惜。

俺的羊们是幸运的，它们并没十分意识到凶险，天生愚钝使它们看起来异常冷静从容。在地震和山洪暴发的一刻，它们咩咩地叫两声就挤成一堆听天由命，心无旁骛地吃着干草。这跟人类何其相似呵！

俺在这个冬季的第一场雪来临之前，迈出了俺十年流浪乞讨生涯的第一步。天高云淡，山野上弥漫着冷清又干净的气息。

　　　山歌不唱不开怀，
　　　磨子不推不转来，
　　　大磨推得团团转，
　　　小磨推得溜溜圆。
　　　山歌子来子山歌，

俺歌没有你歌多。

三下两下唱完了，

摸来摸去摸脑壳……

俺在嫂轻灵的歌声中出行。俺哥在俺出行前夜似乎意识到自己后半生的寂寥，他无限仁爱地将石蛋紧搂在怀里，他泪眼婆娑，心如止水。在河流拐弯处，再往前一寸就脱离窑头村的地方，俺驻足回头，最后看一眼寒风中瑟缩的山村，这个有爹的坟、有一盘暖和土炕的地方。

俺沿着河流走出几百里，它越来越瘦，最后悠地一闪身钻入地下。它的弥失使俺嗅到久违的心驰神往的味道。

春日热烈烂漫，俺张着鼻孔像已成尘埃的瞎狗梦游般沿曲径迤逦而行。在一个乡村野店里，俺看见一张窄窄的勾月般惨白的脸。她在一张油垢腥腻的桌子后盯住俺。她说："你不能在这搭吃……因为要收钱。"俺不客气地在店里唯一的饭桌旁坐下。俺说："谁说俺会给钱。"桌上有吃剩的一堆羊骨头，俺贪婪地据为己有。但是她很执着："俺老板说，除村主任谁也不能白吃。"说完就要过来揪俺。俺那时的样子大约已如现在般具有了一定震慑力，俺像头乡村难得一见的雄狮，一头斑斓鬃毛挓挲着，透过鬃毛缝隙能看到俺白的眼仁和白的牙齿。俺清楚地看到她一哆嗦，俺于心不忍。俺说："俺只吃剩饭。"她却说："这不是剩饭。"说完就从一块骨头缝隙里扯出一星肉。她说："你看，这还有肉。"雄狮要愤怒了，但俺强忍着。俺看见她窄脸上有丝熟悉的惊慌。俺说："嫂子……"她"呸"吐了俺一口说，俺还没婆家。俺盯着她的红脸说："姐……俺好久没吃了。""谁是你姐？俺才十六！"她铁石心肠，她一把抢下俺手里的骨头，毫不留情地将俺推出店外，她说："再不走就放狗了。"俺只能躲在店外从窗棂洞里偷窥，俺想的一点不差，这个也长了窄脸却吝啬刻薄的女人要独吞骨头。她向空无一人的四周瞅一眼，然后极快地兜起衣襟将骨头抹下全包起来。她一手提着衣襟出门一手将门环上插根铁丝，四下望一眼鬼鬼祟祟地朝屋后走去。看样子，她要找个避风的地方稳妥地吃。到了屋后她撒腿跑起来。俺一直跟着她。俺喘吁吁地随她来到一处破房子里，她将衣襟一展骨头哗啦啦倾在地上，一个比俺还脏的八九岁男孩儿连滚带爬地过来，说：肉！姐，是肉！男娃激动地吹起鼻涕泡，男娃说，姐，你真好，俺终于吃肉了。他姐说，快吃，别让人看见。男娃说，姐，一块儿吃。她说，姐不爱吃肉。

俺怀揣着一颗沉重的心逃一样离了乡村。俺狂奔着，就像那个雪夜一样。俺脚下的土地承载着数不清的相同步履，俺的脚印套着别人的脚印，过去某时某人的脚印通过亘古的大地传达给俺的脚，让俺感到远逝的生命和力量。虽然尘埃厚积蒙蔽了人的双眼，但放眼望去，茫茫全是脚印，大地没有一寸空白。历史在脚印的繁叠中反复着。多少年后，定会有人在茫茫然里发现一个冥顽不化的二不愣的轨迹。就如眼下俺清晰地看到一行直指远方的一颠一簸的脚印。

这是俺十年漫漫乞讨路上很寻常的一页，也是俺准备讲给你的唯一一页。原谅乞讨者的吝啬。因为正如刚才所述，不管这些不同时空的脚印多么繁杂，新的脚印很快将旧的脚印掩盖。

"瓜娃子，快上别处讨，大黑狗咬你。"

宋珠英心烧火燎一路呕吐地回家，她太想快两年未谋面的弟弟和瘫床上的爹了。公安将她送到山脚下，望着难于上青天的山道公安说，小宋，已到七大梁了。宋珠英跪泥土里磕头，宋珠英说：谢谢政府！你们让俺活着回了家。

告别政府腰腹渐显的她踏上熟悉的山道。这个山道就是她多少回梦里寻觅的路呵；就这个山道，她曾无数次背了弟上下穿行；就这个山道，曾记录着一个小姑娘对未来和山外世界的无限憧憬。宋珠英泪流满面，她想起每回下山去集市，弟弟也要去，但她要背很多东西，就说，弟乖，在鬼梁上等姐。鬼梁是七大梁最高的梁。每回回家，弟弟总在那里等她，像株不惧风雨的小树。弟老远望见她就张了双臂欢呼：姐，姐……

起风了，山里格外萧瑟。前面就是鬼梁了，宋珠英的心不由揪紧。她远远瞭见梁下聚着一群人。她气喘吁吁一颠一瘸跑过去。人们说：死了？死了！从那老高的梁上摔下来能不死翘翘？宋珠英脑壳"嗡"一声响，她问，谁？啥子人死了？人们说：有谁，就那个讨饭的瓜娃　子呗。

宋珠英拨开人群进去一看，就昏厥过去。

秋风似一个人的呜咽。果然是弟死了。弟从鬼梁上摔下来死了。在她即将回家的这一天，在她踏进山川的那一刻，她的弟弟从鬼梁上摔下来了。"那么高的梁，没得饭要，瓜娃子上去做么子？"

弟弟是她急慌慌回家想见的第一个人，宋珠英回家见到的第一个人是死去的弟弟。命运以最锋利的一面迎接俺嫂。嫂像是一块沉默的磨刀石，在沉默中消耗自己同时使刀子锋芒毕露。

嫂的爹瘫炕上喘着气哭："死妮子，回来做啥？回来做么子？"

嫂哭天抹泪说："这是俺家，俺回家呀爹。俺回家看你和小小呵。"

爹哭得上气不接下气："那天牯牛风刮得紧，小小还讨回几个窝头。自你走了，亏了小小老子才没饿死。没得你，老子也活得好好，你回来做么子？还俺小小。"嫂的爹拉住嫂摇晃，"还俺小小。"

俺嫂说："俺悔死了，俺不该去城里。"

她爹哭得死去活来，说："小小每天要到鬼梁上瞭会儿，他瞭么子嘛。神措措瞭么子嘛。"

嫂的爹在嫂的弟死去的第二天晌午咽气了。宋珠英还没进家死了弟，进家第二天又死了爹。她想再弄死自己，但她怀孕了。

"哪儿冒出的瓜娃子，快走，这里没得饭讨。""俺不讨饭，俺只想找人，这里就是她家。"俺盯着这个可恶的山里人，和山里人手里同样可恶的狂吠的狗。

"这里现在是俺家。"他说："瓜娃子死惨了，他老子死惨了，他姐没脸皮了，谁晓得跑哪里去了。"

俺抱最后一丝希望说："她会回来的，她已在路上。"

那山里人说："还不快走？是想吃福喜么？麻利给老子滚。"

俺想在嫂家多待一会儿，但那个怂恿他狗的人又开口了："龟儿子，老子的狗咬人不偿命，要试哈？掐到底，你娃瓜惨老。"

俺只得逃离了那个鬼地方，俺历经数载才寻到的鬼地方。俺远远地回头，看见那条黑狗忠实地监视着俺。俺骂了句：日你先人板板。

你瞧，俺嫂的亲弟跟俺一样，也是乞丐。更妙的是他是个名副其实的瓜娃子，按俺村的话就是：二不愣。哈，事情奇妙起来。俺嫂原来从小就跟二不愣一搭过活。那个二不愣是否跟俺一样精呢？这个问题让俺在蜀乐思。

俺像只嗅觉灵敏的警犬，嗅着俺嫂的气味，沿着逝去的脚印，将俺嫂的路又走了一遍。山歌不唱不开怀，磨子不推不转来……七岁的宋珠英背着大箩筐，箩筐里是瘦猴一样的二不愣。自打去年爹瘫了娘死了，宋珠英就是家里的壮劳力。宋珠英背了弟去地里做活。弟喜欢她唱山歌，她唱得他在箩筐里瞌睡。她说，小小，想不想吃糖？二不愣说，想，想。

宋珠英背了弟下山吃糖，用山里草药换。几十里山道姐弟甜滋滋地走着。宋珠英问："小小，甜么？"

二不愣愣头愣脑说："好吃，俺要天天吃。"

宋珠英说："你高兴，姐天天背你换糖吃。"

山道上脚印重重叠叠，新的脚印覆盖旧的脚印，大的脚印压碎小的脚印，像是一串串沉甸的果实叩谢深厚的土地。土地作为忠实的印证者将每一只脚印深深烙在心底。

二不愣十七岁时，宋珠英像村里人说的"漂亮惨老"，做媒的络绎不绝。但爹似乎有更深刻的打算。他将媒人一概打发走。他说，女娃娃做你媳妇，你女娃自然要做俺瓜娃子媳妇。

功夫不负有心人，这种机会终于等到。爹要将宋珠英嫁给一个三十多岁的傻瓜。同时宋珠英的弟弟要娶那个傻瓜的妹妹。多么公平，天造地设一般。

宋珠英不愿意，二不愣也不愿意。二不愣说："姐，你跑吧，跑远远的。"

宋珠英说："小小你咋办？你媳妇不泡汤了？"

二不愣说："俺要姐，不要媳妇。"

于是宋珠英在二不愣的协助下登上了去陌生城市的汽车。上车瞬间，宋珠英哭着冲二不愣喊："姐挣钱一定给你娶个媳妇……"

你瞧，俺嫂为了一个二不愣险些嫁给另一个二不愣。而为了躲避那个二不愣结果不可避免地遇见又一个二不愣。唉，可怜的嫂。

俺嫂下了车踏入这个陌生城市的第一步时，正午的阳光暖融融地照耀着她。她甜蜜地想象着美好的明天。照耀窑头村和照耀那个陌生城市的是同一个太阳，日红晌午智者般审视检验二不愣的光芒以同样方式眷顾俺嫂。

10

诗人死了。他存在过的地方存在着新的人事。俺久久凝视土地，想象诗人会成为一粒种子，深深地扎根，以得知大地深处的事情。

"成交！"

"成交！"

大学生，诗人把自己种下。你却讨价还价。现在那个红唇女郎坐在你身边，旁若无人地喝着你的酒吸着你眼球。以物易物是自然的法则，但在你交易的片刻俺清晰地看到你鸡鸡里的魔鬼迅速膨胀，这无疑增加了你的成本。上帝的秤砣并不是铁的。迅速膨胀的魔鬼狞笑着占用了你太多空间，使得你被暂时的虚伪蒙蔽。你不能再思索类似"生存的理由"这样的问题，在勃起的欲望驱使下，你和红唇女郎成交了。你们要去某个没有光芒的地方完成交易。魔鬼在舞蹈。俺看到两只硕大的生殖器从俺身边走过。

俺号啕大哭。

阳婆在头顶诲人不倦地指引光明，可无法直射人们身体内部的阴暗褶皱。俺感到悲伤。那则耗子和信息素的故事结局是：耗子死了。聪明的农夫把鼠夹投入熊熊大火，铁在火里接受历练，吱吱叫的灵魂无地藏身，它们被迫升腾，火星四溅，骤然落下化成飞灰。眼下是一个全新的没有吟唱、舞蹈的无声世界。铁的纯粹本质出现。大火浴炼过的鼠夹是个混沌而无先驱的舞台。于是一次次化险为夷死里逃生的耗子终于陷于绝境。它迷失于美色的陷阱。当然，它的灵魂有可能成为将来的先驱，后继者眼中的舞者歌者。

就这里吧，俺抬头瞅一眼血红日头。俺听到红日头说，是时候了。俺在日红晌午的尖锐下审视自己。俺甩着赤膊上路。俺听见爹说，二小，今儿个日红晌午爹送你去学堂，爹不指望你成龙变虎，爹只想你能数见有几个窝头；俺嫂在血红日头下笑吟吟瞅俺，她水红色衣服在光晕中红得耀眼；她衣服上的小兔子此刻静静偎在俺怀里，抿着嘴瞪起困惑不解的眼睑俺；一丝潺潺的流水般的婴孩哭声传来，俺听见哥在轻声吟唱：俺娃睡，圪捣锤，捣烂糠，喂鸡鸡，喂下鸡鸡下蛋蛋，下下蛋蛋卖钱钱，卖下钱钱买镰镰，买下镰镰割草草，割下草草喂羊羊，喂下羊羊抓毛毛，抓下毛毛擀毡毡，擀下毡毡卧娃娃……

日红晌午的天地间，茫茫然血红一片。俺与残剪的最后对话："你为何只有一半？另一半残落何处？"

"因为俺不能锋利，贪与欲的两片身体合二为一，将最为锋利。锋利是生命大敌。"

"就如日红晌午的光，滋润生命，也发酵罪孽？"

"是呵，折断吧，残缺更接近美丽。"

本报讯：昨日正午 12 点，一乞丐在车站钟楼下自杀身亡。这名怀疑有智力缺陷的乞丐用一把残剪割掉了自己的生殖器。

呼吁有关部门做好市容与环卫工作。

打开门有多难

1

门悄没声儿地闭着，像生气抿紧的一张嘴。秋雨打在任伍身上，密密匝匝的。他不觉得冷。咋会冷呢？心底正忽闪忽闪跳着一丛火苗子呢。门砰地一关，火苗子就腾一下点着了。火苗子红艳艳地热烈，任伍的五脏六腑就要烤焦了，难受得吱吱尖叫，直往一疙瘩挤。任伍揪着心，在屋门前踅摸了一头晌；火苗子没有歇息，也扑腾了一头晌，且越烧越旺，有彻底烧坏任伍的架势。街坊们见惯不怪，都知道小男人任伍又被双秀撵出来，在家门外反省呢，就没有多看他一眼。大胡子马三也是，只在鼻孔深处哧了一声，像跟他打招呼，也有点像擤鼻涕。任伍一见马三过来，就抹一把脸，眨巴几下小眼睛，窄条脸上换上水一样的表情。

中秋主要是过黑夜哩，白天算甚，是不是？任伍说。

马三好像没听见，咳嗽一声，吐了口痰。那口痰浮在烂泥水渍里，像只黑黑的蝌蚪。马三低头瞅瞅，就走了。

任伍不怪他，任伍知道他急着回家吃饺子哩。晌午饺子黑夜馍，老辈子传下来的。至于月饼，那不算饭，是点心。等月爷爷上来，当院摆上方桌，供上香烛，说上三遍：月亮月亮你是爷，红枣月饼尝个鲜；月亮月亮你是爷，打开家门照平安；月亮月亮你是爷，保佑我家齐团圆……然后，你还不能吃，得等到半夜，约莫月爷爷品尝够了，才取出菜刀，将月饼一切几瓣，有几口人就切几瓣。任伍家是三瓣：任伍一瓣，双秀一瓣，任小伍一瓣。任伍和双秀却不吃，拿在手里看了又看，放鼻子底下闻了又闻，都将自己的一瓣丢给任小伍。双秀说她不爱吃；任伍说月饼不好吃，不如蒸馍有嚼头。任小伍笑嘻嘻地埋怨双秀：每年这样每年还要切？然后被窝里就咯吱咯吱地香好几晚，一年才一回，她不舍得一黑夜就香没了。

任伍这么想着，肚子就咕咕地叫唤开了，像口焦急的大锅。你想呵，锅下面架着柴火一个劲儿猛烧呢，你任伍却还不蒸馍？还不下米？还不下面条？还不南瓜豆角西葫芦的一锅熬？最不济你也该添上一瓢水，好让锅落个虚饱，是不是？任伍想着，就窝下腰，抱了肚子，地上左右地瞅，瞅了几圈，没寻见什么可下锅的。只有泥做的一只只脚印，也像一口口小锅，盛满雨水，污浊肮脏，还泡着几粒黑枣似的羊粪，显然不好喝。任伍喉咙蠕动了几下，张大嘴，仰天叫了一声。中秋节的雨水窸窸窣窣的，就有些许进入任伍身体，混淆了他一肚子浑浊的心思。

2

任伍第一次打开这扇门是十四年前。

那时他还年轻，像只嘴角泛黄的雏鸡，但还没人叫他小男人，叫小男人是进门以后的事。他进这门不是迷路，他此行的目的坚定明确，就是想让那口大锅消停些，别老折腾他。那天跟今天一样，他瘦脸寡黄，耷拉了腰，在这扇门前踅了好久。那个时候，土墙只躺倒了一截儿，还有好长一截子站得挺稳。好心的街坊们就蹲在上面。马三和他的黑脸媳妇蹲在最前头。马三直冲任伍摆手，还把手放在裤裆间，做了个暧昧的动作。任伍知道马三是在给他鼓劲，告诉他，你任伍好歹是个男人，是男人的话就该硬戳戳地行事。可任伍还是硬不起来，还拿不定主意，老在门前转磨。惹得双秀的娘在屋里直跺脚：

"任伍，你他娘到底进，还是不进？"

任伍觉得，要是娘活着就好了。他就能跟娘商量，到底是进还是不进？可娘死得比爹还早。

爹死时，任伍六岁。他还不会照料自己的锅，好在有街坊们帮衬。可帮衬也有期限，你长大了，五尺五高了，挨饿不挨饿就是你自己的事了。可任伍知道，自己身体的某些毛还没有长全，还稀稀落落的，还软不溜儿的。任伍这么想着，踅摸着，就晌午了。街坊们陆续失望地跳下墙去。家家户户的锅都陆续闹腾开了。任伍的心就狠狠地拽他。

任伍一狠心，就推门进去了。

任伍进去还没站稳脚跟，盘腿坐炕沿上的双秀娘就一拍大腿："哎……这就对啦，你进了我的门，就是双秀的人。双秀有啥你有啥，双秀吃啥你吃啥。双秀，快，做饭！下挂面打鸡蛋！"

任伍明白，自己算是做了人家的倒插门。倒插门就倒插门，任伍觉得总比挨饿强，总比做一辈子光棍强。还有一点，任伍没好意思多想：好歹黑夜有了个使劲的地方。任伍觉得这很重要。可任伍一看见双秀笨拙地下炕做饭，就有一点点后悔，就觉得街坊们的好意还是打了很大的折扣。

双秀的肚子挺得老高，老大；高得不合逻辑，大得让人满头雾水。

不过那碗挂面还是让任伍吃出了亲切，它是任伍进门的第一顿饭，任伍吃得有些拖沓。挂面是细挂面，一根一根细溜滑爽，还炝了葱花。小炕桌上任伍吃了第一碗，荷包蛋没舍得吃，剩在碗底，捏着筷子看双秀娘。双秀就接过碗，没说话，也没下炕，就在炕头欠起屁股，探到锅里又满满捞了一碗。任伍一下子有点感动，觉得女人好，挺着大肚子也好。况且要不是这个大肚子，掰着指头把全村的男人们数个遍，轮到谁也轮不到你任伍。你看双秀脸白唇红多耐看，一说话脸粉嘟嘟的，不说话毛眼眼垂着，像躲在叶子后头的两颗黑葡萄。这样的女人，你还敢说后悔不后悔？你还在门外头犹犹豫豫的，像没见过阵势的小骒马，让街坊们笑话？任伍就有点庆幸了，心说这就是咱的命相。命相这东西很日怪，跟天气一样，后晌顾不上前晌的。

这命相是好还是孬呢？要是娘活着就好了，就能问问她。任伍想着，筷子就拨拉得慢了。碗里的面模糊起来，不是一根一根的了，一片一片糊成了坨。

双秀娘看见了，对任伍说，有甚事说出来，说出来就顺气啦。

任伍就忍不住呜哧呜哧哭出来，小眼睛一挤一挤地说：我……无能，自卖自身。

双秀娘一听，霍地从炕上站起来，瞅着任伍想说甚又不说了，只嘟哝了句：小男人。又慢腾腾盘腿坐好，不吭气，从笤帚上揪下根毛刺，剔起了牙。

双秀给任伍添了一勺热面汤，低声说，面凉了。

任伍缓过神来，赶紧三筷五筷把面塞进嘴，荷包蛋又剩在碗底了。任伍的筷子挑过来拨过去。荷包蛋滑溜溜地转了几圈，白圪团团很是好看。

双秀娘噗地吐出点面星子，粘在炕沿上，又用手捉了放嘴里，嚼着说，快吃，吃了跟你说事哩。

任伍就不情愿地用一根筷子扎住鸡蛋，往嘴里送。蛋黄汤汩汩地淌出来。任伍赶紧凑过嘴，一滴不漏地接住。鸡蛋是好东西，任伍知道。

双秀娘说，生不生？

任伍看一眼双秀。双秀低眉顺眼，好像怕鸡蛋没煮熟，任伍会怪怨她。任伍就把蛋囫囵塞嘴里，舌头磕磕绊绊地说，不生，不生。

双秀娘又是一拍大腿，哎……这就对啦，有一个就行了，再不生啦，你知道女人生一回多遭罪？过一回鬼门关哩。你知道后爹的心有多硬？只一个娃，后的就是亲的啦。

任伍吃了一惊，险些噎住，扭头看双秀。双秀还是低着头，脸红红的。

任伍就又有些后悔，人家说话总有人家的道理，你不该只想挂面鸡蛋，不想人家的话。任伍含混不清地说，你……不是说事么，甚事？

双秀娘说，就这事。

任伍说，就这事？

双秀娘说，对啦，就这事。

任伍心说这事你说了不算，鸡蛋说了也不算。不是吗？那个啥掌握在我手里，我想发射就发射，想甚时发射就甚时发射，射中射不中取决于我的本事，跟鸡蛋有甚关系，是不是？再说日子长着哩，本事不本事吧，就碰不中一回？任伍这么想着，却没说出来，只把碗高高举起，对女人说，我还能吃一碗。

双秀就又给他盛了一碗，但这回没盛满，只浅浅地铺了个碗底。

任伍又一次为女人叫好。女人怕任伍撑着哩。

那是夏天，黑夜来得慢。任伍出来进去地瞭了好几回，才将日头撑下去。

在白天和黑夜的间隙，任伍把院子清理了一遍。把当柴火的陈年秸秆捆扎好，一捆一捆立在豁墙根，好让院门真正担起职责。柴火墙虚高虚高地垛起来。任伍骂，不守规矩的野狗子，你再试试，还能顺顺当当闯进来？

任伍还把当院的一些粗腰大瓮挪到房檐下，挪的时候他忍不住揭起盖子，张着鼻孔使劲嗅了嗅，老酒的熏香撞得脑门子铮铮作响。双秀娘很有一手，能用酒曲兑出陈年老酒的冲味来。这个老寡妇就凭这一手，把闺女养得水灵滋润的。可任伍想，也就是你他娘的这一手，勾引出些钩子似的眼花花来，一钩一钩地把双秀肚子勾大了。

双秀肚子是谁闹大的？任伍想得难受，难受了还想，后来就拍了自个儿一个嘴巴子，不想了。日子长着哩，成了人家的人，看好人家的门就是了。管人家以前的长短作甚。可……到底是哪个野狗把双秀肚子闹大的呢？

白天忙起来很快就过去了，黑夜到了。黑夜会有黑夜的事。

任伍圪蹴在地上，抠着砖缝，耐心地用黑垢甲划着道道，不时抬头瞅一眼昏黄的灯泡。

双秀娘在炕沿上说，那达有只马扎子哩。

任伍嗯了声，却没有动。

双秀娘打了个呵欠说，困了就睡吧。

任伍又嗯了声，还没有动。

双秀也打了个呵欠。那呵欠长长的，像一截绳子，绳那头牵着任伍摇曳的心事。

双秀说，睡吧。

任伍没有动，低头说，嗯。

炕上双秀早铺好了三张被窝。任伍盯着三只圆鼓鼓的枕头愣怔。枕头是荞麦皮装的，其中一只肯定是激动而羞怯的，但是是哪一只呢？屋里就一盘炕，炕上有三铺被窝。被窝们齐刷刷地躺在那儿，像把新媳妇藏在中间的三个女孩子，她们乐呵呵地瞅着任伍，看任伍挑哪一个。任伍挨个瞄了一遍被窝，站起来。他还没来得及挑选，就见双秀娘利索地脱了衣裳，也不避任伍，也不跟任伍客气，哧溜一下就钻进了被窝。

任伍一下子就傻了，腿脚哆嗦着，一时上不了炕。

双秀娘钻进了中间的被窝。就是说，一边留给了任伍，一边留给了双秀。就是说，你任伍不管选那一边，都和双秀不挨着。

虽说在一个炕上，任伍第一次觉得双秀离他老远老远。

黑暗里，他想，日子长着哩。

3

第二天一起来，任伍就想做一件事：把家门拾掇拾掇，弄得结实些。

他跟双秀和双秀娘说，夜来有动静哩，听见没？

双秀摇摇头。

任伍说，你没听见我一个劲儿咳嗽？就这样，咳，咳……任伍学了几声咳嗽。

双秀低着头摇了摇，又点了点。

双秀娘说，怕是野猫馋酒了吧。

任伍说肯定不是，野猫馋酒不馋酒他不知道，可野猫不会那样叫唤。野猫咋叫唤来？野猫说：双秀……双秀……野猫肯定不会敲一下窗户唤一声双秀，是不是？野猫又不是人，是不是？

任伍说完就找斧子去了。

任伍找斧子的工夫，顺便看了看昨天的活计。那堆秸秆子还直挺挺竖着，看起来很辛苦，跟昨个儿没甚两样。可任伍一眼就看出了不一样。任伍有意倒竖的秸秆子，有两捆转了回来，又头上脚下地立着，风一吹，哗哗嗦嗦地笑，像是说，这样站着才对嘛，我们秸秆子都是这样站的嘛。它们很高兴纠正了任伍的错。可任伍一眼就看出它们犯了错。它们没有站好岗。窗台根的一溜酒瓮子就不这样，任伍一过去，它们就亮出些鬼爪子样的手印来，争着亮给任伍看。昨天任伍悄悄往瓮盖子上撒了点灰。现在就能看见，一个，两个，三个……一共五个手印子。五个五个吧，任伍知道它们其实是一个。这就够了。

接下来就该对付门了。那个名不符实的院门已让任伍彻底失望了，所以他把心思全放在了家门上。

这是两扇木板栅成的门。木板是好木板，敲一敲，蛮结实，生前住在同一棵榆树上。任伍没来由地将它们想象成一对好夫妻，所以它们才会这样情投意合。白日里各顾各的，一旦不分你我地搂定，就是黑夜了。不是吗？栅得家牢，绝对是两口子共同的事情。只是年深日久了，门板难免走样，配合起来不那么严丝合缝。这个时候，斧子就派上了用场。任伍想着，就这里磕磕，那里敲敲，不合卯的让它合卯，跑出榫的让它回去。叮叮当当一修正，再看它，就像个正经门的样子了。推开，是嗡隆隆的厚实声音；关上，缝隙小得过不去苍蝇。任伍看着改过自新的门，又抬头瞅瞅太阳，满意地笑了，也不过十来分钟嘛，十来分能作甚？能抽一支烟？能蹲一回茅坑？可任伍十来分就做了一件大事。倒插门的门不是那么好当的，任伍想，一开始把门弄严实了，往后就好办些，日子再长也不怕了。任伍想着，就把斧子一扔，打算进屋到炕上歇歇，顺便告诉双秀门他是栅牢了。临进家，任伍又没来由瞅了一眼，这一瞅就觉出了不对劲。哪儿不对劲呢？又说不上来。他伸出手仔细摸索门，摸一会儿，手指头就抖起来，放鼻子底下闻闻，是种不顺心的味，鼻子凑门板上嗅了嗅，这一嗅就更呕心了。是种嘲弄的味。门在嘲弄他哩。门笑他糊弄自己哩。任伍腿一软，觉得要倒下，觉得自己在缩小，而门慢慢长大，长高。任伍就看见门上有只嘲笑的眼睛，接着又看见一只，紧跟着一个男人的脸就浮出来，扬着一脸的得意，连络腮胡子都一根一根挓挲着，像兜头撒下的一把毛刺，不动声色地刺痛他。从外边，一直刺到他里面。很快，任伍的心铅块一样沉了下去。

任伍就那么在门前愣怔着。阳光好像一节节腐烂，苦楚从头顶罩下来，罩满他的身体。

4

任伍的苦楚没能持续多久。

白下去黑上来时，小屋亮出一团柔和。天气炽热，任伍光膀子大裤衩地坐在马扎子上，不时偷睨双秀。双秀一手端着肚子，一手端着铜瓢，往锅里添水，添一瓢，瞅一眼任伍，又添了一瓢，瞅定任伍说，娘，吃甚？双秀娘正架着胳膊往针眼里纫线，头也不抬说，你兴昏头了，有甚做甚，做甚吃甚呗！任伍听见了，就站起来，凑过身，夺过双秀娘的针线，放灯盏下，只一下就穿好了，然后边往递边搭讪，还是蒸馍有嚼头，是不是？任伍没说是问谁。双秀娘就不作声，只管低头补袜子。双秀也一声没吭。但任伍看见她转身往算上放了四个馒头，临盖锅盖，又加了一个。四加一等于五，任伍数见了，心里就嘭嘭地活泛开了。等饭好了，小炕桌也摆好了，双秀又拿了只碗去了院里。任伍还没醒过味来，一碗呛鼻子的老酒已摆在了面前。这回，任伍的心岂止活泛，简直是跳起舞扭起秧歌了。总之是麻酥酥地舒坦，有点要飘起来的意思。

这样呢，一家三口人就围坐炕上，很有点一个锅里混饭香的味道。任伍一口馍，一口酒，然后一咂舌，很是受活。人这东西也日怪，心一舒坦，话就多。半碗酒下肚，任伍直着舌头说：你说说，甚叫好活哩？

不知道他是跟双秀说，还是跟双秀娘说，或者他根本就不在乎跟谁说，只管说就是了：依我看，我任伍就是，两个字——好活。任伍灌了一口酒，脸上的雀斑跳着：不是么？老婆娃娃热炕头，白面蒸馍就烧酒，不是好活是甚？

双秀又递过一只馒头，叫他快吃。双秀娘一推碗，又拿起了针线，说饭不对脾。好像还嫌袜子窟窿太多，嘴里嘟囔着骂。

任伍打了个酒嗝，接着说，难活不过人想人，缺爹少娘尽饥荒，是不是？这两样，都让我赶上了，是不是？可先苦不如后甜，我任伍就是先苦后甜的命相，是不是？

双秀借口再给他切点咸菜，下了炕，下了炕就再没上来。

任伍就把脸转向炕上飞针走线的双秀娘，端着酒碗说，今个儿，我拾掇了鸡窝，鸡窝严实了，鸡就不会满院乱刨了，它再乱刨，就是它的不对了，跟人家鸡窝没甚关系啦，是不是？还是今个儿，我抽空拾掇了家门，你晓得，门结实了家才牢靠，家再不牢，就不能怨人家门啦，就是人的问题啦，是不是？

说着话，任伍突然很夸张的哎呀一声，说，你别抖嘛，做针线最怕手抖了，看扎手了不是，还有双秀，又不是包饺子剁馅，一块咸菜，你把它剁得咚咚咚咚恁响作甚？

任伍一仰脖儿，碗底朝天咚地一放，说：赶明儿，我再把院墙垒起来，垒得高高的，野猫野狗进不来，馋酒也不行，除非，你花钱买，跟大胡子马三一样，是不是？

双秀猛地一摔菜刀，菜刀啪地扎案板上，嗡嗡地响。双秀说，任伍，你喝醉了！

任伍一愣，直勾勾瞅着双秀，头往后一仰，咂地倒在炕上。头一挨炕，呼噜呼噜地就响开了。

剩下双秀在地下刷碗，边刷边抽搭地抹泪；双秀娘在后炕补袜子，骂骂咧咧的，翻出一只又一只破袜子，弥补了一个又一个漏洞。

显然睡觉是个问题。任伍醉得死沉。她们谁也挪不动，只好一个炕头一个炕尾地躺下。刚躺下，双秀娘就吧嗒一下拽灭了灯。任伍闭着眼，听见炕头炕尾各响了一声叹息，然后就悄无声息了。任伍打着呼噜翻了下身，见月亮悄悄给窗户妆了层淡薄，一抹银色罩下来，半个炕就涟漪一样，浮动在半透明中了。朦胧的，双秀睫毛上有一粒水珠子，露一样闪着光亮。这样的景致，让任伍的心狠狠拐了他一把。月光里的女人可怜可爱，人家挺着肚子给你热馍，给你端酒，给你盖上被子，又悄没声儿地睡你身旁。你却还不知足，你说说，你还有甚可求的？别忘了，两天前你还栖在队里的饲养棚里，要不是人家的好意，你能梦游一样躺在这炕上，躺在这么好的女人身边。睡吧，任伍告诫自己，别不知足，别忘了你是倒插门。

任伍心底下一遍遍念叨，睡吧，睡吧，能紧挨着女人过一晚，已很不错啦，你咋咋呼呼了一晚上，真的很过分啦。可月光和月光下的女人都亮亮地闪在眼前。他实在睡不着，浑身燥热地难受。他就悄悄掀开被子一角，晾出半个身子，长长地呼一口气。一种鲜活的味道，夹杂着麻絮一样的念头，一股脑地进入肺腑，沁入身体的各个角落。好像是，全身每一个毛孔都有贪婪的大嘴，都拼命地喘息，拥抢地接纳。或许，这就是女人的好处。陌生的兴奋使任伍不觉一动，一条腿不知咋就进了双秀被窝。他觉得双秀好像颤了一下，又好像没有。他的腿，他的半个身子就紧挨着双秀了。他的肉亲切着双秀的肉了。跟自己的燥热和坚硬不同，双秀是温润的，绵滑的。就像啥呢？对，跟水一样。以前一到夏季，在温凉的晚上，任伍常溜达到村口，找个背静的河湾，脱得赤光，一猛子扎进去，让温软的河水抚摸自己，亲吻自己。对，就是这样。他总是兴奋地挥起臂膊，冲圆圆的或弯弯的月亮撩起水，然后闭眼等着，等那掬水哗哗嘻嘻地落下，软软地酥酥地亲他。多舒坦呵！任伍忽觉得胸脯上受了轻轻地一推，同时，有个软软的声音说：别。任伍一惊，才发觉，不知何时，自己竟然全身进了双秀被窝。

双秀说：别。

任伍觉得，这个时候，双秀不该说"别"。这个时候，不那样就不对了。他的左腿一掀，就跨到了双秀肚子上。双秀呀地叫一声，坐了起来。

灯泡吧嗒一下，亮了。

任伍扭头看双秀娘。双秀娘背着他们，好像睡得正香，但灯绳在她手里一颤一晃的。

双秀斜靠窗台，脸色惨白，双手紧紧护着肚子，嘴唇哆嗦着半天说不清话。及至听清了，任伍才明白，双秀要她出去。任伍就臊得不行，吃晚饭时就开始积攒的心劲儿，一下子泄没了。出去就出去，任伍没说二话，红着脸出了双秀被窝。

任伍还没在自个儿被窝里躺好，听见双秀又说：出去。

这回双秀唇齿分明，说得真切。任伍也听得真切。——出去。

小男人任伍只好蜷着身子，靠着门板，在院里圪蹴了半宿。

5

这是任伍倒插门生涯中，第一次被撵出门反省的情景。

关于这件事，双秀娘是这样安抚任伍的：男人家家的，没点子忍性？就等不得任小伍出来？任伍摸着脑门说：任小伍是谁？我不认得。双秀娘一拍大腿：哎呀呀，你个棒槌，自家娃都不认得哈？

那段日子，任伍觉得是一种煎熬，甚至是摧残，反正，是不堪回首的。不是么？任伍用中秋节的雨水洗了把脸，仰面问天。天凉沁沁地泡在往事中。

你想一下，你心突突地一进门，火烧火燎地一上炕，炕上女人水灵灵地馋你，就是按紧裤带，不让你解渴。你着急不？你一着急，就把你撵出去，让你慢慢凉快。你受得起不？再往后，就不单炕上的事了，地上地下，只要不合女人的意，任伍就要去院里凉快凉快。十四年，一棵树长上十四年，会横七竖八生出多少枝叉来？会结出多少叶片来？任伍好没志气，小男人任伍就打算一辈子耗在双秀这棵香椿树上了。任伍相信，寒去暑来的，总有一回香椿树会低下头，让自己踩。

那天，就是任伍头一遭靠门板的第二天，任伍记得马三来买了回酒。马三这样劝任伍：兄弟，你硬得不是时候。马三的指头直了弯，弯了直地比画。双秀娘则更干脆直白：小男人，你等着，炕上有你耍浪的时候。双秀娘指着自己肚子，说，别看老娘神气活现地占着炕，老娘这里面全坏啦，活不了几时啦，你他娘的浪日子不远啦。

可任伍还是觉着不得劲儿，觉得一门心思盼着丈母娘死，是不是不太好？再说了，双秀娘真的腾出炕来，自己就能想浪就浪？作为倒插门，任伍很有点担心。

6

　　不管咋，双秀娘说话算数。任小伍呱呱坠地，她就躺倒不起了。任小伍咕咕地吸着奶，庆贺自己要满月了，双秀娘就满足地闭了眼。

　　但任伍的眼瞪得溜圆，不分白黑愁得合不上。说是溜圆，里头又没甚内容，像两口枯井。有件事让他着慌，睡不好觉，又毫无办法。人前不能直说，只好窝心里。窝久了，心里就一团一绺的，跟坏了的棒子面一样，长毛了，生出些绿森森的凄凉来。心里乱糟糟地泼烦，就只好染上抽烟的毛病。由不由地卷个旱烟炮，一拃长，隆重地端着，仪式样地吸着，苦着脸，蹙着眉，嗞儿吸一口，火星子欻欻地缩一截儿，黑黑地冒一阵烟，心下就云山雾罩地糊涂。好像就消散了些许愁苦，瘦出棱的脸上能趁着平展一下，眼仁里的寡淡也挤出一星子新鲜来。是呵，光景磨盘似的可劲儿转，肯定有搭一把手的机　会的。

　　双秀的意思是娃还小，还占着奶头。你看，小家伙咂巴咂巴多带劲，奶头就是她的锅哩，吃着一个，抓着一个，还不够哩。谁也不会抢她的锅不是？再说了，娘还没过周年，还没走远，还在炕上左右地蹍摸。双秀说这话时，泪嗒嗒地很招人爱。任伍心里飘摇着，忍不住要动作，就伸出手来抱丫头，顺便在双秀胸口擦了一把。任伍知道，小家伙占着奶不假，可困觉也长哩；炕也空荡荡的够宽敞。可是这话他说不出口。到了晚上，任小伍仍是睡在中央，占了她外婆的外置。天气转凉了，西北风刀子般利落。任伍可不想去外头蹲着过夜，就耐着性子候在小伍一旁，时不时给她掖好蹬开的被子。泼烦了，就卷个一拃长的烟炮对付。

　　现在好了，天气一天天还阳，地上地下的生灵都兴冲冲地活动，庄稼也种上了，玉米说长就长，翠滴滴地结出棒子，毛茸茸的挂着穗儿。眼瞅是个好年景，一切都向好的方向生长。先是欢天喜地给小伍过了周岁，又热热闹闹给双秀娘办了周年，都该知足了。该断奶的不断不行；该下去的也老实待下面去了，要高兴也只能在下面拍着大腿高兴了。任伍想着，心底下乐呵着，烟瘾明显见小。

双秀呢，好像忘了那事一样，只管捂着脯子嚷痛，嚷胀得难受，说，要不再好活小伍几天？看娃也屈得慌，直衔了手吃，小米饭不解饥呢。任伍赶忙说，不行，说甚也不行。任伍板着脸，经验十足地指出：这叫倒口，倒不好，就不说啦，倒好了，吃见土也香。是不是？你没听下乡的计生站干部讲，你现在的奶水，跟臭水沟里面的差不多嘛。根本没营养的。是不是？计生站说没说这话，双秀不知道。可村里的确驻下两位胖胖的计生女干部，掏着耳朵教妇女们一些新法子、新工具。双秀见天抱着娃娃去看，有一回，一去就是多半天，任伍饿得在人家黑帘子外头直抓头皮，又不好跟妇女们一堆挤进去看。这都是实情。双秀就不嚷了，只叫任伍拿只碗来，嗞嗞地挤满了，长长地舒口气，要任伍端去泼到南墙上。任伍愣愣地端着碗出去。碗里的奶在太阳下亮着白光。他忍不住咽了口唾沫，一下子觉悟到端着的是女人的一部分，是女人身体深处的水。任伍神思恍惚的。双秀又在炕上吩咐：一定要泼在南墙上，一滴不该漏的。

任伍就猜不透女人。好像是，女人有些事，他是吃不准的。

晚上临睡前，任伍又泼了一碗奶，就热腾腾地跳上炕。身边，任小伍睡着了。挨过去的，也没有声息，好像也睡着了。任伍却翻来覆去地不踏实。窗户明晃晃的，好像是，太阳把眼力见儿借给了月亮，月亮也热辣辣地拷究他。他翻了几个身，被窝里乱哄哄地燥气，他吧嗒拉着灯，下炕寻着脸盆，瓮里舀了水，凉飕飕地冲了个兜头冷，才复上炕，灭灯。躺下没几分钟，他又一次拉着灯，被窝里低头仔细寻，终于寻着一根头发，任伍捏着头发在灯影里瞧。发丝在指间扭了扭，惭愧地低下头。就是这根毛硌得他睡不着。他蘸了唾沫，狠狠地扔了它，复又躺下，拉灭灯。窗户依然白得分明，远处一两声猫叫春格外耸人听闻。任伍烦得实在没法，就又拉着灯，心想还是卷根旱烟炮吧。还没找着烟袋呢，双秀就发话了。任伍心里一咯噔。好在天还暖和得很，就是到院里罚一宿，也不至于受罪。

然而双秀说的是：任伍，灭了灯……咱……说话。双秀声调柔软，让任伍想到她同样柔软的身体。任伍很快就灭了灯。

黑暗里，双秀说："一年多了吧……"

任伍说："嗯，树落了一遭，地收了两茬，人殁了养了还是三个。"

"任伍……我比你大三岁哩。"

"嗯，要不人说我是小男人。"

"男人……"

"嗯，小男人。"

双秀叹了口气，转过身，对着任伍的脸，声音愈发柔软："那时，我身上不好，心上也不好，娘……也不好。"双秀顿了顿又说，"人就这，老在不好里泡着，总是不畅快的，是不？"

任伍点头说是，同样顿了顿，说："现在……好了。"

"现在好了？"

"现在好了！"

"那……明儿个，你把街坊们叫来，红火一下，咱热热闹闹地重新开始，好不？"

任伍没想到双秀的这层意思，就说："敢情好，正好你娘留下的酒还有个瓮底，够好好闹一回的。然后，咱好好开始。"

"嗯，好好开始。"

7

第二日任伍起得格外早。花簇簇的星星还没有散。任伍扣着扣眼，仰脖儿看了一回，就断定是好兆头。靛蓝的天不含一丝杂念，给了他铁皮一样的信心。任伍挥起扫帚，从家门开始，哗啦哗啦，一路扫去，几乎清净了半个村子，惊扰了不少春梦。鸡鸣狗吠中，一些人家的门吱咂一响，探出张惺忪的脸来，眼一轮，嘟哝几句，啪啦一甩门，回屋续梦去了，把任伍急躁的吆喝抛在脑后，扬在远远的风尘里。任伍喊啥呢？任伍喊：晌午，家去，吃糕！

这地方人好吃糕，过时过节吃，娶媳聘妇吃，反正认为有点子理由了，就隆重地吃。即便是作丧席，也能吃出喜气来。逢着这样的事，吃糕的人和被吃的人同样光彩，都穿上压箱底的待戚衣裳，格正正地逢人就说，知我今儿作啥？今儿吃糕哩！所以任伍扛着扫帚往家赶，鸡还没叫全呢，半村子人就知道了：小男人逢着高兴事啦。小男人有甚事哩？任伍脸红光光的，小眼睛笑眯眯地没有了，就是不说。说啥呢，这件事，自个儿晓得，炕上女人晓得，就够啦，够够的啦。

任伍瞥见马三圪蹴在街门口，缩着脖颈揪胡子呢，揪一下，裂一次嘴。任伍说："你别揪，揪光了我也认得你。"

马三咧着嘴抬起一只眼，瞥着任伍说："小男人，别太遭人妒。这回又咋啦？生啦？还是死啦？"

任伍没理他，一抬腿就进了自家门槛，丢给马三半个得意的后脑勺。

双秀家、马三家，是对门儿。

屋里，双秀已弄得气腾波浪的，黄米面已蒸出锅，接下来就该甩面了。甩糕甩糕，案板上嗵嗵地翻来覆去地甩才行，越甩打越精到。

好像是，磕磕碰碰好夫妻，不声不响倒不对了。然后，只一会儿就团成一剂子一剂子的，下油锅炸了。等焦黄黏绵的黄米糕一出锅，任伍就用筷子扎了一个，递双秀嘴边。双秀就噘着嘴吹吹，咬了一小口。任伍含着双秀的齿印，也咬了一口。大口套小口，一口连一口的，两人一人一口吃了好久。太阳红艳艳地晕满两张脸，两张脸上汗津津地写满迷离，那只糕却还没有吃完。两口子正红着脸看那筷尖上一星糕面，院子里有了动静。马三挓挲着一下巴胡子进来了。

双秀赶紧转身寻营生去了。

任伍有点恼，说："你来恁早？"

马三说："近水楼台先得月嘛。"

说着话，也就有性急的人三三两两地来了。于是，搬桌凳的搬桌凳，借盘盏的挨门排户去搜罗，任伍的小院热闹开了。日头看看也正晌午了，于是，坐席，吃糕，喝酒，海吹胡拍。乱了好半天，才有人一拍脑门问任伍，你到底有甚事嘛？快说说。任伍捏着酒盅绕桌子转，不搭话茬儿，只管脸红彤彤地逢人碰杯。人们到这时也不太计较，于是接着喝酒，海吹。总归又吃了回糕就是啦。

小男人任伍不知道席面是几时散的，也不知道谁先走谁没走的。他喝醉了。好像还睡着了。说睡着呢，眼前的事还真真切切；没睡着罢，又咋能做出那样的梦呢？

任伍梦见马三说了几回走，却还不走，捉着碗在空瓮里舀了好几回，嚷着要酒。瓮子扳倒了，一滴酒也淌不出。马三嚷，酒，老子要酒，老子花钱还不成？

没人理他。任伍觉得这很不好。双秀就在屋里喊，没了，想花钱找你老婆去。

马三斜着眼珠子笑了：没了不会造么？你娘没教你咋造么？嘿嘿。

双秀忽然没来由地骂开了。任伍觉得这也很不好。双秀骂：你少放屁，老娘家再不造了，死了心吧。

马三就连说，可惜可惜。隔一会儿又说，不怕不怕。说着就去推门了，不知进去了，还是出去了。任伍在梦里醉眼蒙眬的，没大看清。

接着，小男人任伍就梦见自己脱鞋上炕了。人还没上去呢，双秀就大呼小叫的；等两只脚全踩炕上了，双秀就左推右挡地招架开了。任伍就觉好笑，昨黑夜说得好好的，还兴临时变卦？任伍就在炕上摇着，笑着，好像呢，摇着，笑着，自己就变高了，变大了，胡子挓挲得好不威猛。

一梦醒来，已是翌日早晨。任伍一骨碌爬起来，看见双秀正披头散发，坐在炕头愣神。红红的阳光打进来，照着双秀红红的两个眼圈。双秀说给他热饭。任伍有昨夜的梦垫底，一把拉住双秀，讪讪地要擩倒。双秀没反抗，只含混不清地说了句：好好开始……

8

任伍看来，好日子算是开始了。好日子是啥？好日子就是一辆披风斩棘一路狂奔的马车。那胶皮轮子滚滚地向前，碾碎了一路尘烟。任伍端坐辕后，神定气闲，得意地一甩鞭花，驾！马车就载着他满当当的憧憬，和福庇全家的光景，勇往直前，没有过不去的沟坎，没有踏不平的山川。任伍盘腿坐在炕头，摇头晃脑，得意地想着：任谁也得承认，小男人好把式。

但总会有那么一两件事情，突兀地横在路上，猛地颠簸马车一下。任伍不得不停下来，仔细盘算。

正是八九月间，秋老虎很厉害的，打早擦黑却冷飕飕地哄人，好像那老虎隐蔽在草丛里，装模作样地瞌睡，让马虎的人大意。任伍就上了这样的当。吃罢早饭，任伍卷了两张饼揣怀里，扛着镢头出门了。他相中后山一片圪针地，琢磨着平出来，明年就能多收几袋子山药蛋。刚走出十来步，他又急急地拖着镢把回来了。双秀问咋啦，忘带水了吧？任伍套了件厚褂子，撩起袖子让双秀看，只出去一下，就凉下身鸡皮疙瘩。任伍说，带水作啥？这样天，让人笑话。双秀给他拽展后衣襟，问他，晌午回不回来？任伍说，来回十来里，不费事还磨鞋底哩。双秀就又卷了两张饼，塞他怀里，再三吩咐他别贪黑，反正，那地野着荒着，没人稀罕。任伍一撇嘴，说，等着吧，等我开出来就招稀罕了。说着兴滋滋地上路了，走出去老远了，听见双秀在街门口喊：

晌午回不回来？

这女人，任伍心里热乎乎的，也大声喊：不回来。

任伍哼着山曲儿，刨了一前晌圪针，心里还是热乎乎的，好像双秀的话是一簇一簇的红炭火，正一个字一个字地燃着呢。这样，任伍从里到外，都热腾腾地烧着，一会儿，他就不得不脱了褂子。秋老虎醒了，抖擞抖擞刺目的光，开始发威了。任伍又脱了汗衫。正晌午了，他用背心子擦了遍汗，抬头瞅一眼毒辣的秋日，不由咽了口唾沫，再抡镢头时，就光了膀子。任伍抡一回镢头，嗓眼里就嗨一声。嗨了不多时，就觉见嗓眼里火辣辣地冒烟。要是带点水就好了。任伍又咽了几口唾沫，一手拄着镢把，一手搭了个凉棚，恨恨地瞭太阳。太阳白铮铮地看不出形，只是一大团一大团地射出些针，满天盖地地撒下来，扎得任伍晃悠几下才站稳脚跟，再看四周，白茫茫一片，连秋蝉的叫也白刀子一样尖利。任伍舔了下嘴唇，要是带点水就好了，哪怕是一口呢。他费力地咽了口唾沫，原来口水也这么金贵，平时不知白白浪费了多少。想到口水，没来由的，任伍想到了双秀的嘴，红格肉肉地噘着，好不诱人，任伍忍不住在心里嗞嗞地吸了几口，好像就，一股凉沁沁的泉水下了肚；好像就，天也蓝了，地也绿了，秋虫子的叫唤也有韵有味了。任伍就敛起劲头，呸地往手心里啐一口，又扬起了镢头。这一扬，就吃了一惊，镢头竟沉甸甸地坠手，抡起来没了准星，一镢下去，一枝圪针就钻进小腿肚里了。血突突地涌出来，红红地悚目。任伍一屁股坐地上，着慌了，抓一把土敷上去，孤寂掺杂着疼痛从指间渗出来。

任伍抱着腿，在地上伤心了一会儿，决定回家。他想，双秀一定会啊呀一声，从家里远远地跑过来，搀住他，问他疼不疼？任伍还没回答，双秀就心疼地掉下泪蛋子，然后俯下嘴吹着，一下，一下，伤口就凉爽爽地好了。会不会这样呢？任伍希望会是这样。他就刨了个坑，把镢头埋进去，在上面踩了又踩，做了记号，用圪针伪装一番，然后一瘸一拐地下山了。

门却意外地关着。

任伍一跨进院子，就吭吭地咳嗽开了。但家门闭得严丝合缝，并没有热情从屋里飞出来。任伍走过来一推，发觉门从里插着呢。任伍并没有多想，就砰砰地拍开了。

里面传出双秀湿淋淋的声音，谁？

任伍说，我。

沉默了一下，双秀在屋里喊：任伍，我正洗着呢。你去代销店买块胰子来，包油纸的那种。

任伍嗯了声，却没有动。

屋里双秀又喊：代销店的胰子有三种，八毛五的不能用，烧手；一块五的好是好，太贵啦，抵上三斤挂面啦；你就买一块二的那种。钱照例是先记上，月底我用鸡蛋顶。

任伍说，嗯。就扭身去了。

代销店里的确有三种胰子，双秀没有撒谎。他就按吩咐要了一块二的那种。一块二的胰子香喷喷的，上面画的女人光着半个奶脯子，笑吟吟地瞅着任伍。任伍身子里突突突地跳跶过一辆拖拉机，他不敢多看女人一眼，就把她捧在手心里，急急朝家赶。走着，走着，任伍就小跑起来，后来就真得像拖拉机一样，屁股后扬起一溜尘烟。

门平展展大开着。

任伍喘吁吁地一进院，就见门坦然自若地大开着。任伍的嘴也大张着，忘了合拢。任伍觉得，只一会儿工夫，门就完成了两个动作，是不是太玄妙了？那么，究竟是开着好呢，还是关着好？开着或关着哪一个更能隐藏些秘密？女人笑吟吟地望着他。任伍在女人的笑里彻底迷路了。

女人说，你的动作很快么。

这也是任伍想说的，他就点头嗯了声。

女人说，天燥得很，要不，你也洗洗？

任伍看一眼女人，又看一眼手里的女人，觉得她们很像，都近近地呈在面前，又远远地笑在暗处。任伍说他不想洗，外头不燥，关键是里头，燥坏啦。任伍就端着铜瓢咕咕地喝了一气。然后，他盘腿坐在炕上，挨着熟睡的任小伍，仔细打量水灵灵的双秀。

洗浴过的双秀，跟下过雨的山丹花一样，招摇惹眼。双秀穿了件水红碎花衣裳，脸粉扑扑地正梳着头，嘴里衔着根橡皮筋，一双毛眼忽眨忽眨地睃任伍。任伍摸着腿脖子，夸张地一起一落，亮出红肿的伤痕。但双秀只盯了他一会儿，就专心装扮了，并没有提问他的意思。任伍就叹了口气。双秀说，天咋这燥？任伍又叹一口气。双秀说，你真的不洗？

后来，任伍实在忍不住了，就说，你知我咋回来了？

双秀又冲他忽眨了几下眼，说，四张饼都吃了？

任伍这才想起饼子留在了圪针地，但他说，嗯。

双秀要他累了就歇着，好好歇着。任伍就长长地躺任小伍身旁，心下就真的盘算，后晌不去刨圪针了，爱咋咋，长出甚来算甚。地里种着一只铁家伙；他心里好像也种了只镢头，在心底子上刨啊刨的。

这个时候，任伍不经意地一瞥，发现双秀胸脯那儿不对劲。咋不对劲呢？再一看，确实不对，双秀红格艳艳的衣裳，竟缺了一粒扣子。正是奶脯子的位置。任伍脑袋嗡地一阵响。

后来，任伍找着旱烟袋，一炮接一炮地抽了一后晌，又加一黑夜。黑夜的炕上，双秀含情脉脉的眼神，被他一根根截住，一根根折断，狠心地扔在了脊背后头。

扣子，指甲盖大小的东西，沉重地压碎了任伍。

9

任伍着实郁闷了一阵子。天要么热要么冷，饭要么咸要么淡，总不合心思。日子长长的，又曲里拐弯的，总是变出些疙瘩来硌他。硌得他整日阴沉沉的，眼里没有一丝热腾的水气，总是无缘无故地发火。自然，鸡们羊们，板凳笤帚的，不会跟他计较，但双秀不行。于是任伍少不了圪蹴在院里凉快。

任伍的马车看看要散架了。

任伍显然不想那样，任伍是爱琢磨的人。他说过，任伍好把式。任伍就前前后后地思量，问题的根子在哪呢？最后，把目光锁定在了门上。任伍的目光先路过双秀的身子，但没敢在双秀身上过多停歇。虽说第一次修理门时，他就知道了，门是好门板，但倒插门的门总是不同寻常的。于是，任伍给它做了点手脚，门再开或关时，就不那么顺畅轻松了。看着它笨拙地开合，磕磕绊绊地扭身子，任伍的心就顺畅些，少了些疙瘩。他觉得，至少这门任谁也不是那么好开了。可没过几天，任伍就发觉，门又自如如初了。咋回事呢？任伍仔细查看，最后发现，门自个儿改正错误啦，门轴上还加了黄油。任伍觉得这很不好，但或许双秀不这么看，任伍就又琢磨了一宿。第二天早早去集上买回个铃铛来，响当当地挂门前，门一推，就叮当地报警。双秀捂着耳朵直骂任伍憨，挂院门上还能提醒个动静，挂家门上是被子里放屁，自己烦自己。但任伍神道道地让她不放心，就没有摘下来。只是，背着任伍抹了回泪：你个小男人呵。

日子就叮当叮当地过下来了。

任伍有件事瞒着双秀。任小伍五岁的时候，有一次，任伍要出去帮几天工，几天呢？说不准，也许一两天，也许三五七八天。双秀就眼圈红红地给他烙了一摞饼，吩咐了几回别贪营生，别省肚子，别走黑道，别……恋女人，反正能早就早些回家。任伍连着嗯嗯地点头，眼酸酸地就不想去了。双秀说既应了人家，也不好推脱，快去快回就是了。任伍就卷了铺盖，塑料布裹了，扛肩上走了。走出村老远了，还看见双秀站在河坝上瞭他。任伍就走到乡里，在车站台阶上坐下，开始吃饼，吃了一个又一个，吃到日薄西山的时候，就站起身打个饱嗝，扛着铺盖卷往回走。悄悄地进村，悄悄地从墙豁子上进院，一头扎进羊圈，塑料布一铺，打个地铺，开始竖起耳朵听。但铃铛一夜没响。天不亮，又出了村，天擦黑，又住进羊圈。这样过了几天，任伍一身羊膻味进了家。那铃铛始终没胡乱响过。倒是女人说他瘦得可怜，也不问他挣了几个钱。任伍一进家，就想扔了铃铛，但任小伍不让。所以任伍一家现在还叮当叮当地过。听起来，倒真像一辆走长路的马车。

任伍的马车遇到的最大障碍却还不是这，是另一件事。这件事困顿了他十四年。

任伍真正意识到这件事的可憎，是在进门的第三个年头。

任小伍晃着两只羊角辫，朝任伍走过来时，任伍的眼正追着双秀的腰身转。双秀正转来转去地做饭。日月没有给她添上扎眼的痕迹，还是粉脸毛眼，切菜时，腰身一颤一颤。任伍身体里有股子劲就一抽一抽的。腰是好腰，可就是……咋回事呢？任伍琢磨着，任小伍拽着他裤腿嚷了好几遍，他才听清，任小伍跟他要汽车呢。大大，我要嘀嘀。嘀嘀个啥？那是假的，不会坐人。任伍知道，马三头晌刚给他家二小子买回个四轱辘的玩具。大大，我要嘀嘀么。任小伍缠了他一后晌。最后，任伍朝她屁股上拍了一掌：丫头片子，要啥嘀嘀。

任小伍大二两个指头对着他，嘴里啪了一声。

到黑夜，任小伍睡着了，任伍摸着双秀肚子，念叨，咋回事呢？咋回事呢？摸来摸去，双秀也睡着了。剩下任伍黑暗里搔破头皮也想不明白：见天黑夜地努力，咋没个动静呢？哪出了差错呢？任小伍做梦了，说，大大，嘀嘀。任伍轻轻拍着小伍，忽地意识到问题出在自己。地是好地，种子不行，甚也白搭。任伍脑瓜嗡嗡的，忘了拉灯，摸黑寻见烟袋，想卷根旱烟，手却抖抖地不听话，卷了几次都不成，最后算是卷成了，又划不着火柴，浪费了好几根，才冒起烟。他想着山后开的两亩圪针地，头年种了山药蛋，结果就收了山药蛋；第二年点了黑豆，它就结出了黑豆；今年小伍生了场病，乡里县里省城的，折腾了他们大半年，地就荒芜了，长出的全是草。抽了一黑夜烟，任伍决定，种子不行的事，得遮着掩着。

却还不死心，暗暗地使劲，双秀有意见没意见的，只是默默地承受。毕竟她知道，任伍实在想要个自己的娃，小鸡鸡的最好。

10

折腾了十四年，却不见成效。任小伍都亭亭玉立地上初中了，站起来跟双秀几乎一般高，睡下已隔着布帘子了。任伍的马车还宽敞敞地载着三口人。

这不能不说是任伍的一块心病。私下里他常想，难道，自己他娘的真是个小男人？

没办法。任伍就除了烟瘾逐年见长外，又添了一项：看啥都无所谓。鸡飞蛋打，羊瘦地荒的，无所谓；早些年还下力气脱了些土坯，想着垒墙，后来也无所谓了，土坯风吹雨淋的，又慢慢还原成了土的模样。院墙塌了一截又一截，及至全坍了，也无所谓。好像是，任伍的小眼睛里，罩了层灰黄，塌墙、破院、枯柴、歪扭的土坯房、满院子鸡耙羊跑的，都是那样祥和。好像日子本来就该这样子，这就是村落的景致，这就是小男人任伍的命相。这跟他早些年处处不入眼，瞅啥啥不顺畅，全是两样。现在的任伍，就着暖日，圪蹴檐下，吸着旱烟炮，瞅着满院狼藉，自在得很。街坊们眼里，任伍倒成了神仙一流的人物。贬低自家男人时，妇女们都拿任伍做样板：看人家那脾性，沉住气不少打粮。

只一样，任伍对闺女却是极严厉的。

任小伍撒着脚丫子院子里疯跑。任伍就喝住了，闺女家家，成甚体统？逼得任小伍在外头嘻嘻哈哈地大步流星，一进院，一见她大的窄脸条，就变换了袅袅娥娥的小碎步。偶尔，任小伍跟同学玩疯了，忘了早回家，远远地就瞭见任伍黑着面目，窄脸拉得棍子一样，候着她。近了，还真见任伍手里拎着根腕子粗的榆木棍。棍子会不会落下来，她没细想，以后却不敢在外头胡闹了。有一回，任小伍觉得山墙

140

外一溜粗瓮子很好玩，就缠着双秀问是做啥用的？双秀还没提半个酒字，任伍就搬着石头全砸了个碎光。

秋风过后，看看就中秋了。任小伍的心又不安分了，成天嚷嚷着吃月饼，说，今年你们要还不爱吃，就不要分了，让我囫囫囵囵吃上个，吃个够，吃个过瘾。双秀劝她，等十五晚上供了月亮，都是娃的。任伍说，期中考试你考个啥？还有脸吃？还不垫个饼子墙上撞窟窿去。任小伍就噘着嘴，不高兴了，嘟哝她大是文盲一个，瞎汉嫌老花眼。双秀屁股上拍了她一巴掌，要她少贫嘴。任伍正是一辈子气短不识字，就和了脸色说，月饼有甚好吃的，最耐嚼的还数你娘蒸的馍，有本事，你也蒸回让大看看。任小伍一听，喜笑颜开，立马端了盆舀面，舀了满满一盆。然后又拎了桶出去，要到村委井房接水。这一去，就没了踪影。

双秀到底性急些，就慌慌地去找。一会儿，就拎着水桶回来了，说，桶在井房放着，闺女却没影儿了。

任伍说，不碍事，小伍淘是淘，却很鬼精，约莫见着甚新鲜事，去热闹了。

正说着，任小伍昂头挺胸地进院了，嘴巴一鼓一鼓地咀嚼，两手背在后面，身子一扭一扭地过来，还没进门，嘴就一咧，笑着要他们猜。秋日暖暖地打在她明媚的脸上，格外灿烂。

双秀笑着说，猜啥？猜你捡着几个元宝？

任小伍就哈哈乐着把手一伸，戳到他俩鼻子尖，说，看看是啥？

任伍往后一仰，看清是两个圆圆的月饼，黄澄澄地诱人，上面拓着神池月饼的字样，就问，哪儿来的。

双秀说，对门儿马三伯伯给的。

双秀和任伍都变了脸色。

任小伍不觉得，还兴冲冲说，给了四个呢，我吃了一个，还想吃，又吃了一个，还想吃，不舍得了，给你俩剩的，一人一个，你们要不爱吃，都归我了。说着歪着脑瓜笑了。

双秀偷眼瞅任伍。任伍脸黑沉沉地放下来，劈手打落月饼，脸扭曲得十分难看：谁让你要他的了？

两个月饼地下滴溜溜转了几圈，一前一后地贴在砖地上，像一双斜睨的眼睛。

任小伍惊得面无血色，慌忙弯腰去捡。任伍却提着大脚，左一下右一下地一通乱跺乱蹉，两只月饼就成了一摊屑末。

任小伍哇一声哭开了。双秀也捂着脸扑炕上呜咽。

门铃叮当一响，马三挓挲着一脸灰白胡子进来了，一见这阵势，脸就蜡黄了，急急说道，不是，不是，任伍，不是那回事，是村委发的月饼，一家一斤，我给你捎回来，碰见小伍，就，唉，怨我怨我，怨我没说清，我说不清了，兄弟，我不是有意的，进这门……喝多了……

任伍一扭身，就出去了。他要去村委问问。任事可以无所谓，这事决不能马虎。

村主任正在村委忙事，见任伍脸长长地立在那儿，就不耐烦地说，甚事？任伍说月饼的事。主任一听就啊呀一声，说，看这事闹球的，忘了，忘了，真得把你忘了，咋就把你忘了呢？你快去会计那儿看看，看月饼还有球没啦？

任伍就拉着脸去了会计那屋。会计一见任伍，没问他甚事，就先啊呀一声，就摘下眼镜，转脸擦起汗来。会计说，失蹄，失蹄，想不到我分毫不差地会了三十年计，今儿栽在了球大的月饼上。说着就抱起个电视机纸箱子，拨拉开瞧。任伍也凑过去瞧，两人脑门顶着脑门，像一对斗架的公羊。停了片刻，慢慢分开，你看着我，我看着你，都不说话。纸箱子底，孤苦伶仃躺着两个半月饼，像几个伤残的逃兵。

任伍二话没说，扭头就走。

急得会计三两步撵上来，拽住任伍不放：小男……兄弟，好兄弟，你不为别的，还不为我想想，我做了三十年，容易么？啥事都得操心，提留摊派、报表通计，连老娘们的肚皮，我也跟在后头掺和，我不易啊，我看，你就先拿上月饼，好不？说着，会计不由分说塞给任伍两个半月饼，连推带搡地把他送了出来。

11

因为几个月饼，任伍和双秀闲扯淡吵了一夜，秋雨也淅淅沥沥下了一夜。第二天不等天大亮，也不等双秀发话，任伍就把门一甩，主动出去了。

这天是八月十五，家家户户都忙着团圆呢，都顾不上来安慰任伍几句。任伍就在密密匝匝的秋雨中，深一脚浅一脚地绕圈子转悠。心底下腾着火，肚子里空着锅，好不煎熬。

而屋里是另一番乐融融的景象。双秀和闺女任小伍说说笑笑地和着面，咚咚当当地剁着馅，然后，一个笨拙殷勤地擀面片，一个娴熟灵巧地捏饺子。任小伍不时看看窗外，说，你看我大，也不晓得檐下避避雨。双秀也探着脖子瞅一回，说，活该，让他清醒清醒。任小伍试探着说，要不，让我大进屋暖和暖和？双秀瞪她一眼：敢？说着娘儿俩又嘻嘻哈哈笑一回。

说着话，饺子陆续卧到了算上，排着队形，一个个白胖白胖的，像一群等着跳河里嬉耍的小鸭子。任小伍托着腮，一只手指头点着，一个两个地数。一共六十七个。我二十个，娘二十三个，大二十四个。任小伍心里掐指头算计着，不对不对，我十八个，娘二十个，大二十九个。大在外头又冷又饿的，应该多吃。大也真是，老在雨地里转磨，脑子不转个弯，门就虚掩着，你一推，不就进来了？

任小伍又扭头问娘："娘，要不，你喊我大进来？"

双秀哼一声，说："他想通就进来了，不进来，就是没想通。"

"那，咱等着？"

"咱等着！"

双秀和任小伍就一人托一只腮等着。灶塘里的火苗子呼呼地撒着欢，又悄悄地矮下去，就又加把柴，火苗又活泼泼地腾起来，映在灶前两人脸上。锅里的水哗哗地滚着，比赛似地翻着跟头，一个一个的小蘑菇赶集似地来，又回家似地去。双秀一次次地往锅里续水。任小伍说，饺子好香呵，我闻到了。

双秀说："娃饿了？娘给你下饺子。"

任小伍说："娘，你呢？"

"我等着。"

"我也等着。"

窗外，秋雨依然稠密。任小伍感叹着：我大可真憨，你一推门，不就进来了？想着，看了娘一眼，娘没有反对的意思，任小伍就站起身，掀开一半门，冲外头喊，大，饺子包好啦，娘说等你进来下锅呢。

任伍没听见一样，只管闷着头雨地里转磨。

双秀等了一会儿，不见任伍说话，就说，不进来……就别进来。声音有点打战。

忽然响起轰隆隆的闷雷。屋里的两人都急忙伸直脖颈朝外看。光线黯淡，灰蒙蒙的天压得很低，雨水不近情理地连成片。一只铁皮水桶咚咚地响应。两个人的心底就啪啦啪啦地伴着敲起鼓。

小屋里喘不上气地沉闷。

忽地，双秀深呼一口气说："嗨，今儿个中秋哩。"

任小伍说："对呀，今儿个八月十五哩。"

"晌午饺子黑夜馍，老辈子传下来的。"

"对呀，我大就爱嚼个馍。"任小伍说着就蹦起来了，"对呀，我还坐着做啥，我给我大蒸馍呀。"

说着话，说和面了，就羼了醒头，就放在锅台边饧着了。片晌工夫，就又和面了。不一会儿，算上蹲满一个个憨头憨脑的馒头，坐锅里开始蒸了。

水汽腾腾地升起来，雾蒙蒙罩向两人。娘儿两又沉闷了，又默默地坐在灶膛前，好大会儿，没有言语。

过一会儿，好像是觉得太闷了，任小伍忽然笑了：娘，你的肚子叫了。双秀说，听，你的也叫了。任小伍说，娘，我给你唱支歌吧，唱着就不饿了。

任小伍就唱：你到我身边，带着微笑，带来了我的烦恼，我的心中，早已有了他……

双秀笑着打断她，说，不好听不好听，娘给你唱一个。

双秀就盯着跳跃的火苗子，唱开了：

　　一铺滩滩杨柳树一片一片青
　　一群一群小伙伙，啊呀呀呆
　　就数上哥哥你……
　　一片一片油菜花满山山地开
　　妹妹的那个心思，啊呀呀呆
　　哥哥你自己猜……

唱着唱着，双秀就流下泪来，起先一颗两颗，珠子一样往下掉，赶紧擦拭。后来就一串一串，秋雨一样往下淌，擦也擦不及。

任小伍看着娘，想劝劝娘，劝着，劝着，自己也忍不住哭开了。

屋里水气袅袅的，腾着心酸；窗外又一声闷雷，嗡隆隆地让人心痛。

任小伍哭着，忽地就跪在娘跟前："娘，为啥吗？为啥要大出去？大空着肚，淋着雨，你不心疼？"

双秀也哭着说："为的啥？你大为啥不进来？是他自个儿出去的。"

12

秋雨不歇气地下，声响激越：杀杀杀杀杀……

任伍抬眼睃睃天，天色越来越暗，乌坨坨的天锈了十几年的铁块一样压下来，雨哗哗地没有停的意思，好像要无休止地打碎下去，贯穿往后的每一个日子。任伍抱着肩，浑身湿哒哒的。有好几次，他转到门前，在门前久久地停留，看着这扇门板固执地守卫着双秀家，他有点感动，伸出手来，想摸一把，但很快就缩回去，打个寒噤。自己已在外头转悠了十四年，再等一时又咋样？

想着十四年，十四个寒暑轮回，任伍的心就硬邦邦地冰凉。这女人，咋就不能服帖帖地软一回？咋就不能款款打开门，小羊羔一样扑进怀里，手拉手地回家？想着，任伍不止一次地猛然回过头来。但那门总是执拗地闭着，没有一丝缝隙。

啾啾的，不知谁家的一只小鸡迷了路，从墙上塌掉的豁口跌撞下来，哆哆嗦嗦走了两三步，湿淋淋地抬眼瞅他，好可怜。任伍心一疼，掬起小鸡，放手里摩挲，你咋啦？你回不了家，进不了门，是不是？你饿吗？你恨吗？小鸡不作声，只管哆嗦。任伍也不禁哆嗦一下，觉着骨头缝里钻进一丝寒气。那股气打着旋，锥子一样往他身体深处钻，彻底湮灭了心底那丛火。你冷么？任伍把小鸡轻轻搁在窗台上，那里没有雨水，跟家里只隔着一层玻璃。有团火才好。任伍想。

天空打雷了，一道闪电，任伍看见檐下苫着塑料布的一堆秸秆子，好冷，有一堆火才好。任伍摩挲了几回胳膊，两只膀子绞紧，缩在怀里。有一堆火才好。

有一年雨水长，庄稼熟得晚，任伍一家提着心，担忧年景，等玉茭收回来，却也黄澄澄地喜人。任伍一高兴，乘着月色，在院里拢起一堆柴火。火焰熊熊的扑腾，任伍和双秀坐在火旁，看蓬勃跳跃的火苗儿。火星子噼噼啪啪地飞向夜空。任小伍蜷在双秀怀里，兴奋地叫着，两只手急促抖动，模仿火的样子，忽地又跳下来，扑向任伍怀抱，蹭着他的胡子茬，然后，又笑嘎嘎地扑向双秀。那样，多好。

又一道闪电，直直地射向家门，在门上划了个直角，现出了门板密实倔强的本性。任伍记起自己曾在门上发现过一只眼睛，还有一只，浮在一张得意的男人脸上。任伍很想再看见它们，就站起身，凑到门前，仔细寻着，伸出手摸着，但啥也没有寻见。门沉默着，只是门。是扇好门。

任伍接连打了几个喷嚏，感到一阵赛一阵地冷。他两手哆嗦地伸进背心，希望胸口能暖和自己，但胸脯同样冰凉。忽然，手触到一团熟悉的东西，拿出来，是个塑料袋，里面是自己的旱烟和卷烟纸，还有一盒压扁了的火柴。他又惊又喜，手哆嗦，却极快地卷好了一根，一拃长。他俯着身，打开火柴盒子，只看到三根孤零零的火柴。哧，划了一根，火光弱弱地让雨浇灭了。他又取出一根，这回，尽可能地俯下身，让脊背挡住雨的袭击，这回，他成功了。他闭着眼，贪婪地猛吸几口，火星子猛地一缩，他感觉到一丝薄而又薄的温暖。秋雨无情，很快，这丝温暖就无影无踪了。有堆火该多好呵！

他的目光停留在了那堆秸秆子上。

离秸秆子一步远，就是那道孤傲的门。

任伍死死盯着那道门。秋雨的声音越发高亢：杀杀杀……

一个念头闪电一样划过，他没有多想，就抱起一抱秸秆子堆在门前，又抱了一抱，又抱了一抱，紧靠着门板，堆起了半人高的柴火垛，他觉得足够了，足够最后暖和一下了，足够让他度过这个冰冷的中秋节了。他取出最后一根火柴，他对它寄予厚望，他甚至像亲睡梦中的任小伍一样，嘴唇碰了碰那根火柴。

或许，这也是打开门的一种方式？

任伍仔细端详最后一根火柴，他期望它不辱使命。这样，火就熊熊地烧起来了，跟以往那次欢乐的篝火一样，火苗儿活泼地跳跃，火星子噼噼啪啪地飞向夜空。好像是，任伍、双秀和任小伍正手拉手围着火焰跳呢。跳着，笑着，欢乐地歌唱着……那扇曾经背叛、曾经孤傲的门，在大火深处陡地亮了一闪，那一闪很快被火焰吞没，好像它本来就是把好柴火，大火是它的好归宿。门愉快地颤抖、融化，加入火的舞蹈火的歌唱，成为舞蹈歌唱的主要部分。另一部分呢？大火激昂地染红了夜空，那里面，一串串，一沓沓，十四年的日子手拉手地燃烧。是的，任伍听清了，看明白了，那舞蹈歌唱里，有一部分属于他的双秀，他的任小伍，还有，他自己。

大火在任伍眼里熊熊燃烧着。他捏着那棵最后的火柴，悲伤地憧憬那最后的温暖，源于大火、源于他这个倒插门的门的温暖。火柴就要划着了，哧啦，只要这么一下下，他捏着火柴的手颤抖着，全身颤抖着，他无法抑制地哭起来，眼泪嗒嗒地融入中秋节的夜里。这个时候，雨竟然悄然无声了。

哐啷一声，门平展展大开了。

哗一下，门前的柴火心虚地散落在地。

任伍一惊，抬眼一看，是双秀？真的是双秀？任伍揉了揉眼，见双秀奇怪地换了身红碎花衣裳，正倚着门框看他。灯光从她背后罩过来，往事一样蒙眬。任伍记起来了，这是他们决定"好好开始"之后，两人相跟着去集上扯的布，一人扯了一身，女的红艳，男的铮蓝，喜兴地像一对新人。十几年过去了，任伍的铮蓝早已不知去向，他不知道，双秀却把红艳深藏在箱底，藏了好些年。

　　这个中秋节真日怪，任伍想，秋雨真的说停就停了？

　　任伍木愣愣地呆着看天。并没有水滴落下来砸他。只有一股风轻快地滑过，顺手在他脸上摸了一把，柔柔的，酥酥的。任伍一霎时觉得那扇门真的很玄妙，不是么？它吭当一开，天就唰地把雨一收，看，那里已蹦出一颗性急的小星星，又一颗，又一颗……

　　双秀走过来了，脸上水一样的平静，右手里托着一只馒头。馒头雪白。双秀显然没有发觉门前的怪异，秸秆子被踢得四散开来。她更不会晓得，任伍的眼里刚刚燃起一堆可怕的大火。

　　这是重又热好了的，你尝尝，双秀说。

　　任小伍在背后也喊，大，这是我第一次蒸馒头，你尝尝！

　　任伍再也管不住自己了，他放声大哭。那根未来及点燃的火柴呢，被他悄悄地扔了。他的手极快地抢起来，响亮地扇在自个儿脸上，尔后一扭身，飞扑到南墙跟前，砰砰地用额头撞起来。

　　任伍……

　　大……

　　双秀和任小伍一齐扑过来，一家三口抱在一起痛哭。抱了好久，哭了好久。星星哗啦啦地忽眨，聚拢了满天的力量。双秀把红碎花衣裳撕了一块，包在了任伍头上。任小伍啜泣着给他大抹泪。任伍则一手搂着他的两个亲人，一手捧着还冒着热气的蒸馍，大口大口地吞咽着。

任小伍擦着眼泪忽然就笑了：大……我第一次蒸馍，不知夹生不夹生？

任伍哽咽着，娃蒸得好，娃蒸得好，不生，不生！

任小伍咯咯咯地冲娘抛了个眼色。娘儿俩就泪汪汪地一起笑了。

看，月亮上来了，任小伍喊。

三个人仰头齐看，果然，月亮圆圆地挂在天际，挑着院门的一角飞檐，淡淡的暖意正一点一点地爬满三个人的脸。任伍扑通冲着满月跪下了，咚咚地磕起了头。双秀和任小伍也跟着跪下，咚咚地磕起了头。一家人磕够了头，又仰脖向天，双手合十：

月亮月亮你是爷

红枣月饼尝个鲜

月亮月亮你是爷

打开家门照平安

月亮月亮你是爷

保佑我家齐团圆

……

在一家人的祈祷声中，月光直射在打开的那扇门上。白亮亮的一片，很是玄妙……

系红绳的翅膀

1

夏至后的月光透过窗棂，一格一格地浮在土坑上。民办教师田来员翻了个身，一明一暗的脸旋即扭曲一下。在田来员看来，这个夜晚很不一般，难缠的日子在梦里头终于有了转折。好像是日子扭了下漫长的腰身，这样呢，事物就有了新的生长方向。

田来员的梦以一个叹息收尾。叹息倏地从暗处划过来，即便在梦里，那声音也真真切切的。田来员听到了。一声轻叹柔软悠长，像一截儿有年头的麻绳，从梦境深处探过头来，款款地沿着他脖子绕了一圈。于是他哦地叫了一声。他大概觉得从窒息的黑暗里逃出来了，就把手从脖子上放下来，摸索见用枕头摁着的灯绳，吧嗒一下子，拽得惊慌，灯绳齐苍断掉了。很可惜，世界亮了一霎又重陷黑暗。但这会儿他反而奇怪地冷静下来，开始梳理刚刚隐退的梦幻。顺着那绳索一直捋过去，他发现一个穿白衣服的影子，按着那影子的指引，他到达一座满目猩红的山冈。惨淡的月光下，山丹花的庞大组合似一曲杂乱无章的合唱。让他想到他那些衣着褴褛的学娃们。他们总是这样，不谙世事的笑脸花一样绽放，围着他没心没肺地叫，田老师田老师田老师，直叫得他一阵阵心酸。

五棵树小学唯一的一间教室坍塌了。田来员的心好像也失了支撑，艰难地在花儿们面前摇曳。

这时候白影子远远地招手。等等，我认出你啦。田来员喊着，飞快地撵过去。白影子却不见了，在一片树林前一闪身就消逝了。田来员揉了揉眼。月光下树林子显得影影绰绰，但一眼看去就知道是好木头，一个个都是敦厚质朴的好材料。田来员又一次想到了他的学生。他的心停止了摇晃，稳当当地戳在林子前。田来员朝林子走过去，他想摸一摸这些树木，像摸学生们的头一样。

就是这个时候，那朵可怜的白花吸引了他的目光，它孤零零地挤在那些泛滥的红花里，像一个不经意的叹息。田来员不由地俯下身来仔细端详，它小小的花蕊忽然一龇，一个骇人的叹息真得扑面而来。

这就是那个梦的大概。田来员摸着脚板仔细回味了一遍，他觉得对于自己，甚至对于五棵树小学，这个梦无疑很重要。它是命运抛下来的一个暗示。跟看起来无忧无虑的云朵相似，昭示一段时间内影响年景的天象。不是吗？为了肯定这一点，田来员朝黑暗提了一个问题：未来某一天你托着碗，望着里面可怜的清汤寡水，你能否想到这与从前不经意的某个事实有关？

现在该干那事了。民办教师田来员走出梦境后，摸黑麻利地起了身，那件事昨个儿就盘算妥了，一直隐在暗处，呼啦啦的旗帜一样招引鼓荡着他。昨后晌呼哧呼哧磨斧子时，露天上课的学生娃团团围定他，田老师要砍柴吗？田老师没柴啦？近两月的日晒风吹，他们的脸蛋无一例外地粗糙彤红。田来员瘦小的身子被一圈稚气的热浪包围，眼镜片子后的眼被那种彤红灼伤了，模糊一片。那一刻，一股直腔子山风从旷野吹来，夹杂着呛鼻子的酸楚气息。

田来员腰里掖着斧子出门的瞬间，月光正好转移到了小炕桌的一角，一朵纸扎的白花在那里悄然闪现。

一推门，土坯的残肢断臂赫然在目，它们证实以前这里存在过一间教室，跟田来员住的土屋搭膀子多年，但它在一个雨夜轰然倒掉了。跟一个人无法预料自己的结局其实是一回事。田来员拽了下衣襟，下面的铁家伙不太贴身。

五棵树是个不大的山村，降生在这里的人无一例外踩着这样的青石板走路，所以他们的脚步传承了祖先的谨慎卑微，能外出谋生并客死他乡是一件荣耀的事，毕竟这样的人太少了。田来员打小就体会到了这样的荣耀，——他的父亲给他捎回一个新书包之后再没了音讯。眼下，田来员就踩着世代相袭的青石板朝山上走，他尽量放轻脚步，不至于打断虫子们的歌唱，淡薄的上弦月让他的眼镜片子不安地闪烁。今年的雨水长，五棵树经受了持久的考验，只塌了一间房。一间房对五棵树村子来说，伤口看起来不算很大。但足够让有些人愤恨一辈子。田来员说他恨不得跳起来割断老天爷的鸡巴。白凤仙彻夜的号嗨回响在人们耳边。

走出村头时田来员明显地长舒一口气。青石板咣咣地响起来，但随之一声咳嗽掩盖了它。谁？田来员屏住气，手按在衣襟底。

村主任又咳嗽一声，从石头上站起来，听说你磨了把好斧头，是不是？

村主任很会选地势，站在那儿比他高出不止一头。月光替村主任浅浅地勾出一弧脑壳线。田来员的手从衣襟底顺路拐到裤兜里，摸出纸烟递过去，点烟的时候田来员注意到，村主任的表情是可以商榷的。他躬着的腰就直了，伍哥穿得单薄了，夏夜的山风很硬的。

再硬能硬过光棍？村主任抽着烟笑了。

光棍田来员也乘机笑了，握紧拳头擂了几下胸脯，那儿干瘪却还硬实。村主任出手迅速准确，一下子把斧子抢去了，放眼底摸索，你晓得，五棵树的树可不姓伍。

晓得，田来员的手也伸出去了，在斧子附近焦急地晃荡。斧子闪着寒光翻了个跟头，继续在村主任手里把摸。

你晓得，乡里指标管得紧，我都弄不下。

晓得，田来员给自己也点了根烟，你晓得县里林业局的周局长不？十几年不见啦，原来是我中学的同学哩。

田来员还想说说跟周局长小时候的事情，村主任已把斧子插回他腰间了。看村主任的意思，在这儿等了半宿，是想告诉他当心点，黑地里别有个闪失。村主任临走问他跟白寡妇的事啥时办？再说再说。田来员急急地说完，就朝山上小跑去了。青石板欢快地呱呱叫。

临进树林，月亮辣辣地瞥了他一眼。他仰着的脖儿慌忙低下，心里突突突的，好像装着一架冒黑烟的柴油机。突突了三五下，心底泛起的黑烟聚成了阴云，团团麻麻地罩笼他。田来员有点着慌，手不由地探进裤腰。藏在衣襟底下的斧子冷不丁闪了一丝笑，那笑黑暗里透着诡谲，冷僻地跟他昨天捡到的一朵白花相似。田来员激灵灵把斧子拽出来，死死捉住，暗地里释放了一个寒噤。斧子硬硬的，好歹给了他一些支撑。田来员屏气凝神，开始打量月影斑驳的树林。树林阴郁的表情让他隐隐地不安。

林子荫翳潮湿，弥漫着腐败死悸的气息，走进它的恍惚间，田来员觉得自己正一步步走向梦魇。嘎，一只惊鸟划着脊背飞过，冷飕飕地带着邪气。田来员憋着胸想喊一嗓子，金贵……颤抖地声音连他自己都不相信。日，田来员吐了口痰。咋喊起张金贵呢？

张金贵是他的学生，是五棵树近年来最具潜力和天分的人，就是说，只要不出意外，他可能沿着青石板组成的盘肠山道，一鼓作气，像鸟一样成功地飞出大山，翱翔在山外的精彩世界里。当然最好能功成名就衣锦还乡，田来员想他肯定不会看走眼，虽说家穷，金贵十岁才上学，但白凤仙哼着山曲贴满一屋子的奖状能作证。这绝对是个好苗子。奖状是田来员一笔一画写的，用过年才舍得用的羊毫笔。田来员很信任自己的眼力。田来员从他身上看到了自己的影子。田来员九岁的时候，他娘用积攒的白面给他做了顿好饭，然后把自己吊在了房梁上。那一天爹捎回一个帆布新书包。书包鼓囊囊的，里面是爹的一双麻布鞋，放脚趾的地方张着两个黑洞，嘶呀喊疼的嘴一样。他就是穿着这双鞋走的。送回书包的人说，他不懂矿上的规矩，下井不让搭吊索的，跟他说了好几回了。是没文化害了他。娘从梁上被架下来后吐了口恶气：来员你上学吧。他娘第一回没死成，等于一次演练，一直抗到他在县里初中毕业，那根麻绳才第二次派上了用场。田来员迷上了学校，埋了心愿了了的娘，回村当了民办教员。第一次上课的情景历历在目，阳光在他眼镜片上不停闪耀，田来员昂首走向教室。教室原本是村里的牛棚，有点粗陋，改造了一下，就变成学校了。在田来员眼里好像是，粗陋披了件文绉绉的外衣。但田来员不计较，依然走得十分劲道。这一走就是十多年。十多年的风霜下来，教室的文绉衣裳又破烂成了粗陋模样。那房子不行了。田来员在它倒塌的前五年，把它日暮途穷的未来跟他们做了汇报。他们包括：村主任，马副乡长，教育局长，甚至还见了一回分管文教的副县长，他们对他一次次险象环生的描述深表同情，但一律抱怨财政紧张。田校长你算算，一间新教室得多少砖多少水泥多少木材多少工钱？全乡全县有多少间这样的教室？这不是一个小数目不是一件小事哩，乡里县里有多少大事排着队哩。可是，那房子实在不行了。在田来员五年来的奔走呼号中，它实在坚持不住了。一个雨夜，它轰然而倒。

打量着林子，田来员握斧子的手开始哆嗦。胡杨、刺槐还有侧柏在这个夜晚瑟缩不安，但都不在他的关注之内。田来员的斧子固执地在红松和白松身旁打转。五棵树的林子由五种不同属性的树木组成，它们附属五个不同的姓氏血统。传说五个身心疲惫的男人逃难到这里，破烂衣卷与长吁短叹一同滑落，他们决定不逃了，哪里不一样呢？哪里不都是一条命吗？他们安营扎寨的简单仪式是一人种了一棵树。于是五棵树诞生。他们的后代衍续了祖先种树的嗜好，五棵树的林子逐年繁茂。斗转星移，到如今出了些不肖子孙，偷砍乱伐的。这很不好，田来员想，多好的材料啊，跟他无辜的学生娃一样。他手中的斧子重重地往下坠。

这一刻，田来员肯定在树身上看到了先人的眼睛。你听，他念叨呢，先人……

那五个先人里有一个姓田。就是说，这林子的一部分汲取着田氏家族的心血，依赖田氏的血脉它们才这样莽莽苍苍。田来员的手使劲紧了紧斧子，把先人执着的血气灌输进铁的质地里，现在，是该你出力的时候了；现在，先人你睁开眼看着，你可怜的娃们在野地里上课，老天冷不防暴雨倾盆，娃们就在泥水里变成了土狗子，要是冬天，田来员不敢深想了，鼻子发酸，脑子里晃过一张张红脸蛋和轰然倒塌的土坯房，还有张金贵……月亮悄悄往下移，原本稠密的虫子叫声也稀薄了很多。田来员手中的斧子鼓噪起来，有了一点点虚伪的勇敢。他早算计过，原来的梁和檩子还能用，部分椽子也凑合，不能多砍，十一根山椽就够了。

第一根红松木吱呀嘶叫着跌倒时，田来员忽然心口疼起来，斧子看看捏不住了。

真正把斧子瞄准目标是件费力的事。田来员磨了一后晌的斧子到底显得忐忑不安，不很合作。田来员摸着它扇形的身躯，把它想象成一只鸟的翅膀。于是，在这个上弦月的后半夜，田来员举着斧子想象着一只鸟的飞翔。它白色的羽翼渐显锋芒，它呼呼地扇动翅膀，夹带起滚动的往日尘烟，借着青石地面年深日久的坚硬反弹，白鸟啪地一蹬腿，便腾空而起直冲云霄了，它在茫苍的上空盘旋了一圈又一圈，五棵树在它眼里越旋越小，最后成了一个黑点，好像是随意零落的一粒尘埃。白鸟嘎叫一声，驱散风中留恋的雾霭，飞越一座又一座山巅，箭一样直射远方……

斧子掉地上时发出沉闷的声响，一些枯枝败叶阻隔了大地的诘问。田来员一屁股坐地上，捂着心口，抖擞着抽了一根又一根烟。被枝叶粉碎的月影撒下来，在他身上映出些含混不清的光斑。

2

繁密的雨水给五棵树带来了意外的幻觉，这个夏季，五棵树村人的耳朵眼里反复黏磨着一句话：你见没？我的红绳绳丢啦。这话出自一个女人之口。她叫白凤仙，是个寡妇，两个月前还不疯。

白凤仙坐在门前的石墩上，腰缠麻绳，乱发长披，不歇气地搓麻绳。在盛夏白烟一样的空气里，她的身影呆板僵硬，散发出虚幻诡异的气息。盘踞地上的麻绳旋转累积，组成环环相扣的圈套，很有点暗伏玄机的味道。她的手不停动作。人们注意到，她自己并没有参与手的事情。整个人在僵硬里有种奇怪的亢奋，两眼射着游离的光焰，嘴里不住地往外喷涌各种离奇的词汇：

红绳绳、白鸟、那个人、毛狗子、张金贵……

这些毫不关联的词汇不厌其烦地反复交织，随着她手里的麻绳日趋清晰庞杂，它们如同一些纤细的线索，一次次被耐心的人们捕捉、构思、编织，最后呈现出一幅梦呓般的诡谲画卷。——画卷深处倏忽掠过一只白色羽翼，哗啦啦，白凤仙心头惊起一摊涟漪，红绳绳呢，就不见了。白凤仙说，看，红绳绳叫大白鸟叼走啦。然后呢，然后就糟透啦，坏事就接二连三啦。白凤仙说，先是毛狗子丢了，毛狗子一个月上来，毛茸茸的一拃长，不会嚼馍，就会吃奶，吃我的奶，金贵金贵娃不急，娘的奶水足，够两娃吃。然后呢，然后狗子就长大了，朴实实长壮了，一眨眼就十四岁啦。十四岁却丢啦。你看，大白鸟一忽扇翅儿，红绳绳就丢啦，毛狗子也丢啦。然后呢，白凤仙说，然后那个人就来啦。

那个人一进来，不敢看我，摘下眼镜，坐马扎上用褂襟子擦，擦了一遍，不说话，换个衣襟擦，又擦了一遍，眼镜偷偷地闪亮，那个人还不看我。你不看我我也不看你，你咋啦？那几年咋不来？你不敢，是不是？我瞎眼婆婆看得紧是不是？死了的人拦着你是不是？现在，心思也花白了，你来啦？现在，灯油熬干了，你开口了？啥，你问我要张金贵？你问金贵听谁的话？金贵是我的娃还是你的娃？我的娃自然听我的话。好，你来啦，开口啦，我偏不看你，我看笤帚、灰铲，看墙上娃的奖状，看炕上一层层铺盖，铺盖红花绿叶的，垛得齐楚。我嫁到这炕上，铺银盖红，被窝里卧着花生红枣。我心里系着根红绳儿……

　　红绳绳咿呀一盏灯
　　罩住奴的心呀
　　奴的身
　　……

158

快不要唱啦。一个妇女抹着泪过来，替白凤仙掩好半敞的胸脯，顺便塞给她一个馍，还认得我不？以前怎内秀的个人。白凤仙一抬眼皮，送上一脸污垢的笑，那笑硬硬地闪在乱发后面，发梢粘着一根草棍儿在风里颤颤地晃。认得，咋不认得，你见我的红绳绳来？妇女哀叹一声，扬手驱赶围观的人。她以前不这样的。老天是个坏家伙，妇女且骂且走。身后的白凤仙咿咿呀呀地继续唱。

白凤仙唱着唱着哭起来。石破天惊的哭在夏日烦躁的空气里迂回曲折，像一条柔软恐怖的白条蛇，扭着腰身在青石街面上打了几个来回。哭着，搓着，猛地，白凤仙在自己营造的瘆人氛围里站起身，风风火火地到处逡巡。哪儿呢？哪儿呢？一抹迷蒙的灰色从她眼里掠过，匆匆跑回屋，又急急跌出来，目光扫过之处都值得怀疑，门背后，水瓮底，柴火垛，电杆子，甚至茅房底下，她都匆促又仔细地搜寻。这时候，一个学娃背着书包过来，白凤仙捡起地上的馍，一溜小跑撵上去，在孩子的惊愕里硬塞给他馍，娃乖，下学不延误，早些回。白凤仙的泪脸在阳光下变得格外灿烂。人们又一次注意到，整个过程中，白凤仙的两只手一刻不停地搓动，一直编织空空的内容。这给村人们留下了深刻的印象。他们说，那些天，五棵树的空气一个劲儿地颤抖。

两个月前，田来员决定做一次家访。

那是个黄昏，他在五棵树的青石街上心神不宁。落日将最后一点光辉反映在青石板上，一片一片的白亮在他眼前晃荡，晃得他心浮气躁。他拿不定主意，该不该去呢？是不想呢，还是不敢见她？他说不清楚。可是，今儿个张金贵又没来上课。让他心慌。算起来，三次了。第一回，金贵刚升二年级，放了学，拖拖拉拉不想走。就叫住了，金贵快些回，天黑了。金贵低头不作声，手把住课桌腿不放。问急了，呜哧呜哧哭起来，田老师，让我再待会儿吧，再看一会儿学校吧，明儿……娘就不让来了。咋回事？田来员圪蹴下，给他抹了泪，跟老师说说。张金贵低声嘟哝，没，没……本子。田来员一听，心下就沉重了，就站起来，拍拍他脑瓜儿，去了里间。他知道，张金贵是学生里最节俭的一个，他的抄本总是用得最久，正面背面密密麻麻写满铅笔字，黑黑的成群结队的蚂蚁一般。田来员总是看得摘了眼镜揉眼，但他不生气，他高兴，这娃好，懂事，知道他娘寡妇失业的不容易，不浪费一点点本子。田来员想想，给他判作业就不再用红墨水了，改用铅笔，这样，一个本子就能用好几回。田来员走进教室里间，在他睡的炕上有张小箱桌，掀开了，翻出三个笔记本，想想，又找了几根长短不一的铅笔，一并递给金贵，记着，明儿早早来。张金贵高兴地蹦起来，两只小虎牙在笑声里格外闪亮。这给田来员留下了深刻的印象。

果然，这娃不孚重望，更用功了，每回联校统考都是第一，很争气。田来员去联校开会，就兴得很，脸上红油油地放光。而且，金贵更懂事了，田来员觉得，不经意间，金贵长大了，晓得跟他较心思了。今年一开春儿，雨水就淅淅沥沥地不停，好容易等到个晴朗的礼拜天，田来员正忙着翻晒被褥，张金贵来了，来了也不多话，闷头帮他拆洗床单枕巾，扫了地，抹了灰，又把玻璃擦了一遍。田来员在心里笑着，偷眼打量着，也不说话，他憋着，他想看看小家伙到底藏着什么心眼子。果然，地扫了，灰抹了，玻璃擦了，张金贵开口说话了，他搬了凳子塞田来员屁股底下，自己蹲着，田老师你拉会儿胡琴吧，你好久没拉胡琴了。田来员的二胡挂在里屋墙上，上面的灰很厚，金贵刚擦过。田来员说，拉二胡得心静，心静了，二胡才好听，二胡随心。田老师心不静吗？田来员扭头看了看他，田来员发现，有一种清澈在他眼里汪着，阳光下水一样跳着。田老师咋能心静呢？田老师心里乱得很，田来员说，每天一睁眼，看见这教室，我的心就乱蹦开了，我怕哩，我做噩梦哩，我老梦见教室塌了。金贵低头玩着一粒土坷垃，就这事愁得田老师睡不好觉？我娘说，田老师瘦得让人心里难活哩。田来员的心颤悠了一下。我娘说，田老师的胡琴好听呢，好些个黑夜，她听得直抹泪呢。田来员的心猛地揪他，揪得难受，他摘了眼镜擦起来，金贵，相信老师，秋后，咱就会有一间漂亮的新教室啦。田来员说着话，透出些豪气，他早算计过，这些年微薄的积蓄差不多够砖和水泥了，再耗上一把力气，他觉得造一间教室不难嘛，至少，不像马副乡长他们说得那么复杂。想着，豪气里渗出点凄凉。本来，那钱他是另有用处的。光棍做久了，可以想象，寡妇的日子也不好过，他一厢情愿地盼着，她不要再做寡妇了。

可是，可是，张金贵把土坷垃捏碎了，可是我明儿个就不能来了。为得啥？田来员急了，他没想到自己会这么急，急得脸红耳赤的。张金贵笑了，两颗虎牙透着狡黠，除非……。除非啥？田来员急不可耐了。张金贵说，除非你继续给我买本子。就这事？田来员松了口气，我不是一直这样做吗？张金贵说，我不白要，我拿鸡蛋顶。说着，站起来就走，边走边嚷，我娘说，一天两颗，鸡蛋放炕头了。

田来员急走回屋，两只鸡蛋在炕头白亮亮地闪，让他想起金贵的两只小虎牙。

那一刻，田来员被一种幸福拥着，脸蛋紧贴着鸡蛋，捂着，他觉得，再捂一小会儿，幸福就要扇着翅儿飞起来了，忽扇一下，忽扇一下，飞得再高再远也不怕，有根看不见的绳子系着呢。绳那头，她羞涩地嗔怨着。

这一回，金贵真得没来上课，三天了，也没个招呼。头两天，他忍着，自己宽心，兴许娃病了，三天两头地下雨，保不准头疼脑热的，病不出三，三天就好了。今儿个一大早，田来员胡乱吃了几口，就站到院墙跟前，掐着电子表，眼巴巴地瞅着山道。学校地势高，从土墙豁口望出去，远处的房子七高八低地歪扭，一簇簇地趴在山窝里，像些胆怯的野蘑菇；而蛇盘小道上影影绰绰的，那是上学的娃们，他们欢蹦乱跳前跑后撵的，隐约传来嘻嘻地笑。田来员脸上映着红日头，心底呵呵地附和了一两声。还没把笑藏好呢，一阵晨风掠过，田来员忍不住打了个哆嗦，一个孱弱的叹息夺口而出。他摘下受了伤的眼镜，擦了擦，眼镜腿儿上的一疙瘩胶布黑黑地睃他，他嘟哝着，心里头也突兀着一块黑黑的疙瘩。再抬眼时，他看见了闷头走路的哑巴二顺，小书包一颠一颠地拍着屁股，他是金贵最好的朋友。还有呢，还有呢，田来员揪着心，一个两个地数，十五个？咋才十五个？不对！不对！他额头上沁着汗，又数了一遍。这回，他小小的身子在山风里瑟瑟地抖开了。

可不敢少，不敢再少了。田来员昏着头，不停地在心里祈祷，金贵可不敢不来。晓得不？娃们是他的嫩苗苗。每一株苗苗都种在心尖尖上，而每株苗的每个叶片子，都布满了他深情的抚摸。晓得不？他的每一个呼吸、每一次心跳，都已悄悄融化了，都已悄悄流进叶片的条条脉络里了。晓得不？你们晓得不？田来员四下里瞭着，问着，当院的枯树纹丝不动，架在房上的梯子也悄没声息，四下里的景致都木木地沉默。只有一小撮阳光打在他发黄的镜片子上，亮亮得颤悠。

他整个人颤抖着，心有余悸地晃到枯树跟前，拿起绳子一头拴着的铁锤。铁锤重重地坠手。而那片被树杈架空的铁板则显得忧心忡忡。田来员一手扬锤；一只手空举着，电子表在上面不停地闪烁。他一眨不眨地盯着电子表，好像他本身就是一台精确的座钟，庄严地等待着又一次轮回一样的暴响。终于，当，当，当……悠长的撞击响起，像一次满足的回味。田来员怀着一丝侥幸走向教室。教室里，一共五排长桌。一排一年级；二排二年级；当然，三排是三年级；当然，四、五排应该是四、五年级，但最后一排空无一人，尘土厚黑。

本来，后半年，金贵是要升到第五排的。田来员数了数，一共十五个娃，十五双清澈的眼眸。田来员内心一咯噔，很不幸，他的担忧实现了。他问，张金贵到底咋了？谁知道？

他问的时候盯着张二顺。张二顺就在学生们乱糟糟的声音里站起来，但他不说话，他是哑巴，只好怯怯地仰望那只咄咄逼人的眼镜。田来员想说啥，屋顶上漏下一撮土，劈头撒了一脸。田来员呛得直咳嗽，摘了眼镜往出走。外头很稀罕地阳光灿烂，但照不亮他黯淡的心房。连上张金贵，这是今年第三起辍学事件啦，田来员捂着心口，那里面隐隐作痛。他黑着脸走到梯子跟前，噔噔噔几下上了屋顶，上去了又弯腰捶起了脊背。另一只手搭在嘴边吆喝：张金贵……张金贵……可不敢不来……田老师跟你说……可不敢不来……山野空旷，四下里回音迂回重叠，然后，是绿森森的沉默。并没有人回应他的呼唤。只有一群白鸽子，响着哨，自在地飞翔。田来员的眼镜片子一闪一闪的，他摘下来，擦着眼，慢慢下了房。踩梯子时，腿软蹋蹋地不听使唤。

返回讲台上课时，田来员明显失了水准，词不达意，失神愣怔，还拿倒了课本，有几次不得不停下来，问学生，老师讲了些啥？学生们面面相觑，不敢胡乱提醒。这样呢，田来员就没心思讲了，他说，今天，互教互学吧。互教互学是咋个样子呢？就是三年级教二年级，二年级教一年级。这是田来员有一回肚子疼，忍不住跌在讲台上，乡亲们把他抬进乡卫生院，他在卫生院的床上想啊想的，就想到了这个办法。

今天，他肚子不疼，没有住进卫生院，却用上了这个办法。他有点惭愧。好不容易挨到后晌放了学，他决定去张金贵家走一趟。张金贵家他从未进去过。不是不想。是啥呢？田来员不愿意往深里想。金贵是个可怜的娃，还在娘肚子里，爹就死了，煤矿经常出事故，这不稀奇。说起来，五棵树的男人下煤窑算是一种出路。只是可怜了白凤仙娘儿俩。田来员每每路过她家门口，就不由放慢了脚步，望着扭七歪八的院墙，猜测她在做啥，在洗衣裳？咕咕咕地喂鸡？还是扬着好看的腰身梳头？也每每这个时候，院门吱咄一响，探出一根拐棍来，她瞎眼的婆婆颤巍巍出来了，吆喝着放狗了。就这根不起眼的拐棍和汪汪叫的黑狗，撵走不少登上门的媒婆和毛遂自荐的男人。当然，每每这个时候，田来员只能忐忑不安地离去了，他心底子冒起的火花一回回湮灭了。真的灭了吗？田来员不愿深想。自打去年冬天，那根拐棍就再没出现，可怜的瞎眼老人没能抗过那遭严寒。但他每回走过她门口，还是不由地忐忑，好像是那扇门会突然打开，突然亮出根拐棍似的问号来，田来员，你还佩做老师吗？你还佩戴那只眼镜吗？

这个问题十几年前曾光顾过他一次，随着问题而来的是一记响亮耳光。他的眼镜腿由此摔折了。白凤仙的娘指着他鼻子骂，穷光蛋，臭书匠，再碰我闺女一回试试？

结果呢，田来员捧着受伤的眼镜回了学校，拉了一黑夜胡琴。

田来员在五棵树的青石街面上走了几个来回。做一次家访有这难么？只是一次家访而已，只是要搞清楚金贵为啥上不了学嘛，田来员告诉自己，仅仅是尽一个老师的本分嘛。夕阳急躁地照着他的后脑勺。他每走一步，好像都踩着自己的影子了。

村主任似乎看出了他的心思。他举步维艰的时候，村主任晃着光脑壳过来了，顺着他的眼光瞭了回，村主任叹声气，两个可怜人，唉，村主任说，你教书教傻了。

我做主，你俩把事办了吧，今黑夜。村主任打着酒嗝走远了。

田来员想了想，就着村主任的酒劲儿推开了那扇门。嗡隆隆一响，院里撒进一些意外的光线，一丝嘤嘤的哭泣戛然而止。家门一掀，白凤仙和他打了个照面。的确很意外，田来员注意到，她哭红的眼亮了一瞬，接着就怔住了。俩人愣愣地呆了片刻，就有些微红晕从两个脖根儿逐渐漫上来，溢满两张脸。田来员心跳得厉害。白凤仙一闪身回了屋。

她还是那么好看，哭着也好看。好像第一回离她这么近一样，田来员有点着慌，就摘下眼镜来，用衣襟擦。这是田来员的习惯动作。左衣襟擦过右衣襟擦。白凤仙呢，好像是，没了主见，好像是，不在自家，到了陌生的地方，手脚无措，找不到该待的地方，最后，捏了把梳子开始梳头，又梳得不顺畅。看起来，忽忽闪闪的，两人都躲着对方的眼。

过了很长时间，田来员觉得作为教员，有点失礼，就戴上眼镜，咳了一声，他想问金贵呢，话说出来，却是，你咋哭了？白凤仙说，毛狗子丢啦，毛狗子不见啦。说着又抽泣开来。田来员看着她一耸一耸的瘦肩，很想伸一下自己的臂膀，但没有，他说，是的呢，寡妇的狗，招人惦记。白凤仙就哭得更厉害了。田来员很想扇自己一巴掌。

这样子，过了会儿，白凤仙不哭了，坐炕沿上不自在，就拉着了灯。田来员朝外看了看，天还不很暗。家里呢，满墙的奖状红火得惹眼。田来员说，我是想说……白凤仙截住他的话，我不可怜。话说得打战，似觉得不妥，就跳下炕沿，找了碗，拎着暖壶倒水，加了一勺红糖，又加了一勺，临给他，又加了小半勺。田来员抿了一口，觉得回到了从前。

这回，天是真的暗下来，还沙沙地下开了雨。两个人都开始焦急了。白凤仙一次次朝门外看，这娃，疯起来没个够。于是，自然的，话题扯到了金贵身上。田来员知道了，前些年辍学的顺子回来了，哑巴二顺的哥，在外面打工，好像做得不错，回村耀武扬威的。金贵看着眼热，就不想念书了，要跟着顺子去外面挣大钱。他说，娘，你吃了那老些苦，这回，等着享福吧。田来员跺着脚感叹，娃是好娃，可想歪啦，你才十四呀，你呀你，你就没个主见。田来员瞪着白凤仙，你呀你，还是那样，没个主见。

白凤仙许是觉得他怨得对，他早该怨她了，就红了脸，瞅他的眼里有了水色，嘴里却说，像你，倒是念了那些书，却窝囊，到手的媳妇也得飞走。田来员怅怅地看着她，说，会好起来的，真的，好日子不远了，真的。

正说着，张金贵湿淋淋地撞进来了，一进门，就从门背后的瓮里舀了一瓢水，咕咚咕咚一气喝完，然后炸着嗓喊，娘，你知道火车有多长有多快吗？说着话看见了田来员，就低下头了，悄没声了。田来员就从马扎子上站起来，开始了没完没了的数落。从他一年级的第一天数落到现在，从第一回的抄本数落到最近一回，田来员的指头转着墙点了一圈，把那些奖状的来龙去脉细说了一遍。田来员说，你对得起你娘吗？对得起这些奖状吗？对得起你用过的抄本吗？最后，田来员说，你对得起我吗？

你说，田来员说，你说你错了。

张金贵闷着头不吭。

你说，你错了。田来员的声音颤颤地走了调，就高高扬起了巴掌。巴掌高高扬着，重重落下来，却刮在了田来员自己脸上。

你说你错了。巴掌愤怒地举着，又是重重地打在自个儿脸上。

你说，你错了，田来员又扇了自己一个耳光。

你说……

我错了，田老师，我错了。张金贵哭着探起身，捉住田来员的胳膊，田老师，我错了，我再也不逃学了。

白凤仙泪涟涟地看着这一幕，她觉得，他是好老师，像个好父亲。

最后的结果是，张金贵又要上学了，田来员许诺给他一个像样的城里娃那样的书包。但他要金贵今晚就跟他走，他说，落下的课要尽快补起来。心底下想着，这娃得拴着，一刻不离身地拴着，直到那虚张声势的顺子离开。他肿脸笑着，对她说，会好起来的，好日子不远了，真的，凤仙。

白凤仙倚着门框，看着两人冲进雨幕，融进深邃的黑夜，才想起，忘了递把伞给他们了，才想起，用不用告诉他，当年他给的红头绳被她搞丢了？

雨越下越大了。

3

田来员背着十一根椽子下山的时候，听见了村子里的鸡叫。那声音起初是零碎的雄亢，一根一根带旋儿的焰火一样，冲天闪亮，拖着长长的余韵，后来大概全村的鸡都醒了，就东一撮西一撮地连成片，是一种杂乱的激昂，逐渐照亮了田来员下山的路。田来员看一眼腕子上的电子表，电子表闪闪烁烁地告诉他，六点一刻。这样，田来员就松了口气，时间尚早，他可以有充裕的思忖来应对剩余的路程。

这样想着，田来员就摸了一把电子表，电子表就委婉地在他心尖上挠了一把。电子表是模范教员表彰会上得的，分管文教的马副乡长亲自给他戴上的。马副乡长一边给他戴，一边哽咽：田老师，田校长，你……马副乡长太激动了，电子表老戴不好。仔细看，是因为田来员的胳膊太细啦，那眼儿都扣最后一个啦，还松松垮垮地往下掉。田来员听见马副乡长小声嘀咕，咋搞得嘛，恁细？田来员就惭愧得不行，使劲往上捋。然后，掌声轰鸣，终于在胳膊肘儿上套住啦。马副乡长很高兴，抱住田来员不放。掌声又一次轰鸣。田来员小小的身子就淹没了。在马副乡长大山一样宽阔的胸怀里，田来员很感动，想哭。本来，他准备了很多话要讲的，他想说说学校那两间土坯房，太破了，山墙上不得不顶了根木头，后来又顶了一根；还有，自己一个人太孤单啦，这孤单不是说光棍不光棍，是学校就他一个人，又是老师又是校长的，晌午还管给路远的娃们热饭。当然，田来员想，要是能给他转正，成了正式的公家人，领上正式的工资，这些困难就不是困难啦，跟他热腾腾的一腔子心血比，这些困难算个啥，顶多算根毛，是不是？咬咬牙，咯嘣一下就拽没了，是不是？但掌声不息，马副乡长的拥抱也没有结束。田来员啥也说不出，只好扭了几下脖子，把鼻孔露出来。最后，马副乡长的胳膊使劲勒了勒，拍了他两下肩膀，语重心长地告诉他，你，是大山的骄傲！这样，田来员就真得哭开了。

你，是大山的骄傲。田来员背着木料下山的路上，反复念叨着这句话。

天大亮了。路旁零星的野花睡醒了，风一吹，打个呵欠，伸个懒腰，一朵，两朵，三朵，山道两边就渐渐亮起来，黄的、红的、紫的，像些懵懂可爱的孩子，唱着无拘无束的爬山调。田来员腾出一只手，在脑门上抹了一把，他走出一身汗。离村子不远了，可以歇一歇了。他在一块大磐石上慢慢靠下来，慢慢卸了肩，把膀子从麻绳里抽出，才有一股子虚脱的软劲儿袭来。他甩甩胳膊，一下子坐地上了，还想躺倒呢，一朵花儿嗖地飞到了眼跟前。

这是一朵白花。跟昨天捡的那朵一样。昨个儿也是，风一吹，白花就打着旋儿飞过来了，丁丁地立在眼前了。这不是真花，田来员看出来了，是一种纸扎的花，就是说，它跟那些红的黄的紫的不一样，它没有根，它不会在晨风里欢快地唱。

应当说，田来员的那次家访很成功。他顶着稠密的雨线往回走时，还是这么想的。张金贵的小手湿津津地滑腻，但他拽得很紧。拽着金贵，他走得急，是欢快的步子，张金贵踏着碎步才能跟上他。他着急，不是说下起了雨，那时候，老天下刀子他都不在乎。他想的是赶紧给金贵补课，金贵落下课，就是差下了饭，差得还不是一顿两顿，稠的稀的好几顿呢，一碗一碗都在他心里搁着呢，田来员恨不得捏住金贵脖子，一股脑儿都给他灌进去。张金贵呢，看起来倒不急，比他老师能沉气，迈着小碎步不耽误跟田来员开玩笑。他说，田老师，我给你背首诗，好不？田来员没说好，也没说不好，心说你那点东西都在我肚里装着呢。那边金贵已蹦着吟开了，春眠不觉晓，处处蚊子咬。啥啥呀，田来员叫起来。张金贵嘎嘎笑着，继续念，喷点杀虫剂，蚊子全没了。念完笑得更厉害了，都弯腰捂肚子了。田来员起先没有笑，什么乱七八糟的，但听着金贵快活地笑，他没能憋住，也快活了。嘎嘎嘎，哈哈哈，他们的笑在雨中传得很远。

回到学校，进了教室，雨水还没擦，田来员就给金贵出了一道题。他说有一只兔子，跑得欢实。张金贵插话说，是白兔子还是黑兔子？田来员说，那你别管，反正是兔子。张金贵说，田老师你说得不对，兔子是蹦，可不是跑，二顺家就有一窝，我见过，白的好看呢，我想养，我娘不让。田来员说你别打岔，兔子跑，是因为有条狗在撵它，它们隔着十米远，那狗步子大，它跑五步的路程，兔子得九步，可兔子麻利呀，它跳三步的时间，狗子才能跑一步，问兔子跑出多远就叫狗子给撵上啦？田来员出完题，就偷笑着去里屋热饭了。他知道金贵不会算，这是五年级的题，他咋会算呢？田来员就是想杀杀他的威风，顺便，也逗逗他的馋虫。

果然，田来员把里屋弄得气腾波浪的，锅里的稀饭咕嘟咕嘟地冒起了泡，张金贵还没算出来。锅里的蘑菇泡冒久了，红芸豆看着软了，红薯疙瘩也绵了，张金贵还没算出来。透过雾腾腾的水气，田来员看到趴在外间课桌上的金贵蹙着眉，咬着铅笔头，一脸惘然。田来员就乐得笑出声来，他说，金贵，看你再逃课，逃出亏空了吧。

张金贵挠着头皮，嘟哝着骂笨狗子，真是笨，比我家毛狗子差远了，毛狗子一个蹿步就逮住啦，啊呜一口就吃光啦。田来员说，吃饭吃饭，吃完饭我教你这笨小子。说着话，两碗红稠饭就端到外间了，萝卜咸菜也咯吱咯吱咬上了。他们吃饭的工夫，外边的雨瓢泼地往下撒。

田来员事先放好的几个盆子，叮咚叮咚在各个角落接着漏雨。张金贵抬头看看，放下筷子，田老师，你真得准备翻盖教室吗？我娘说，要好多钱的。

说到教室，田来员心一冷，砖、沙、水泥、石子，还有匠人的工钱，这些他都反复算计过，一厘一毫地算计，比如砖，他一开始就没打算用土坯，土坯到底不抵年代，他到砖窑上问过，送到门上，人家要一毛五，自己去拉，能省二分钱，别小看这二分，一堵墙下来就是好几十呢。当然是要自己拉的。还有沙和水泥也一样，自己吃点苦能省下好大一笔运费呢。匠人嘛，就用本村的匠人，便宜，还不用管饭。就这么挤挤兑兑，自己的积蓄就一点一点被吃光了，好像那教室有张看不见的大嘴。想着，田来员的筷子拨拉得慢了。田来员说，别的都还好，就是木料是个问题。

田来员曾到县木材场问过价，有点吓人。他知道化肥厂对面还有个私人木材市场，上个礼拜天他去了，没五分钟就出来了。那里的价，远远突破了他的心理防线。就这，那些老板还从牙缝里咻一声，有本事，你也去批一根出来。

想着，田来员就觉得饱了，碗底的饭咋也咽不下去了。他一推碗说，现在，咱开始补课。

两个人就头顶头地趴在课桌上，开始了这个夜晚的主要内容。显然，对此田来员是有准备的，他几乎不需要看课本，就将张金贵误下的课程背了一遍。这让金贵有点吃惊，嘴不由张大，忘了合拢。看着金贵闪着惊愕的两只小虎牙，田来员停下了，他觉得自己太急躁了，有点猛吃海灌的意思了。他说，你要没听懂，田老师喝口水，再给你讲一遍。

张金贵说，我的抄本是四边形，米尺是四边形，课桌是四边形，还有咱的教室也是四边形，关于四边形我懂了；那个十里一走马，五里一扬鞭的诗我也背过啦。我就是，老想不明白，那只狗和兔是咋弄的。

田来员还没有答话，屋外轰隆隆响了声炸雷。屋顶扑簌簌震下些灰尘，落了两人一头一脸。田来员慌着给金贵吹眼睛，骂了声鬼天气。

在日后很多个辗转难眠的夜晚，田来员不可避免地回想着那个雨夜的每一丝细节。外面暴雨倾盆，山风呼啦啦掀得屋顶响。四十瓦的晕黄灯泡不由地晃荡开了，一团柔弱的光线忽悠悠地撒下来，灯影下的小屋似乎也明明暗暗地旋转开了。张金贵说，田老师，咱的新教室比这大比这亮吗？

对，田老师保证，你的五年级管保是在亮堂堂稳当当的教室里上哩。

那，我能考上县里的中学吗？

能，娃一定能。娃不单能上初中、高中，以后娃还要念大学哩。

可，我不想让我娘受苦，娘一个人太苦啦。

娃放心，有田老师呢，相信田老师……会有办法的。田老师说过，一切都会好起来的。

那你就还得供我，我才能放心哩。

那当然，田老师还等着每天吃俩鸡蛋呢。

嘻嘻。

对了，明儿早上，田老师给你煮两颗鸡蛋。娃好好念书。

咱俩一人一颗。

不行，一颗是零分，两颗才是一百分哩。

不，我不要鸡蛋，我要书包，嘻嘻。

田来员瞅了眼那闪耀在笑声中的两只小虎牙，叫金贵收拾了睡觉，时候不早了，明儿还有新课程呢。说完，他找了块塑料布，要去外面看看，鬼房子漏得不像样了。临出门，他说，金贵，只要狗子不停步，总能撵上兔子的。

一出门，看到远处亮了一闪，紧接着，身后轰隆一声巨响。

教室塌了。田来员的世界漆黑一片了。

一朵翩然而至的白色纸花，点亮了田来员的痛苦记忆。

田来员知道，一朵，两朵，三朵，很多朵这种花组合在一起，就是一个圆圆的哀伤的花圈。一个花圈的背后，至少隐藏着一张悲痛欲绝的脸。此刻，田来员斜靠在十一根山椽之上，手里捏着那朵翅膀一样轻盈、悲痛般沉重的白花，耳边响起了白凤仙惊天动地的一声号啕。

田来员坐不住了，他站起身，捶捶腰，跟跄一下，但还是很快地走上一个斜坡，约莫走出十几步，在那儿拐了一下，他就看到远远的一个新坟。新坟孤零零地卧在一处山坳里，远看像一只可怜巴巴的小毛狗。金贵是少亡，按这儿的风俗，还不能归入张家的祖坟，得等几年，等金贵满十八岁了，才能迁回，才能在他未能谋面的父亲身旁躺下。田来员算了一下，金贵满十八，就该初中毕业了，就该上高中了，然后再三年，就该念大学了。

田来员远远地看着张金贵，摘下眼镜，擦了好一会眼。金贵的坟模模糊糊地在远处摇晃，好像是，张金贵在问他，田老师，我能考上县里的中学吗？田来员想说，能，娃一定能，娃不单能上初中、高中，还能念大学哩。但他终于啥也没说，他嘴唇哆嗦，嗓音哽咽：罪人，罪人。他无法遏制地怨恨起自己，你对得起凤仙吗？对得起金贵吗？对得起五棵树的先人吗？甚至，你对得起这民办教员的名分吗？

最后，田来员憋着气，冲着山凹喊了一嗓子：金……贵……然后逃一样的奔下了山。背上，十一根木头哐啷哐啷地叫问个不停。

4

田来员驮着木料进村的时候，受到了意外的欢迎。

田来员的身子让木头压成个拱形，他不得不低了头走路。这正是他求之不得的事情。田来员低着头也知道，今儿是个难得的晴天，因为太阳已热腾腾地照着后脑勺了。想想自己忙乱一晚，为的不就是这一刻吗？田来员加紧了步子，只要能把木材平安运抵学校，就算大功告成了。最好是村子里无人烟，他能够悄无声息地回到学校。要知道，学校在村子的最西端，就是说，他必须横穿五棵树那条最长的青石板街，始于昨个后晌的预谋才算完成。现在，他的脚板已踩到五棵树村的青石街面了。他的心脏又换了激烈的马达，嘭嘭地快速运作着。眼前腾起一片白茫茫的轻烟，那是来自青石板的镜面反射，像一丛丛陌生的疑云，让他感到阵阵眩晕。

骤然响起的唢呐吓了田来员一跳。他的两只脚率先停下了，顿了那么一下，田来员似乎才反应过来，才吃力地抬起头。他看到一支黄灿灿的铜唢呐昂着头，兴滋滋地冲他嚎叫，后面的腮帮子卖力的一鼓一瘪。田来员一下子愣怔了，他不解地看着这个人，不知道他大清早的发啥神经。他不知道，这个外号"大喇叭"的响器匠在被窝里就被村主任拎起来了。大喇叭一开始嘟哝着骂，揉着眼对村主任说，不管是谁都得先给定钱和一盒好烟。及至村主任说了田校长的事，大喇

173

叭一骨碌就跳起来，二话不说，三两把套上行头，腰里别了唢呐，在村口等了快一个时辰了。田来员疑惑地瞅着大喇叭，大喇叭兴冲冲地边吹边朝他挤眉弄眼。田来员觉得可笑，就真得冲大喇叭笑笑，扭过身子继续走路。大喇叭就后退几步，依然挡在前面，冲着田来员摇头摆尾地吹。田来员被大喇叭的不依不饶弄得很难堪，就横过身子，侧着紧走几步，把大喇叭挡在身后。大喇叭就不远不近不紧不慢地跟着他吹。田来员听出来了，是喜庆的"大得胜"。

响器就是信号。很快，五棵树的青石街上人欢马乱的了。有几个年轻人紧跑过来，要接田来员背上的木料，但田来员说啥也不让，他还弄不清这到底是咋了。本来，他的行动是秘密进行的，要不他也不会选在半夜上山，这下可好了，弄得娶亲一样惹眼，田来员的心嗵嗵乱跳，十分不安。等他看到村主任叉着腰立在村委门口，笑眯眯地瞅他，他就明白了，明白这是村主任搞的鬼，这是乡村能做到的最喜庆最红火的仪式了。可他又不明白，村主任为啥要这么做。要知道，他恨不能插上翅膀，嗖一下越过青石街，尽快回到学校，然后把门紧紧关起来。但显然村主任不同意，他看到田来员走得近了，就腆着肚子吆喝：鸣炮！奏乐！于是，早已等得不耐烦的鞭炮麻炮齐鸣。顿时，青石街上烟雾弥漫，更添一层热闹，奏乐者呢，还是一直卖力的大喇叭。大喇叭在烟雾中越发兴致，扭着秧歌步，吹得花样翻新。五棵树的人热闹着，他们体会不到田来员的感受。田来员有那么一刻，眼睛湿润了，要不是背上有负担，他是要摘下眼镜来使劲擦的。作为民办教员，他没有经见过这样淳朴又直接的表达方式，即便是在模范教员表彰会上，他也没有这样深切的内心感触；作为光棍，这种只在梦里出现过的娶妻般的仪式，更是让他激动。但很快，他还是冷静下来了，内心的不安棉花糖一样越旋越大，最后占据了他整个的心房。村主任看出了他的不安。田来员背着木料，困在人群中进退不得。村主任就一挥手，要大家伙安静，特别是大喇叭，再吹给你缴了。村主任摸了会儿光脑壳，似乎想不起该说些啥，但这种场合不说点啥又似乎不对。最后，村主任正了正衣襟，像电视里的干部一样，猛地扑过来握住田来员的手，谢谢，谢谢。田来员的手被村主任捏得很疼。村主任晃着他的手，嘴唇动了几下，最后说，啥也不说了。

五棵树的青石街寂静了片刻，又猛地爆发出一阵欢呼。兴奋的年轻人坚持要给田来员减负，实在不行，就连田来员一块抬了起来。

但在这欢喧中也有一点杂音，这是不可避免的，有的人眼红田来员背上的木材，要知道，现在木料是多么紧缺，五棵树的山头已被定为保护林带，严禁砍伐，这是谁都知道谁都没办法的事。村主任的房子破得不行，早该重修了，但他同样也没办法。除非你有钱买城里的高价木料，但五棵树的人谁有那个本事呢。田来员咋就有这本事？于是，有人提出质疑。对此，田来员没办法回答，他的头弯得更低了。

村主任这时开口了，日，你们有本事也弄个指标呀，弄个指标给咱五棵树长长脸。

指标？那几个人叫声低了，田老师弄下指标了？

那是，村主任说。

人群安静了片刻，忽地有人又说，既有指标，为啥半夜上山，偷摸似的？

这能叫偷摸？你见过响器炮仗的偷摸？村主任愤愤忿地说，人家黑夜自有黑夜的道理嘛。

啥道理？

是这，村主任正了脸色，田校长弄下的是黑夜的指标。

黑夜的指标？

对！人家林业局说，白天的用完了，光剩一个黑夜的啦。

村主任说完，就催着田来员赶紧回学校，好像再等会儿，木料就被人瞧短了瞧少了。对于村主任的说法，田来员不晓得别人咋想，他本人感到很疑惑。但不容他多想，跟坐轿一样，田来员连人带木料地被抗着，恍惚间，就云山雾罩地回了学校。有那么一念想，他觉着不知为啥，五棵树的青石街从未有过的短促，短得像一阵风，呼地响一下，就过去了。

尽管如此，路过金贵家，田来员还是忍不住回头瞭了下。白凤仙缥缈的眼神让他心疼。

白凤仙坐在门前的石碡上，搓着两手，远远地冲他唱：

红绳绳咿呀一根针
扎着奴的心呀
奴的身
……

自打金贵出了事，他更是不能面对她了。那个轰然巨响的雨夜过后，待乱作一团的五棵树暂时平复了，他给学生们放了假，把自己关在幸存的土坯屋里，不吃不喝地躺着。一把孤孑的二胡悄没声儿地睃他。他恨恨地盯着屋顶。他希望它再一次张大嘴压下来，轰一声把他吞没。好像这样，他才能卸下山一样的歉疚，才能轻轻松松地在梦魇面前徜徉。最好，自己能化作一只鸟儿，整日盘旋在五棵树的上空，那样，就安心了，就把看不见的牵挂续上了。这样子，说不上第几天，田来员恍惚听见一丝唢呐的呜咽，是的，金贵该出殡了。想着金贵娃的可爱可怜，田来员硬挣着爬了起来。娃的最后一截子路程，该去呢，哪怕是远远地瞭一眼呢。一推门，愣住了。一颗一颗的鸡蛋卧在尘土里，白亮白亮的，像些无辜的孩子，排着队列。数一数，十五颗。田来员就哽咽了。

他就哽咽着参加了金贵的葬礼。有着十五张期盼的脸在心里垫底，他又一次推开了那扇沉重的门。除了扎耳朵的号啕和满目的白布，最刺心的是一具黑色棺材。涂着锅底黑的棺木静静地泊在檐下，像艘即刻朝着死亡深处漂流的孤舟，满载着未来及舒展羽翼的渴望，惆怅地期待着拒绝着活泼世界的挽留。人们自动为田来员让出一条通道。唢呐停了。满院霎时一片死寂。这样呢，金贵就离他更近了，金贵的小虎牙在空气里格外闪亮了，他和金贵之间的牵扯也更为清晰了。有那么几秒钟，田来员恍惚觉得，他正在一节一节地折断。好像是金贵的死，耗空了他全部的血气。果然，田来员的身子一截一截地瘫软了，短短的几步路没走完，田来员就啪一声倒地上了。瘫坐在棺材前，田来员的眼里好一阵子空白，然后，身边的呜咽响起，他才抖抖地掏出一物件，抖抖地摊开。人们看清了，是个泛黄的书包。这是田来员压在箱底的，是他父亲的遗物。书包平展展摆在棺材前，哭声就压不住了，抽搐着挤叠着旋转着在棺木前升起。田来员抬眼望去，哭的不是白凤仙，是另外几个妇女。白凤仙跟他一样，也是呆呆地瘫坐棺木前，也是目光空空，整个人枯萎了般，没点子声息。白凤仙披头散发的呆滞让他越发绞心。他想跟凤仙说说话，可是说啥呢？说说你的痛心？你的挂念？你的内疚？你的不安？你的罪孽？还有，该咋说呢？有啥用呢？说千道万，事情就能挽回了？想着那个雨夜之前，自己还兴滋滋地跟凤仙夸口，会好起来的，好日子不远啦。田来员就愧地要死，就抬手扇了自己一个耳光，又扇了一个，又扇了一个……等众人连劝带拉地把他架出院子时，田来员还没结束自责，还在一步三回头地眷顾身后。那里，唢呐和人的号啕骤然响起。悲怆在五棵树上空一节一节地生长。

田来员坐在木料堆上，云里雾里地回了学校，喘息未定，白凤仙的影子还没从眼前消散，他就急忙挣出人群，躲进屋子，从里插上门，插得牢牢的，然后背靠着门板，闭着眼，捂着急烈跳动的心口，身子慢慢地慢慢地往下滑，最后一屁股坐到了地上。

这个上午，田来员的十五个学生背着各色的家作书包，焦灼地在学校空院里等待，阳光耐心地在头顶抚慰，他们久久看不见田老师的身影。他们小声交换了意见，最后一致认为，田老师太累了，田老师为了咱都累病了，你不看他讲课老捂着肚子。况且，听说田老师上山砍木头了，砍了一黑夜呢，能不累？田老师砍木头做啥？还不是为给咱盖新教室。咱有了新教室，就再不用露天上课了，再不怕刮风下雨了，也再不用担惊受怕了。是的呢，你瞧，那就是田老师砍的木头，一根一根在那儿立着呢，还湿漉漉地泛光呢，阳光下冒着热腾腾的水气呢。

嘘，轻点声，说不定，田老师正睡着呢，田老师的窗子还没打开呢。可是，太阳都这么高了，往常田老师都上完一节课啦，该不会，田老师病倒了，田老师晕过去了，跟上次一样。呸呸呸，净瞎说，田老师永远不会丢下咱不管的。对对对，永远不会。可是……要不，咱给田老师唱支歌吧，田老师听见咱唱，就出来了，要没出来，就是病了。对。

于是，在夏至后的这个晴朗天，五棵树小学的十五个学生哗啦啦地排好队，站成整齐的一列，面向田来员的土屋，当然，也面向倒塌的那间教室，把脖子伸得长长的，头昂得高高的，小鸟一样唱了起来。唱得啥呢？起初他们想唱《烛光里的妈妈》，有不同意见说田老师是男的，男的当妈妈谁见过？再说田老师还没成家呢，成了家也只能是爸爸，当不了妈妈。那就唱《少先队之歌》，田老师教过的，可十五个学生里有一半还没入少先队呢，还不会唱，想唱也不配唱，最后他们商量的结果是，唱一首《长大后我就成了你》，这歌子田老师没教过，可村委电视里唱过，好听，也不难学。不信，就听着。于是有人挑了个头，唱开了，唱着，唱着，都跟着会唱了：

小时候我以为你很美丽
领着一群小鸟飞来飞去
小时候我以为你很神气
说上一句话来惊天动地
长大后我就成了你
才知道那间教室放飞的是希望，守巢的总是你
……

5

十五个小学生唱得很带劲，唱了一遍，田老师没出来，就又唱了一遍，田老师还没见动静，他们有点急躁，声调就愈加激昂了，他们担心，田老师听不见呢。

田来员从地上爬起来后，拍了拍屁股上的土。阳光穿透窗户纸，毛茸茸地给小屋罩了层淡黄。他搞不清楚，只是合了合眼，也就咔嚓一下的工夫，阳光咋就蹿得这么欢实，满屋里到处沸腾着它灿烂的喧闹。一推窗户，扑面而来的欢呼雀跃阳光一样拂过他的脸颊。

五棵树的学生说，今天，田老师的课和田老师的表情一样生动异常。

这或许只是五棵树小学很普通的一天，不需要，或者说不值得人们的特殊记忆。田来员等到后晌给娃们放了学，就迫不及待地给木料们量了身高。落日余晖给他的瘦脸镀了层暖色。他乐呵呵地打量着木头们。真是些好材料，它们身上散发出的清香嗞嗞欢叫着，回应田来员不自禁的喜悦。天色渐暗，田来员想了想，把木料一根根抱到屋

檐下，用绳索绑牢，绳子一头通过窗户搭在炕沿上。到晚上睡时，他会把绳索缠在手腕上。他想，这样，他才不至于睡不成觉。

田来员踩着凳子接灯绳的时候，听见外面有动静了。先有人重重地跺脚，然后是很响的一声咳嗽。这是告诉他：村主任来了。田来员就急忙跳下凳子，用袖子擦了炕沿。田来员琢磨过来了，村主任早上又是唢呐又是炮仗的，其实等于说了两句话，一句是跟田来员说的，你田来员别耍心眼子了，你戴着眼镜也耍不过全村的人。第二句话表面上是说给村民的，告诉他们，人家田老师黑夜做了件白天的事。可田来员觉得，实际上还是说给他听。分不清黑和白，你还是个教员呢。田来员就惭愧加了点不安，等村主任的二郎腿在炕上架起来，就忙着找烟。一时没找到，村主任说话了，来员，歇下。田来员注意到，村主任没叫他田老师，也没叫他田校长，这就有点没头绪，就讪讪地圪蹴下。他觉得这种姿势很迎合村主任的身份。村主任居高临下地说，来员，听哥一句话，别瞎闹。

啥……啥意思？

砍就砍了吧。村主任摸了把光脑壳说，上面查下来，我先顶着。但前提是，你得听我的。

咋……咋说？

就是说，那房，你先别盖了。

为的啥？田来员腾地站了起来，为啥不能盖？

村主任瞅他一眼，递过一根烟来，不是不能盖，是先别盖。为的啥呢，别问。

田来员不接村主任的烟，目光咄咄地敲着村主任的光脑壳。他说：你是不是也看上那几根椽子啦？

村主任显然被激怒了，打火机砰砰地摁了好几下，才点着烟。那好，田校长，现在，我就以村主任的身份跟你说。田校长你多能啊，你一月多少草料，你不知道还是我不知道？昨黑了回家，我是咋也睡不着，翻来覆去地就招老婆骂了。我说你别骂，鬼才惦记小娘们呢，我是放不下咱田大校长。你猜我老婆说啥？她说，就那田傻子啊。你别生气，她就这么说的。叫你田傻子的也不只一个两个。

你说你傻不傻？

田来员没有回答这个问题，他摘了眼镜擦起来，左衣襟擦过右衣襟擦，擦得不紧不慢从容不迫的，那架势，好像他擦得不是眼镜，而是件很厉害的武器，他也不是羸弱的教员了，而是顽强的斗士。这个动作让村主任很恼火。村主任的指头要碰着他鼻尖了。村主任重复一句：

你说，你傻不傻？

这回田来员没有沉默，他表了态，傻是啥？精是啥？就是个看不见摸不着的东西嘛。精也罢，傻也好，哪个能替下熬人的光景？哪个能变作豁亮亮的教室？哪个能当木材使？当水泥使？当砖头使？哪个能，我就信哪个。

村主任说，你看看你，傻根子就在这儿哩。连我不识字的婆娘都知道，你这肋巴骨上串的钱该用在正经地方呀。

田来员说，这不对啦。

村主任说，对不对，你得问个人。

谁？

白凤仙。

听了这三个字，田来员开始急躁起来，两只手上上下下地摸索，没有摸到烟，就哆嗦着接过村主任递过来的一枝，点着后连着抽了四五口，抽得急，免不了一通咳嗽，眼前就白花花的模糊。

白凤仙再不能这么耗下去了。

你田来员也再不能熬着过了。

是的呢，就因为穷，田来员错过一次。一错就错着十来年。挨了凤仙娘一记耳光后，田来员回去拉了一宿胡琴。拉一宿还不算，孤苦的琴音十来年就没断过。这十来年，他和凤仙分手时的一幕，像块愁肠百结的石滚子，时常翻来覆去地碾磨他。

那是个心事重重的黄昏，树叶子在记忆里漫天翻飞。他和凤仙最后一次约会。站在风口里的两个人哭得差不多了，觉得再哭，事情也拽不回来了，就你帮我我帮你地抹了泪，四只手捉了一处，眼里空空地瞭风景。——他们手里，捉着一根尺把长的红头绳。这地方有风俗，后生女子对上眼了，对人家有情有意了，又不好捅破，急心急肺的，咋着好呢？不用愁肠，送一根红头绳试试。有歌子唱得好：花儿生得红艳艳，快接哥哥的红线线，咱二人的日子呀，那个金灿灿……送红绳子有讲究呢，不能长不能短，一尺二寸三，据说嘴到心就这距离。人家不收就不要缠磨了；收了，就是也有那个情意，然后就简单多了，就该吃红线饭了，就该见丈母娘了，红线饭差不多就是定亲饭，就是说吃了饭，碗一推，两个人想分开也不容易了，有根红绳子拴着呢，说分开就能分开？田来员的红绳子送出去了，凤仙脸红艳艳地收下了，可惜他没能吃上红线饭，人家凤仙娘不想做他丈母娘，还给了他一耳光。田来员就只好在这个黄昏伤心。

凤仙想把红绳子还回去，成不了人家的人，留着人的红绳绳做啥？田来员却坚决不收，是呀，你的情意我藏妥了，我给你的你念想着。四只手就推过来，送过去，谁也劝不妥谁，最后就各自长叹一声，两个人四只手紧紧攥一处了。秋风一过，满坡的树叶子哗啦啦响，它们大概晓得，今年的生长已近尾声，就谢幕一样拍着巴掌往下跳，跳半空里，被山那边横过来的一阵旋风截住，又没头没脑地往上赶。秋天的风是急性情，没几下盘桓，就呼啦呼啦跳过沟，跑无影了，只把呜唏呜唏的哭泣跌下来，一片，一片，又一片，瞅着让人心酸。

白凤仙到底舍不得，捏一下男人的手心说，你要是真心和我好，就撇了这民办教员不当，今儿黑夜咱相跟上，一阵旋风跑它个没影，咱二人相好一对对，铡草刀铡头不后悔。

田来员没说话。只有个念头一闪而过：娃们的抄本还有一半没判呢。

白凤仙的眼就又热了，她抬起手，摸着男人的脸。男人的脸黑瘦干巴，像块粗糙的土坷垃。你真傻，白凤仙觉得男人还该挨一耳光。她粉着脸，希望田来员做点事。

田来员觉得脸上热乎乎的，他逮住白凤仙的嫩手手，转着脖颈，用脸摩挲，还是一声没吭。

你真傻。白凤仙红着眼眨了又眨，等不到他一句话，等不到他做点子事，就抽了手，咬着嘴唇说，那，你明儿个晌午，上房瞭我吧……瞭我咋样吹吹打打地，响锣动鼓地……出嫁！

没说完，凤仙就抽着鼻子跑远了，身子在暮霭里一闪，就看不见了。田来员在秋风里愣愣地站了会儿，就又背操着手，踱回学校那两间破土坯房里了。

往事悄无声息地隐去了。现实问题黑沉沉地压过来了。

田来员愣愣地坐在地上。他不晓得天啥时黑了，也说不清村主任啥时走的。恍惚听见村主任临走把门甩得山响。他靠着窗台根，缩成一团儿，手习惯地上下摸索一遍，黑灯瞎火的，却顺利地摸到了烟盒，嗞嗞地猛吸几口烟。火星子在黑暗里一闪又一闪。一支烟完了又续了一支。烟雾在黑暗里虚无缥缈。有个声音在他耳根子边儿持久地飘忽：

田来员，你他娘还是不是个男人？

田来员，你他娘要还算个男人，就别再犯傻别再黑白不分别再害人啦。

田来员，你他娘要还算个男人，就去瞭一回凤仙就把凤仙娶回家就给凤仙治病去。

……

这个晚上，五棵树小学幸存的那间房显得异常烦躁，忐忑不安。土屋里，灯火忽明忽灭，迷离不定，跟房间主人的心情很是相称。五棵树小学唯一的民办教师失眠了。抽光了所有的烟，田来员又把傍晚的事回味了一遍。他被一种莫名的心火炙烤着，在土炕上翻来覆去地难受。有那么一刻，墙壁上挂的二胡探出头来，隔着厚厚的尘埃问询他，田来员田来员你真的忘了那根红绳绳啦？田来员田来员你真的舍下你的凤仙啦？田来员被问得紧，盯着二胡说不上话来，就欠起身子，颤颤地伸长手，要跟二胡合作一曲《映月》或《夜奔》，手触到琴弦，停下了。想一想，田来员又躺下了。躺下的田来员没有闲着，一只胳膊长长地伸展，伸向一侧；另一只胳膊也长长地伸展，伸向另一侧。手心都向上。在这个月朗星稀的夜晚，田来员不厌其烦地重复这个动作。这样子看起来，田来员像台性能不错的天平，他的左手右手都持久地举托着，遥遥相觑着，难分难解又相互对峙着。他的一侧手腕上，缠着从窗户眼儿伸进来的一根绳索。

6

田来员在天快亮时合上了眼皮，然后就看见自己踯躅于一峦青石山道。那山道扭曲盘结，像一根杳无首尾的绳索，在黑色山脊上勒出浅灰的瘀痕，闪着淡漠的光。田来员在绳结的某一段久久徘徊，他眼前的小小院落在夜风里晃来晃去，像飘零的叶片。

院落孤寂。只有一点灯火透过窗纸，把晕黄的一团温暖溢出来，涟漪一样荡漾开，让这个小院有了点滴生机。田来员注意到，一个瘦削的人影一直显在窗前，留着长长的发髻，颔首侧身，弧出一个好看的曲线，间或轻扬一下手臂。田来员猜测，她一定是在做针线。你看，她腰一掀，胸一舒，手一扬，就飞了一回针，走了一遭线，这样子三五次，就捏了银针儿在发丝间蹭蹭，就有些看不见的是非从发梢溜走了，就翘了小指紧趁几针，这样呢，好像就把孤苦的日月缝补得密密实实，好像就把山村的黑色撵蹿到了天那头。

夜风一吹，人影恍若在摇曳，田来员支起耳朵，似乎听到了摇曳的声音。

田来员不是第一次听到这声音了。十来年间，在很多个寂寞难耐的黑夜，他很多次徜徉在她的院门外，从门洞，从土墙豁口偷眼打量，甚至有一回，田来员装作掏鸟窝爬到了她门前的老榆树上。他一次次做着掩人耳目的表情和动作，一次次为自己的虚伪而惭愧不已。他也不止一次像今天这样问自己：田来员你到底在做些啥事？别忘了，你是五棵树唯一的老师。

——我只不过想看一眼她的身子，听一听她身子发出的声音。

田来员听到内心深处自己的声音。于是，田来员不止一次地原谅了自己。

忽地，屋里的灯光骤然亮了一下。田来员好像听到了灯焰卜的一声爆响，他知道，这是她用针尖拨了一下灯芯，好让它照亮这个夜晚的最后一截儿。因为怕影响娃的睡眠，也想省点电钱，她是五棵树村子最后一个使用煤油灯的人了。每天晚上她一等娃写完作业，就吧嗒拽灭电灯，换上年代久远的油灯。接下来，田来员知道，她就着光亮，该看一眼手中的针线，该满意地伸个懒腰，然后就该下炕洗漱一番了。

果然，他听到了依稀的水响。那是她制造的声音。田来员张着嘴

185

和鼻孔，支着两耳，把从她那里弥散开的每一丝气息都捕捉殆尽。女性的模糊动作和新鲜气息拓宽了想象的空间。田来员在屏气凝神里，感到了自己身体的变化。

往常每到这个时候，田来员就会觉得羞愧不安，就会忍不住捆自己一耳光，然后极快地逃离，等回了自己的窝，捂着的脸还火烧火燎的。然而这一次却不同，完全是个意外。田来员的脸还没红，手还没抬起来扇在自个儿脸上，吱呀一响，小屋的门开了。

女人很奇怪地出来了。

一簇晕黄灯光从她身后漫过来，点亮了田来员的眼。田来员看着门前矩形的一块光斑，她正好站在那里，侧着腰身，长发瀑布一样倾泻下来，她手里捏着梳子，上上下下地梳理头发，拨弄琴弦一般。田来员看呆了，那一刻，她仿佛不再是一个山村的普通妇女了，而是夜色下拥有奇妙魔力的深情的乐者。女人的手拨弄着，乐曲继续着，忽地抬起头来莞尔一笑。田来员的心一阵颤悠。他觉得她是冲他笑的。

女人身后，两扇门板半开半合，在田来员看来，有点犹抱琵琶半遮面的意思。好像一屋子温柔的情愫想关也关不住，只好任其汤汤地漫溢出来。田来员管不住自己骚动的心了。他开始担心自己会忍不住跳起来。

——跳起来，不就一堵墙么？挡了十几年的土墙一跃即过呵。

女人将头发一挽，朝这边走过来了。

田来员却又一次懦弱了，他不由地矮了身子，缩了头，然后在心里骂自己窝囊，你田来员真他娘的窝囊了一辈子。其实，两人不就隔着一堵墙么？还好，他听见她折了方向。

她拐进了西南角的茅房。

非常的场所和异样的声响刺激了他的联想。他红着脸嘟哝了一句。然后决定离去。他觉得自己太过分了，得赶紧走，再不走就没脸见那些学娃了，也不佩戴腕子上那块电子表了。这样想着，就蹑手蹑脚地离去，临走，没来由朝墙上看了一眼。这一看，就又拖住了他的腿。

一根红裤带从墙头拖下来，瑟瑟地迎风抖。

红裤带没甚稀奇，山里人常用，田来员也系着一根。但这一根似乎与众不同。田来员挪回步子仔细看了看，然后心底子就一下一下地抽搐开了。淡淡的星光下，田来员发现，这裤带一头竟拴着一截子红头绳，且颜色深暗，显见得有年头了。

这不可能，已过去十几年了，这些年，碰着面她不跟他说话，扭头就走的。田来员摸了摸怦怦乱跳的心房。

然而似乎千真万确，他摸索着绳子，上面的两个结还在。

他依然记得，十几年前送她红绳子的情景。那是个蓝格莹莹的好天。他急不可耐地想把手中的红绳送出去。她呢，看一眼他伸长的手说，今儿的天真蓝。红绳子焦急地在他手中绕过来缠过去，他出了一身汗。她笑着说，今儿的天真热。难为了他整半天。他看出来，她千方百计地躲避他手中的绳子。他开始心灰意冷了，身上的汗没了，浑身冷得哆嗦，他把红绳绳在手心里攥成一团儿，打算悄没声地扔掉。她却采了一束山丹花，要他伸展手来接，然后故意大呼小叫，嫌他弄皱了那根红绳子。田来员现在还能记起，她蹙着眉，一下一下抚平绳子的表情，抚着，抚着，红晕就从耳根漫延开了。田来员刚平展了心，身子也不抖了，忽地她又叫起来，说他咋着就系了一疙瘩死结，要记仇的。他也急了，连问咋办咋办？她说不打紧，就着他无意造成的死结，左编右缠，不几下一个漂亮的心形结就出来了，尔后又编了一个。两个心结紧紧依偎。太阳烤得她的脸通红。她说，好了，记你一辈子了。

田来员摸着绳上的结，手不住地抖，最后泪眼蒙蒙了。看看吧田来员，人家系着红绳，记着你田来员哩。

红绳在他手里打了个转，像山风里打战的枯萎草梗，田来员看来，那是她压着嗓的一声哭喊，是她伤心的一串泪，是她十几年藏着的伤疤。

田来员将红绳捧手心里，身子不由得抖开了，嗓眼里有数不清的话语往出挤，纷纷扰扰地刺挠。到最后他实在忍不住了，就俯下身，把脸贴向红绳，即将脱口的哽咽就悄悄释放在手心里了。

红绳绳，你还记着我哩。

红绳绳，这些年屈着你啦。

红绳绳，你该恨我才对哩。

你该变成鞭子，狠劲抽我才对哩。

你该变成一根针，朝我心窝里使劲扎才对哩。

墙这边，田来员闷着头在心里啜泣。墙那头有了动静，女人扯了回裤带没拽下来，就又连拉几下。这样子，这边那边的两人谁也没有想到，在仲夏的一个夜晚，以如此奇怪的一种方式，两人又站在一起了。只不过中间隔着一堵墙。女人对红裤带的反常疑惑不解，就仰起头，略显恐慌地望了眼黑漆漆的墙外，然后猛地一拉。田来员正泡在红绳子的伤感中，不觉手中吃劲，就握得紧了。这样子，红裤带不见了，红绳子却留在了手中。

田来员醒悟过来后，立马贼一样溜回了学校。

在之后的很多个黑夜，他养成个习惯，临睡前总要掀开箱子，取出一截褪色的红头绳，抚摸一番，然后才能安心睡眠。

才能梦里梦外相安宜。

红日高照。五棵树小学的学娃们喜笑颜开。他们的田老师在睡了一觉之后，精神焕发，好像在梦里头吃了仙丹。笑眯眯的田老师跟他们嬉耍一通后，又笑眯眯地宣布：五棵树小学从今天起，正式放假了。学娃们一阵欢呼。

可是，可是，田老师，正式的秋假好像还没到时候哩。

还有，咱啥时候开学呢？

田来员笑眯眯地一概不答，乍开膀子将娃娃们都撵回去了。看着他们欢天喜地的背影，田来员喃喃：等着吧，田老师要干件大事哩。

田来员没吃饭就出了学校，他急着要见到他的凤仙，为此他换了身干净衣裳。那一刻，青石板上的脚步异常清脆；阳光在他身旁叮当四响。

然而他没有找到。在凤仙家里他只看到满院狼藉，一只硕大的黑蜘蛛在门楣上造了一张网，拖拖拉拉地忙碌。田来员瞅它一眼。它默默地支撑角落里的生活。他的人不在。转身出门时，田来员看见了村主任。村主任没跟他说话，没问他昨黑夜思索的结果，但在离去时喃喃了一句：坟茔里好冷。

他就急匆匆去了坟地。

一上了山梁，他就瞅见沟凹里金贵坟前黑乎乎的身影。她莫不是在这儿待了一整夜？离她十步远，他停下了。她头发蓬乱，赤着脚，褴褛衣裳已看不出原来的颜色，一截儿麻绳缠在腰间。他咳嗽了一声。她没有动，仍是呆呆地坐在坟前。坟头上一两丛野草扑棱棱地颤，有暗褐色小花间或闪现。

他默默地瞅了一会儿。头顶上的阳光似乎凝固了。有风暗暗袭来，他紧了紧衣襟，吸一口冷气。红日头也冷？

她仍是没有动。发梢上粘的一枝枯秸秆随风荡了几荡，最后飘起来，在空中打了个旋儿，不见了。

田来员沉不住气了，他大声咳嗽几下，很响地跺脚，他有丝隐约地担心。他希望她动一动，哪怕是一根手指头呢。

她果然动了。在田来员夸张的动作和响声里，她颤巍巍伸出一只手来。田来员很是吃惊。她的手污浊不堪，有几处伤口淌着褐红的脓水，长垢甲里满是黑泥。她就伸出这样一只手来，轻轻地放在面前的坟堆上，然后一下一下地抚摸着，像抚摸可爱的孩子。黄土在她的抚慰下沉睡着。她有节奏地抚摸、轻拍，一下，一下，伴着低声吟唱：好宝宝，快睡觉，妈妈抱着你，不害怕天黑⋯⋯

田来员早已泪如泉涌，他的脸颊无声地扭曲，身子慢慢躬下来，双手向她搂过来，又怕惊了受伤的女人，就又缩回来，放在自己头上，一把一把地拽着头发。他的嘴唇不住地哆嗦，有满肚子话急着往出蹦，却一句话也说不上来。最后，他扑通一下瘫在地上，终于一声号啕喊出来：凤仙，红绳绳没有丢。

"凤仙，红绳绳没有丢。"

白凤仙尖叫一声，像受伤的小兽，接连几个翻滚，才跌跌撞撞地爬起来，头也不回地跑，一气跑出老远了，才有撕心裂肺地哭唱传过来：

> 红绳绳咿呀一根绳
>
> 吊住奴的心呀
>
> 奴的身
>
> ⋯⋯

7

本来田来员昨晚就盘算妥了，在教室和凤仙的抉择上，左右手都没有妥协。但他认为自己可以有第三种选择，就是说，教室可以盖，凤仙也可以娶。因为凤仙有了变化。她不再是那个人见人爱的俊秀小寡妇了。即便她的瞎眼婆婆没了，忠实的毛狗子也丢了，她的家门也不会再有顾盼自雄的男人们光临了。你想呵，一个蓬头垢面的疯子，除了招人怜还招人怕呢。你看呵，她一出现，嬉笑的男人们就噤了声，就有人家嘭啪地关门。而这一切，都是他田来员造成的。是他害了她。那么，他理所当然地应该照顾她。他甚至幻想过，在新教室落成的那一天，在劈啪连天的爆竹声中，他欢欢喜喜地娶她进门，他的破落小屋在那一刻披红挂绿地喜庆。然后，他会攒钱给她治病，他幻想着有一天，他的凤仙又俊俊俏俏地回来了，又羞羞答答地拉他手了。纵然治不好了，他也会好好待她，两个人再不离散。毕竟有根红绳子系着呢。

是昨晚的梦和箱子里的红绳启发了他。

——他把看似相悖的爱绑到了一起。

这样呢，田来员就急不可耐地想找到凤仙诉说。

凤仙惊走后，他在金贵坟前呆坐了一会儿。他惊奇地发现，几块石头搭成一个简单的房子模样，歪歪扭扭地立在金贵坟前。他长吁短叹地看了会儿，就站起身，下了山。按原计划他要去趟乡里，跟分管文教的乡领导汇报一声，毕竟盖教室是一件大事情，况且他还擅自放了娃们的假呢。

乡政府坐落在二十里外的下庄乡西头，他并不陌生。因为教室的事，屡次三番地麻烦人家领导，他深感不安。起初人家还算热情，把他客客气气地让进办公室，茶水热腾腾地端上来，问寒问暖的，让他在不安中有份温暖。后来他不识火色，去得多了，人家就渐渐失了耐心，乡里大事小事多着呢，你连个没几人的破学校都料理不好，是不是有点失职啊田老师？田来员就不安中加了丝惭愧，就惶惶地不大敢进人家办公室了。后来金贵出了事，人命关天的大事，他又急火火地去了几趟乡里，但都没找见人，分管文教的马副乡长跟他捉迷藏一样，不见人影。

这回他运气好，一进乡政府院子，就看见胖胖的马副乡长正从吉普车里拱出身来。田来员立马咧着嘴挤出笑来，颠着碎步小跑过去，边跑边掏出一盒未拆封的香烟来。这是他路过代销店特意花十块钱买的，掏钱时手都有点抖。他记着马副乡长爱抽这个牌子。

马副乡长却没瞅见他，扬着头一声不吭地朝屋里走。田来员伸出去的胳膊也没有收回来，就那么托着烟盒紧撵了几步，到了办公室门前，愣了愣，还是谨慎地敲了敲敞着的门。马副乡长正抹桌子上的灰，没有听见。田来员就又敲了几下。马副乡长直直地盯了他好一阵子，不认识他似的，忽地又恍然醒悟一样，急走过来，拉了田来员手，热情地把他摁在椅子上，倒了水，递上烟。田来员诚惶诚恐地服从人家的安排，木木地喝着茶，木木地吸着烟，一时不知从何说起。倒是马副乡长体贴他，问他有什么困难，尽管说。

没……没困难。田来员紧吸几口烟，平复了心，说，还是教室的事。

哦，那事我听说了。马副乡长说，悲剧啊，大山的悲剧！一个含苞欲放的花蕾，一只嗷嗷待哺的雏鸟，就那么……马副乡长说着就抽咽开了，声音起初不很大，像这个夏季暴雨来临前的风声，后来动静越来越大，雨水就渐渐沥沥地下开了，直至雷霆万钧。弄得田来员坐立不安。马副乡长拍着桌子恸哭一番，最后一抹泪，沉着脸吼，失职！严重的失职！接着马副乡长痛心疾首地做了自我检讨。看得出，马副乡长是负责任和正直的好干部。

田来员被马副乡长感动着，他擦着眼劝慰说，金贵娃没了，可五棵树还有十五个学娃，十五个风吹雨淋的娃呵。

是啊，教训啊，可是你看，田校长，乡里眼下财政实在……唉，没办法。马副乡长摊着两只手说。

田来员就赶紧把自己的来意说明。马副乡长瞪大两眼听他费力地表白，终于弄清楚，眼前这个瘦弱的民办教师要做什么了。马副乡长又激动起来了，他紧紧握住田来员的手，上下晃着，久久无语。

自费助学！造福后人！功在千秋！马副乡长字字珠玑。马副乡长立即代表乡政府表示了感谢和敬意，并言等新教室落成之后，他一定亲自上山祝贺云云。最后，当田来员离去时，马副乡长又一次深情地感叹：你，是大山的骄傲！

"你，是大山的骄傲！"田来员在回山的路上，也再一次在心里反复念叨着这句话。

有温暖和坚定的支撑，田来员一鼓作气连跑了几家砖窑和石灰场，经过比较，心里有数了。这样呢，当他哼着小曲返回五棵树时，天已麻麻黑了。在进村的一霎，兀地眼面前立起个人，气汹汹的，唬得田来员接连后退了三五步，才站稳脚跟。

凝神打量，是村主任。村主任阴着脸，杀气腾腾的。田来员叫了声村主任。村主任绷着铁青脸一声没吭，向他逼近几步。田来员又后退几步，不解地看着村主任的光脑壳。光脑壳上面的青筋突突地暴跳。对峙了好一阵儿，村主任牙缝里挤出个字来：日！村主任咬牙切齿地说，老子真想宰了你。

田来员说，为啥？

村主任说，白凤仙死了。

8

　　白凤仙死于一根麻绳。

　　给她送晌午饭的好心妇女发现了她。这个疯女人让五棵树的人吃了一惊，倒不是因她的死和所采用的方式，而是她在最后一刻留给人们一个震撼和遐想的场景。吊在屋梁上的她穿着红衣红裤红鞋，熟悉她的妇女说这是她当年的嫁衣，只穿过一回的。她的长发也一改近日的邋遢，梳洗得干净水滑，在脑后盘着漂亮的髻，额前贴着一抹流海。她的最后仪容那样光鲜，以至五棵树的人将她安置在土炕上后，几乎从她白净面皮上断定，五棵树俊俏的寡妇又回来了，此刻正香甜地做着美梦呢。她把自己收拾得干净漂亮不说，还将屋里院外打扫了一遍，甚至瓮里的水都添得满满溢溢的。

　　凤仙不疯了。眼软的女人们抹着泪说，你看，她将锅台擦得这样干净；你看，她最后一刻还做了针线活呢，金贵穿过的衣裳缝补好了，齐整整摞在炕头了，挨着衣裳，还有一只没用过的书包呢。细心的人打开鼓囊的书包，里头的书都包了书皮，铅笔都削得尖尖的。女人们啜泣着，想象着在干净整洁的小屋里，一个红衣女子如何盘腿坐在炕头，就着光亮，掀着腰身，极利落地飞针走线。那一刻，转墙的奖状红彤彤得让人叹息。屋外阳光灿烂，透过窗户打在她姣美的脸颊上，小屋里满是她鲜活生动的气息。

　　五棵树的今天无比感伤。而田来员的表现又让人们深感失望。

　　他似乎并没有人们想象中那么悲伤。当村主任在村口等住他时，他并没有做出合乎情理的举措，没有惊慌失措，没有痛哭流涕，更没有寻死觅活，他甚至没有马上跑去看凤仙一眼。听到凤仙死讯后，他的脸色在暮霭中平静如常，只是呆愣了片刻，然后在村主任的注视中悄然回了学校那间破房。那一夜，他怎么过得人们无从知晓。只是日后有句话他经常挂在嘴边：麻绳，很传统的一种方式。

对他的不可理喻，人们除了替凤仙感到不平，剩下得只有鄙夷。按村主任的话说，他教书教傻了。

田傻子的称谓替代了田老师、田校长而在五棵树盛行一时。

这种境况并没有妨碍田来员建教室的信念，但对工程进度却有影响。因为没有人肯为他分担什么。善良的村里人对兴资建校很感兴趣，但对薄情寡义的人事却嗤之以鼻。常常是，田来员涎着脸皮过来了，各家的门都嘭啪响着关紧了。这样子，田来员在本村雇不到匠人，外村的来了，就多了开销。田来员没法子，又瘦了一圈。按当地风俗，上梁那日是该请人热闹一下的，图个吉利。田来员请不动大喇叭，村主任就去了，不巧大喇叭病了。

不过老天还算照顾，这个月雨水不是很多，淅沥了两回也不妨事。单在教室盖妥的那天，痛快淋漓地下了一回。

这天头晌，天还晴着脸，把骇人的脾气藏在背后。田来员疲惫却兴奋地做了些收尾营生。他的脸愈发瘦得显了棱，整个人像野地里忘了收割的一株枯秸秆，风一吹就不由地抖，只有两粒眼珠在镜片后放着灼光。田来员身体不行了，但精神头十足。瞅着见天长高的教室，好像看见他的学娃们也长得欢实，田来员兴奋夹带些焦躁。临近黄昏，他终于把最后一个钉子钉好了，田来员悬着的心也终于放平了。是的，终于成了，多少年的苦心经营终于有了结果。教室静静地伫立，散发着新鲜的气息。田来员久久地端详，端详了一会儿，他的脸就扭曲起来，嘴唇哆嗦，眼泪不住地往出涌。接下来田来员做了一件出人意料的事情。面朝教室，他扑通一下跪倒了，噢一声号啕开了。

天不知何时变了脸，阴沉沉地压下来，然后暴雨夹着风的忽哨劈头而来。但田来员没有动。他就那么湿淋淋地跪着，酣畅淋漓地哭着。压抑已久的悲怆肆无忌惮地飘荡在学校上空。

这天晚上，雨一直下。田来员坐在空荡荡的教室里，拉了一黑夜胡琴。

五棵树的人们听到了那种如歌如泣的声音。

恐怕不会有人想到，黑夜里的倾诉会传得那么远。

第二天转晴了。五棵树小学来了贵客。马副乡长说话算数，开着吉普上山来了，不单他来，还带了一伙扛摄像机挂照相机的人。五棵树村沸腾了。人们都在议论，田傻子要上电视了。虽然是压着嗓说话，但一村子人很快就都知道了。只有田来员本人不知道，他正在后山坟地。

所以新教室被咔嚓咔嚓地装进黑匣子里后，马副乡长就开始吆喝田来员。几乎全村的男女老少都到了学校，他们远远地围了一圈儿，但这些人里没有谁回应马副乡长的话。马副乡长的额头上有了汗。他跟那些人说山里人古怪，要不还出不了这么大的成果呢。这时候人堆里跑出个孩子，用手比画了几下，就朝外跑了。他娘喊他喊不住。他娘骂，日显得就你一个哑巴。

二顺在一处新坟前找到了田来员。他给田来员做了个房子的手势，田来员就跑着回了学校。教室还好端端地立着，田来员松了口气。那些人又忙乎开了，各种问题和咔嚓声此起彼伏。田来员一句话都说不上来，面对包围圈不停地擦汗，他觉得今儿的天气真热。

马副乡长替他解了围。他出了两个主意，一是田来员在新教室里讲上一课，但没能实现，因为学娃们正在放假，没带书本，今天到学校不是为了上课。二是叫村民们热闹热闹，吹吹打打、扭扭秧歌啥的都行，但围观的人都不吭气，大喇叭笑嘻嘻地承认，他正在生病。所以那个黑不溜秋的摄像机一直派不上用场。

马副乡长正犯愁呢，事情有了变化。一阵忽闪的警报由远而近，打破了现场的宁静。

新的来客拿着手铐。

事情的变化出人意料。五棵树再一次沸腾了。五棵树的人在短暂的几秒就达成了共识，他们表现了空前的团结，他们手拉手组成厚厚的围墙，高的低的声音齐嚷，不能带走田老师，就是不能带走田老师。

田来员在嘈杂声中奇怪地站直了身子，他示意人们不要讲话，他扭头问马副乡长，新的老师啥时候能来？马副乡长一脸惊愕，慢慢地换成了不屑的神色：你，大山的耻辱！

田来员笑了一下，回屋换了身干净衣裳，上面的白衬衣扎进裤子里，裤带上的一截红绳子格外显眼。警车呼啸而去。田来员似乎听到了隐约的唢呐，透出车窗，他看到路旁的野花接踵闪过，看起来，好似一曲跑了调的山歌。

湿淋淋的声音

　　远村其实也不太远。怎么说，从家里出来，还没赶上使劲呢，车子还没蹬热乎呢，就看见它矮矮地趴在黄沙圪梁上，黑黑的，糊糊的，跟不经意的一抹淡墨一般，慢慢洇在了冬天的灰蒙天色里。远村就是这么个村子，我们这一带最穷的地方，好像老被世界遗忘，老赶不上繁华的步履。它的穷主要因为干旱，地沙化得特别利害，风一吹，满村子昏蒙蒙一片。这日子怎么过，得想法子改善，远村不敢奢望哗哗的自来水，就挨门排户凑份子，打了一眼深井。那井真是深，据说有八十多米。就是说，远村的人下了狠心，把地扎了个大窟窿。我到远村，是要找志生。我找志生，是想告诉他我安了电话。刚进腊月，我家里装了电话，全家都很兴奋，觉得一年的辛苦没有白费，好像我们家安了电话，相当于社会又向前迈了一步。女人说，明天我们应起得更早，要不，就对不住它发出的声音。说话的时候，她将筷子拨拉得飞快，瓷碗叮当悦耳。我们的电话就摆在饭桌中央，蒙着她的一块红头巾，看起来，好像很隆重的一道菜，又像一位羞答答的新娘。可是，有个问题。我说，它自进门儿就没有响过，像个哑巴，电信局会不会真的给咱安了个哑巴呢？我们都沉默了。是呵，这有点让人上火，它到底会不会说话？说话是啥样的声音？

你的号没告诉别人，别人咋会给你打？

女人提醒了我。我就翻箱倒柜地找出本小簿子，我头几年在外边走工时用过的。女人又提醒我，长途很贵的。我想了想，将小簿子扔了。我决定只告诉两个人。一个是温侯，县文联的编辑，我常在他主编的《花蕾》上发点豆腐干文章；另一个当然是志生了。可是志生比我还窘迫，还没有这个现代化的设备。好在远村离得不远，也就十来里的样子。我把碗一推，出去蹬了自行车就走。我想我必须去找志生。我必须听到那种声音。

志生是我初中的同学，远村的人都认为他有神经病。我知道他没有。他只是爱写点诗歌。

这院子我很熟悉，多少年都没变过，我第一次看见它就是这个样子。土打的围墙豁豁牙牙，像乡下老头快风干的嘴。我从其中一个豁口很轻易地进了院子。远村别人家的房子是土坯做的，顶好的还包了红砖，不管瓤咋样，外面的皮瞅着光鲜。志生家倒好，还住着传了几辈子的窑洞。还在院子里，我就听到志生娘愤怒的骂声，骂得很凶，一句一句是从骨头缝里迸出来的。但掩盖不住志生的声音。不用细听，我知道志生在朗读他的诗歌。

志生，志生，我安了电话啦。一只脚还在门槛外面，我就嚷起来。

"我们的世界还缺点什么？"

志生没有抬头，吼完这一句就半跪在炕上不动了，我看到，他趴着窗台的姿势很不舒服，脏抹布一样的长发垂下来，挡住了他的表情。志生娘显得难为情，看我一眼，唇上的褶子抖了几下：你快把我也气死算啦！说着一甩门出去了。门的动静很大，窑顶扑簌簌地往下掉土，墙上挂着的志生爹似乎也跟着晃了几晃。

我小声又说了一遍，志生，我安上电话啦。

志生这回扭转头狠剜了我一眼，又自顾埋头往烟盒纸上写起来。他狼一样的凶悍眼神吓了我一跳。我打个寒噤，数九天你家还不生炉子？我蹲下来，帮他往炕洞里送了点玉米秸秆。要说玉米这东西真不赖，让人吃，让牲口吃，临了还能送一把火，是不是志生？志生忽然从炕上蹦起来，赤着脚板在席片上来回踱着，踱得极快，长头发一甩一甩的，最后手舞足蹈地朗诵起来。我瞪大眼珠看着他。他长长的身架在炕上变换着各种姿势，让我有机会看到他屁股上的破绽。恍惚就有了三月三庙会的味道，人声沸扬，锣鼓喧天的，土炕成了志生一个人的戏台。那时间，我几乎要认同远村人的看法了。我盯着志生黑黢黢的两只大脚愣神。那些坚硬的乌垢甲排着队瞄准我。

怎么样，老同学？志生终于朗读完了他的新作。

我说，挺好，我安了电话。

喊！志生兴犹未尽：最后两句够味吧，——我们的世界依然光明，依然温暖！

我说，志生，刚才你娘哭了，我看见啦。

喊！我的诗又发表啦，知道在哪吗？《诗刊》！我的诗集马上就出版啦。

志生，我的电话……

喊！

志生的态度让我有点恼火，我顶着风骑了十几里车子，不就是想听一下电话的声音吗？你是我最好的朋友，我不找你找谁？我扯过他的纸烟壳子，在上面写了一串儿数字，我说，志生，记得给我打电话哦。

我逃一样出了那间阴冷的窑洞。外面的阳光让我打了一连串喷嚏。我不放心，在院里又叮嘱了一遍：一定要给我打电话哦。我发觉，我的嗓音在冬天的风里打着战，完全是乞讨者可怜兮兮的腔调。在快出他家院子时，我又听到了那个可恶的声音：

"我们的世界依然光明，依然温暖！"

圪蹴在墙角的志生娘猛地拉住了我。我吃了一惊。一个人的眼泪竟然能有那么多。志生娘的泪蜿蜒迂回，突破了一道道沟壑，让灰蒙蒙的空气愈发浑浊。我伸起袖口帮她擦擦，但不知该如何劝慰。她一个劲地喃喃：天哪，天。我说，天不早啦，我得走啦。她说，九个啦。志生娘颤巍巍地举起十个手指头，又扳倒一个。九个啦，昨个儿第九个闺女又叫他吓跑啦。

我只得绞尽脑汁地劝她，您不还有大儿子吗？您不早抱上大孙子了吗？

老人的话忽地就让我脸红。她说，可怜的二小，呜呜……到黑夜就一个人忙哩。

我就有点后悔，不该来远村，不该找志生这浑人。安已经安了，那声音迟早会响起的。不是吗？头年冬天，我就动了安电话的心思。我是个爱琢磨的人。因为头年开春，我家成功地购买了彩电，这无疑助长了我女人的虚荣。她着实兴奋了几天，但很快就发现了问题。她说，村里谁谁家竟然也买了彩电，彩电多金贵啊，谁谁家怎么能买呢？我说，谁谁家的彩电比咱小一号呵，这谁都知道。她没说话，但看电视老提不起神。所以我就开始琢磨，琢磨了一冬。我觉得去年冬天特别冷，我老头疼。上初中那会儿，我就落下了头疼的毛病。我说过，我是个爱琢磨的人，那时候我常拽着头发，使劲琢磨一首诗该长成什么样子。这是个严肃的问题。跟我一块头疼的还有志生。想来想去，天暖和了，我想到了电话，要知道，在我们山区，电话还很不普及。谁家想打个电话，得跟村主任磨破嘴皮子。果然我老婆高兴了，她对串门子的女人们说，二嫂引兰来弟还有马家婶子，你们都来，来我家打电话哦。说着话脸红光光的，好像电话已实实在在进门了，好像一屋子叽叽喳喳的都是羡慕了。可是要真的安起来还挺不容易，首先是钱的问题，这个事白天不好说。满村里都觉得我们家挺富裕。前年，我们把西屋腾出来，模仿城里的铺子，搞了个像模像样的小卖店。隔三岔五，我就骑了车子去城里进货。有时候高兴了，还能编点顺口的小文章，乘进货的时候，跟县文联的温侯喝两盅。这样，过了两年，把结婚时的借账打得差不多了。就觉得我们的日子还缺点什么，缺什么呢？我们先把旧家具重油了一遍。觉得还不够，就买了彩电。现在，又想着安装电话了。我不知道这之后，我们还会怎样？我们还会觉得欠缺什么？到晚上，插好门，我和女人躺被窝里商量，安电话用不了几个钱嘛，要不，把今年打的玉菱卖了？不行不行，才六毛钱，等涨到六毛五再卖，现在卖亏大了。那，先跟你娘家筹借点？要去你去，我是不好再开口的。用不了几个钱嘛，西屋存着那些货，怕什么？她说，是啊，怕什么，电话是你要安的。我知道商量没有结果，就说，等天亮了再说。天不亮我就骑车去了城里，结果电信局说，你们那地方排不上线，再等半年。我有点庆幸。等我骑回家，发现院里多了一群啾啾叫的小鸡。女人正拿我的墨汁给小鸡染记号。她瞥我一眼说，一斤鸡蛋两块六，一百斤是多少？晚风把她的头发吹乱了。我觉得她跟小鸡都很可爱。到了年末，我一趟趟往城里跑，我想，安个电话可真不容易。实际上，人家没用半个钟头就安上了。眼下我们还缺什么呢？我认为，就缺那种声音了。

那种声音迟早会响起来的，不是么？这跟小鸡迟早要长大，长大了就要下蛋是一个道理，不是吗？

我刚支好车子，女人就从屋里跑出来了，咋样？见着志生么？志

202

生给咱打电话不？啥时候打？她的眼睛很亮。让我想到屋里热腾的炉火。我说，肯定打！志生混是混点，可说话算话。老实讲，我心里没底，浑人能给你什么底呢？女人哼着曲儿回屋做饭了，锅铲子的叫声比往日花哨。饭桌上摆了四个菜，干豆角煸粉丝、山药蛋烩粉条、凉拌山药丝，还有一碟子咸菜。我举着筷子等了好久，不见她出来，就吆喝，好席面不等人哦。她应着来啦来啦，就托着一盘炒鸡蛋出来了，另一只手里提溜个瓶子。我说，还喝两盅？她说，喝两盅！找了两个盅子倒满，我捏起来想跟她碰一下，她却咳了咳嗓子，一本正经地看着我，说，把它揭开。我说，啥？她的筷子指了指电话。我们的电话蒙着红盖头，卧在饭桌中央，被五个盘子团团围住，看上去很温暖，也很安全。我就放下酒盅，很隆重地伸出两只手。她说你抖啥？我说我没抖。盖头掀起一角，露出水草一样的颜色，闪着夏天小溪水的透亮。盖头慢慢往上掀，一些椭圆的按键出来了，像一群可爱的小蝌蚪。看着它们安逸地栖身溪涧，我心里悄悄地，又急切地生出些期待。这期待暗自聚成一个漩涡，越漩越大。我几乎认定，我猛一揭开，那种声音就潺潺地响起了。是什么样的声音呢？听，叮叮咚咚，山泉一样清澈。揭开的时候，屋子里静静的，好像一切声息凝固了几秒钟。我看到，她的嘴角闪了丝淡笑，然后端起酒盅，一饮而尽。

饭是好饭，我们吃得很慢。我们很少有这样的耐心来对付一顿饭，我们谁也不介意外边逐渐降下来的黑，我们以农民少有的斯文谈天气，谈来年的收成，谈与这顿饭无关的一切事情。我们的筷子和牙齿变得格外儒雅。我们的目光常常交叉、碰撞、从桌面一扫而过，但绝不停留。最后，我们不得不收拾杯盘狼藉时，谁也不碰那块红头巾，谁也没提电话的事情，好像我们都忘了。

这个夜晚格外安静，女人蜷在被窝里，悄悄地，像只受伤的小猫。我也小心翼翼地，不乱说话。冷月透过镶了霜的窗棂，在我们炕上铺了一些方格。我的耳朵在枕头边支棱着，听到街面上响过一串急骤的脚步，夜游的生灵是不是总会发出意外的声音？远处有一两声狗吠，就再没了动静。

接下来的日子，我们仍然过得十分平静，没有任何意外的声音打扰我们。我每天将院子扫得哗哗暴响，扫帚给地面划下数不清的伤痕。女人笑吟吟地打量我，说我是一柄镢头。有的时候，我们围在火炉旁，谈论来年该添置个什么。我们想了很多，但不确定我们最需要什么。我们讨论这件事的时候，电话就静静地卧在桌上。我忽然就想到了志生的诗歌。我学着他的腔调问我女人：

"我们的世界还缺点什吗？"

女人捂着肚子，笑得前俯后仰。她说，我们缺得东西太多了，冰箱洗衣机摩托车煤气灶电风扇影碟机录像机，她一口气说不完，又换了一口气，好吃好穿好住好用，反正城里人的东西我们都缺。其实，缺的只是这个，她手指头做个数钱的动作。

我说，只是这个吗？

她愣愣地瞅我一眼，扑哧又笑了：要不你去问问志生？

我不想志生被人取笑，我说，其实志生挺好的。

志生穷是穷，比我们还穷，志生却不在乎这个。志生在乎什么呢？志生在乎的我们想都想不到。我说，你也别在乎志生没打电话，志生没打肯定有没打的道理，志生他们村只有一部电话，放在他们村主任的小卖部里，志生要打电话就得去那里，志生去那里不买点东西就打电话，人家会不高兴，志生不想让人不高兴，志生不是那样的人，志生去了那里就会买点东西，买点东西就会给咱打电话了。

我说，志生肯定会给咱打电话的。

她显然不屑跟我争执这个。志生好与不好是志生的事情。我们还有我们的事情。毕竟年的味道越来越浓了，明天就是腊月二十三了，小年也是年，扫家，买年画，写对联，吃麻糖，麻烦事多着呢，想都想不过来呢。顶要紧的，我们得抓紧进点时兴货，像糖果花生瓜子之类自不可少，也得进点哄小孩的烟花和电光炮，特别是一种在手里燃的"嗞嗞炮"。女人特意叮嘱，这种炮很抢手呵，村里的小孩都玩这个，八分钱一根上货，可以卖一毛五呢，不能进少了，等过了年，正月尽了，我们还可以卖一毛，不愁卖不出去，赚两分也是赚，是我们赚。对了，也要进些点心匣子，要包装好看的那种，现在的人都爱看包装，卖剩下的我们就送人，光娘家兄弟就五六个，大眼小窟看啥的都有，咱拿得好看，走亲戚也光彩，一年才一回不是？女人絮絮叨叨的，搞得我的每一天似乎都很实在，好像七七八八的零碎一组合，我们的日子排铺得满满当当，挤不出一星半点透亮了。这天晚上，我忽然就想去院里坐坐。一个人坐在檐台上，对黑压压的天就充满了疑惑，总怀疑它掩盖了一些真相。近处远处，性急的炮仗一拨接一拨，还有人和各种牲畜的尖叫，分不清是喜兴还是惊慌，空气里一时挤满了急躁的声音。我试图在这些声音里，找到类似山泉的清澈，但显然不行。

转天早晨，恍惚听到了什么，我醒了，我觉得我是被吵醒的。还挨着枕头，一个呵欠还没有打完，我就竖起了耳朵，像训练有素的狼狗。我欠起半边身子，听！什么声音？女人也学我的样子，欠起身子，竖起耳朵，但她什么也没听到。她笑话我，这些日子，你可能用耳过度。我说，肯定不是。然后就跳下炕，瞥了一眼饭桌。她忽地叫道，天，下雪了。我赶忙趴窗台上，果然满目白色，半空里洋洋洒洒的，像极了一首诗歌。

我跳起来，好兆头。我说，这是个好兆头，不是吗？

她也雀跃着，我们好好过个小年。

我说，等着吧，今儿个是不同寻常的一天。说着我又瞥了一眼饭桌。

雪整整下了一天。这一天，我们这一带所有的村庄都覆盖在诗歌下面。所有人，包括对世界有不同索取的每个人，都沉浸于对现实的美好想象中。在梦一样的场景中，我们都变回了孩子，我跟我女人在院子里嬉闹着，白色地毯在我们的追逐里，发出咯吱咯吱的声响。雪球一个一个团出来，落到对方头上，身上。我们还堆了个胖乎乎的雪人。我们的欢乐让屋顶的积雪大片大片地跌下来，我甚至听到了那种扑簌扑簌的声音，这让我惊讶，这一天，我始终保持了良好的听觉。

我们的好心情像漫天飞扬的雪花，一直保持到傍晚。黑纱缓慢降下来的时候，雪停了。我们开始安静下来，坐在炉火跟前，听着外面逐渐涨起的风声。呼呼呼，风越来越大，最后听到电线呜呜地轰鸣。屋子里，火炉子被大风激得噧噧乱叫。安静了一会儿，女人又开始她没完没了地絮叨。我们的日子经过短暂的休息，又回来了。我支着耳朵，听着这一切琐碎的声音，心思触礁一样，渐渐沉没。她看出了我的烦躁，小心地提议：明天，我去村委，我想给你打个电话。

我笑了。我说，我真的不在意这个了。真的，我现在在意的是另一件事情。

什么事情呢？她问。

我说，我说不清楚。

这天晚上，我在睡梦里又一次惊醒，我清晰地听见了那种声音。叮咚，叮咚，山泉一样悦耳的声音。我一把拉着灯，顾不上穿鞋，光着身子，光着脚板，就扑到饭桌跟前。我喘着气，拿起电话就骂开了，我说：志生，志生，我他妈的知道是你，你总算回话了，你总算还有点人味，志生，志生，你他妈是我最好的朋友。

我的声音有了哭腔：志生，志生，你知道吗？你是我最好的朋友，你知道我有多心焦吗？不是，我才不在意什么声音呢，去他妈的狗屁铃声，我是想听听你的声音，你这混蛋不咬文嚼字的声音，志生，志生，你真是个混蛋，不折不扣的混球，除了你那些永远不可能发表的东西，你还做了什么？你让你娘替你担心，你让你死去的爹担心，你让所有的人担心，你这个混球！

我管不住自己了，彻底号啕开了，志生，志生……

女人也哭了，紧紧抱住我，反复说着，没有，志生没来电话，电话没响，真的。

我说我不信。我紧紧抱着话筒，好像要把志生从那头拽出来。

志生是我最好的朋友。这话我从没对任何人说过，包括志生。那天之后，我们的日子很快又恢复了原样。不管如何，日子总不会停下脚步的，年是越来越近了，眼瞅着就到跟前了。年三十，我扬着大锤，敲了很多炭块，垒了半人高的大旺火。明天早晨，天不亮我就会起来，从添得满满溢溢的水缸里，舀上新年第一瓢水，在神台前供一供，然后用它洗手，洗得格外仔细，格外小心，这样，我的手是虔诚通灵的，这样的手才能点好新年第一把火。旺火旺，旺气冲天，我们的日子会越来越兴旺。女人呢，也起得很早，她从席子下面取出系了红布的钥匙，打开柜子，把我们早就准备好的新衣裳拿出来，摸一摸，不由将脸贴上去，捂一捂，似乎还发烫呢。然后，女人该敬神了，烧纸焚香，把自己的期盼悄悄告给神灵。神灵知道了，然后才能生火做饭。当然是下饺子。饺子是年三十包好的。我扬着锤打炭的时候，听见了女人剁馅的声音。那声音也是虔诚的，咚咚咚，每一下都击在我的心坎里。我就在这时候听到了电话的响声，那声音夹在许多期盼中间，格外刺耳。

它响了几声，又响了几声。我和女人都掬着手过去了。我们瞅着红头巾，又相互看一眼。它仍然执拗地响着。我忐忑不安，但还是拿起了话筒。那一头久久没有动静，我说，是你吗？志生。那边还是没声息。我喊起来，志生，志生。这回我听到了，是吸溜鼻子的声音，他在哭，是压着嗓的啜泣。

我说，志生，志生，你咋啦？

那边传来温侯的声音：我实在不想告诉你，我实在管不住……

咋啦？咋啦？到底咋啦？

志生死了。

我们沉默了两三分钟。这两三分钟，我没有听到世界上任何声音。

我问：什么时候？

腊月二十三，下大雪的那天。

怎么死的？

八十米的深井。

……

这个年我们过得索然无味。年后的某一天，我和温侯骑着车，去了远村。那天很冷，风使我们的衣襟啪啪直响。路两旁的电线杆不停地闷声嗡嗡。温侯说，志生这些年一直坚持写诗歌。我说，我知道。温侯说，他一篇也没发表过。我说，我知道。然后，温侯就开始后悔，你说我咋就不能给他发一个，哪怕是一个，《花蕾》算个啥？你说一个县级杂志算个啥？温侯说着，狠劲地拍打车把。我看到，几撮白发在他耳旁激动地跳跃。我说，他也许不在乎这个。他在乎啥呢？我想了想说，他应该在乎的事情太多了，比如，被他吓跑的九个姑娘。温侯说，我不相信。我说，我也不信。

"我们的世界还缺点什么？"

这是志生最后一首诗的题目。也许，是他留给我们继续思索的一个问题。我们呢，除了活着，除了使自己活着之外，还缺少一些什么呢？

进了远村，没去别的地方，我们径直去找那口井。我想，只有在那里，才能找到志生的灵魂。远远地，我们瞭见一棵老槐树。树身粗糙，枝杈干硬。那树在远村灰蒙的背景下，倔强地指着天，好像破土而出的一只手。井就在树下。是传统的辘轳井。上面的钢丝绳密密麻麻，每一圈代表地平线之下的一个刻度。我想象着，志生走完这八十多米，得花费多大的力气。我握了下摇把，辘轳吱呀一声。我感到刺骨的冰冷。

我们久久无语。温侯开始不停地吸溜鼻子，吸溜一下鼻子朝井口挪一步，没几下，他就挪到了井沿。他朝深不可测的井里看了一眼，身子晃了晃，忽地就软下来，一屁股就坐在了井口边。下雪那天，他收到了志生寄过去的诗歌。从邮戳看，信晚到了一个星期。温侯说，志生的这首诗很好。他很高兴，他替志生高兴。他觉得志生这些年的努力没有白费。温侯在井边坐下来，从怀里掏出最近一期《花蕾》，轻轻地朗读起来。声音不大，但我似乎听到了井底的回响：

> 我们的世界还缺点什么？
> 战争、瘟疫，诗歌还是爱情
> 故园的橙黄以及废墟旁的腐臭
> 棉被捂着的夜，或者擦亮一粒上升的音符
> 这需要我们站在门槛上，预言。
> ……

志生的诗歌化作温暖的火焰，悠悠地，无声息地从井底升起。我再也无法克制，我极利落地用钢丝绳绑住自己，将自己投向八十米的地底。摇把掌握在温侯手里，通过绳索，我仿佛感觉到了他手指的颤

抖。我的手在井壁摸索，抓到一些黏稠的液体。我在黑暗中一次次呼喊："我们的世界还缺点什么？"这似乎是一次死亡的模拟，我希望沿着特殊的轨迹，找到那个问题的答案。你瞧，我调皮的朋友在那里招手。

很快，我适应了地下的阴暗潮湿。在撞击到水面的一瞬，我恍惚听到了山泉叮咚的声音。稳定了一下情绪，我撑大眼珠，四下打量，这里跟我们居住的地方不同，最明显的，它十分安全。倏忽，我的耳朵捕捉到一丝异样，好像一个人的浅吟低唱。我轻声叫着，志生，志生。我试图靠近一个人的灵魂。他回应的声音嗡嗡的，像从水里传来。我向他靠近，水慢慢地湮没我的腰，我的胸膛，我的头顶。这样，我又看到了志生。志生笑眯眯的，赤着脚板，衣衫褴褛却很精神，他摇头晃脑地踱着方步，长头发一甩一甩的。我说，志生，志生，我接到了你的电话。他说，嘁！听一听诗歌吧，朋友。我说，好吧。他湿淋淋的声音骤然响起，好像一簇簇火苗。我看到，这个暗淡的世界霎时变得非常光明，也非常温暖。

钓　鱼

　　也就是五点来钟，天还没大亮呢，刚露出一抹鱼肚白，男人就要起来。他不起不行。他们的儿子出生以前，他就养成早起迟睡的好习惯了。每天一到时辰，好像呢，就有一股子噪音从他身体深处传来了，尖尖的，硬硬的，沿着醴梦的痕迹就挤过来了，不屈不挠地撑开他的眼皮了。这时候，男人就会嘟哝几声，抹去嘴角的涎水，聚敛发涩的目光，瞅一眼窗户。大多时，那儿是一片黑灰的模糊，偶尔会蹦出几颗慵懒的星星。现在呢，毕竟是夏天，正是数伏的节气，他打着呵欠，睃见了半块灰白的月亮，挂在房前的电线杆子上，像半张未发透的秫面饼子，干巴巴地吊着，勾不起他半点子新鲜欲望。他摸着脚板，在炕上愣了愣。听见女人在灶间很响地咳嗽。只有半截儿咳嗽，后面的似乎被她压碎在围裙里了。她是不是肺上的毛病又犯了？男人三两把套上背心裤衩。他晓得，女人压着咳，是怕惊了睡东屋的儿子。黎明觉是回笼觉，正是清气上浮浊气下沉的好时候，能在这时候睡着不起，是福呢。男人踮着脚尖往出走。一出门，那身靓蓝色西服悬在铁丝上，用衣架子撑着，风里悠悠地晃。

"你又把它浆洗了一遍？我没跟你说嘛？你的心思应放在你的身体上吗？"男人说。

"听见没？刚刚喜鹊子站在电杆上叫哩。"女人说。

"能不能穿还不一定哩，像前两回，不白费事了？"

"喜鹊叫，喜事到。好兆头哩"女人的笑在雾腾腾的水气后闪亮。

女人给男人一个持久的笑。那笑跟她的脸色一样，是从惨淡的白里硬挣出一丝猩红。男人靠着门框，夸张地吸了回鼻子，哧溜声很响。真香，男人说，你做的饭真香。女人就停下在大盆里搅拌的动作，隔了氤氲的水气，远远地冲他伸直筷子，要他快尝尝，别哈喇子流一锅。说着，两个人都笑了。女人看见了，男人笑得憔悴，两包眼泡虚浮地鼓胀。天在男人背后透出青冷。男人的蓬乱头发在晨曦里一跳一跳的。

男人知道，女人拌的是猪食。男人呢，就是想听听，那抹猩红在惨白里绽开的声音。

院子里，西南方向传来两声猪叫。男人说，你瞧瞧，连它们都掌握了时辰。男人扭头瞟了眼东屋，然后趿着拖鞋，蹀到当院的菜畦跟前。男人种菜有年头了，好像女人一进门，院子就绿肥红瘦地鲜活着了。所以，地是活地。头年秋天，男人就沤好了肥，靠着南墙，用泥包了粪，严严实实地裹着，男人谓之高温发酵，捂了一秋一冬。开春的时候，男人先把地翻一遍，然后把发过的粪一锹一锹地撒开，匀进菜地里，越匀越好。男人撒的时候会想起一种二合面的做法。有时候遇见不匀称的粪疙瘩，男人会张着两手掬过去，轻轻一搓，一股黑色粉末从掌间滑落，他的鼻子愉快地抽一抽，不臭不臭，沤好的肥有股土腥气呢。男人用心侍弄地，地也不亏他。到了这个季节，他的院子就好看了。黄瓜、豆荚、西葫芦、南瓜、萝卜、西红柿、茄子、小葱、卷心菜，绿的、黄的、紫的，长的、圆的、弯的，什么都不缺，什么都热闹。男人就着早晨的凉风，在菜畦间转了几圈，深深地吐纳了几口空气。他看到一只菜青蛾儿从萝卜缨子上飞起来，紧扇了几下翅，就忽悠忽悠地飘着，最后叮在一颗卷心菜上不动了。

女人敲着盆喂了猪，又咕咕咕地喂了鸡，这会儿该正经八百地给人做饭了，却又端着空盆过来了，在男人身后三五步停下来，"你说说，这么大片天，它咋单落咱房前喳喳喳地叫不迭？"

男人帮一株匍匐的豆荚搭了秋架，又给西红柿掐了回尖，今年风哨不大，西红柿看来要红得晚些。男人在菜地转着来回。秋苗子刺挠着他的光腿，他抓了抓，痒得泼烦。

女人没等到男人答话，愣愣地盯着铁丝上晃荡的蓝色西服，盯了会儿，蹑手蹑脚地回灶间做饭了，临进门，朝电线杆狠望了几眼。电线杆上，光秃秃地站着几个瓷坨子，死寂寂地没有任何声息。

男人端了碗在灶间吃饭的时候，儿子还没有起来，东屋不见一丝动静。

女人将两颗煮熟的鸡蛋扣在锅里重热了，对男人说："反正不误了 10 点就是了，10 点是巳时，好时辰。"

男人把碗托到嘴边，筷子极快地扒拉，目光从碗沿上跃过去，穿过门，到了院里，落在荡来荡去的西服身上，但没敢停留，只在上面扫了一下，就跟菜青蛾儿一样飞起来了，最后，在夏季清晨的空气里彻底失散了。

"你做的饭，就是好吃。"男人说。

"第一年，儿子差五分；第二回，只差两分；这一回，我娃肯定是大学生啦。你说是不是？"女人眼里冒着光，兀自喃喃不休："是与不是一会儿就知道啦，学校今儿放榜哩。让娃 10 点去，10 点是好时辰。"

男人一抹嘴，站起身出去，在檐下看了看一竿子高的太阳。今儿的天不很晴，混沌得像一碗杂碎汤。太阳也没睡醒，枯黄寡淡，好像汤里泡烂了一丸鸡蛋黄。男人在檐下观了会儿天象，就回屋换了劳动布衣裤，脚上是一双白球鞋，是儿子高三时穿过的。儿子脚大，给两只鞋各顶了个窟窿。儿子不穿了。男人觉得鞋还是好鞋，底子是橡胶的，脚板进去绵绵的，走惯了的地面好端端有了弹性，就叫女人把窟窿缝住，套自个儿脚上又两年了。男人的脚在地上跺了跺。白球鞋软软地做出些声响。男人很满意。他推车子的动作就很麻利。

自行车很破旧了，还是老早以前他给她的聘礼呢。去买车子时，两人一前一后地走，回来男人就执意让女人坐后边，男人推着走，那时他还不会骑。女人红着脸扭捏几回，还是坐上去了。他把她径直推进这个小院了。听着男人啪啪地拍打车座上的灰，女人的心怦怦地回应了几声。

女人说："就去钓？"

男人说："就去钓！"

男人将齐肩的大板锹倒立起来，晃了晃。一尺见方的锹头重重地往下坠。男人趁势在地上跺了跺，紧了紧木柄，然后将板锹夹在车后座上。男人推着车子出门的时候，听见女人一声惊呼。

"看，快看，喜鹊子！喜鹊叫，喜事到，喜鹊喜鹊你快叫呵，喳喳喳喳喳。"女人急得模仿起来。

但喜鹊不听她的诱导。男人顺着她所指，看见一只花喜鹊在很远的地方盘旋着，似乎越旋越近，却总不见落下来，也听不到它的一声叫。男人仰脖看了会儿，回头看一眼女人。女人雕塑样静默，脖子伸得很长，胳膊忘了往下放，就那么空架着一动不动地仰望。

旁边，咯吱咯吱的，那身西服还在铁丝上悬着晃。

村子紧傍着县城。男人骑着车子出村时，大照壁上鲜红的两个字在眼里亮了一霎，仿佛忽忽跳跃的火苗子。"待阳"，这村名儿好，透着一股朝气，让人心里亮堂。男人打了个呼哨，两脚使劲朝前蹬。

快到粮加厂了，车速明显降下来。这儿是个斜坡，斜得又不明显，是那种一点一点勒细呼吸的暗坡。等你一蹬一蹬地上去了，好像扎口绳突然抽走了，一布袋鼓囊囊的喘息才急着往出挣。男人一只手扶住车把，另一只手在心口抚了几回。

厂门前的这个坡，男人很熟悉。他是大前年从粮加厂下岗的。这之前，他顶替父亲在厂里干了十大几年。他每天要扛几百袋玉米、小麦，有时候是面粉。他是厂里的装卸工。厂里收购回来的粮食有一部分是通过他的肩膀入库的，等磨成了面粉、淀粉，有一部分又通过他的肩膀运走。这样，他们装卸工就被喊成了"骡子"。按这个说法，男人称得上是头好骡子，个儿不高，敦实，性子闷，不懂得藏奸耍滑。别人一趟扛两袋、三袋，他一定要扛四袋，即便夹泡尿也要扛个十来趟。一个工作日扛了四百九十六袋，这个装卸记录是他创下的，直到工厂倒闭也没人打破。所以女人说，男人干活不是卖力，是中了邪一样的卖命。男人呢，看着黑板上一路领先的小红旗，心里是热火的。搭在车槽上的木板每天被他踩得乐悠悠地响。

那时的厂子，真好！男人每每骑过斜坡，总不免生出些感慨。男人进厂的第二年，厂里召了批短工，大多是附近的农民，厂子忙不过来了，就来做个一月两月的，也不耽误农活，厂里呢，也不正经给钱，一月一袋面粉。女人是家里的老大，下边还有一个弟弟一个妹妹，女人就来厂里做活了。女人的爹把她的书包藏到了房梁上。女人的中学就没有念完。女人找啊找的，一抬眼找见了。梁上的书包探头探脑的，焦急地想下来呢。女人想了想却没弄下来。女人悄悄抹了泪，装作没瞅见。

男人那天扛了四百九十六袋面，把自己弄成了一个雪人，男人使劲捶着腰，另一只手伸出四个指头，嘴张了几回，话却说不上来。工友们把他架到面袋子上躺下，他才吐出来：四袋，再扛四袋……就凑整了。男人躺着，在面粉堆里就睡着了。等他拖着脚回家时，斜阳给他妆了层淡粉。厂子里没人了，但他在厂门口看见了女人。女人焦急地来回瞭睃，身旁有一袋面粉，是她一个月的收成，但她实在扛不动，托人给爹捎了话，却左等右等不见人影。男人知道，女人的村子就在附近，跟他却是两个方向。男人性子闷，没有多余的话，扛起来就走。女人呢，红着脸，低着头，一声不响地跟在他身后。男人乱蓬蓬的头发在前面一跳一跳的。暮色昏沉，一前一后的两人却越走越心明。

那时真好。很多时候，男人回想当年，四百九十六袋呢，男人拍着胸脯冲女人夸口。女人就亲一口怀里他们的儿子，笑吟吟地纠正他，四百九十七袋呢。

男人终于骑上了坡。过去的厂子完全不见了，现在这里闹哄哄的，是一排商店。有一家音像店成天没完没了的聒噪。男人一上坡，就看见过去的一个工友坐在马路牙子上，冲他笑。大板锹在他屁股底下压着。

工友说："迟了，大鱼叫我们钓走啦。"

男人边支车子边说："多大的鱼？"

工友嬉皮笑脸地在裤裆间比画着，"这么长。"

一伙男人哈哈地乐，他们的板锹横七竖八地在地上躺着。男人从车上卸下锹，加入到他们中间，也讪讪地笑。那笑刚拉开一条缝，忽地就关上了。男人虚着两只眼泡瞅了瞅寡日头，嘀咕了句：几点了？

一辆拉煤车轰隆隆地上了坡，马路上撒下一溜黑。就有一群半大小子扬着蛇皮袋冲过去了，惹得几辆道貌岸然的小车连声尖叫。尘嚣飞扬中，一只粉色塑料袋飘摇而起，在男人眼面前打了两个旋儿，最后嫁接到了一棵歪脖子柳树上，很像一场新时代的艳遇。男人无端地烦起来，他朝马路吐了口痰。

不知道从什么时候起，大坡这儿就聚拢了一伙男人，他们要么是附近的农民，要么是下岗工人，他们不分季节气候地蹲守在这里，逮啥活儿干啥活儿，装煤、卸面、搬家、扛包、运砖、拉砂、甚至掏厕，不管啥粗活儿笨活儿脏活儿累活儿，只要有人找，只要能贴补生活，他们都干。跟一般种地的农民不一样，跟外出走工的民工也不一样，他们留守着乡村，又紧拽住县城的脚后跟，他们自嘲为"钓鱼"。细想一下，还真有点像钓鱼呢。今天他们运气不好，还没有一条鱼上钩。

好在他们习惯了。很快，有个歪戴帽子的家伙摸出一副扑克牌。男人们轰一下抢开了位置。板锹被踢得叮当乱响。有人嚷，秃子，带晌午的饭敢不敢？怕球！于是乱糟糟地闹开了。

男人没有玩，他坐着自己的板锹，慢腾腾地掏出烟来点上。女人的肺不好，老咳嗽，他在家就不抽烟。

男人吸着烟，望着眼前的车流人海。街面不停地穿梭滚动。渐渐的，男人觉得日子就是一条河，鱼来鱼往的，各有各的来去，各有各的苦乐。不是吗？男人吐了一团烟絮，愈发烦躁，钓鱼钓鱼，自己他妈的又何尝不是一条鱼呢？

男人的烟还没有吸完，就听见有人喊，来了！

男人下意识地去抓屁股下的板锹，一抬头，见众人的眼都直了。马路上的女人穿得露，两坨白肉撑得眩目。秃子很响地一甩牌，炸弹！男人们一阵哄笑。

目送白肉远去，男人脑子里冒出个一年四季系围裙的身影。

女人原本好水色，跟了他以后，过得粗糙，水就慢慢浑了，后来又添了肺炎，脸上就青里掺着白，墙皮一样揪心。男人看着心痛，就拼命做活。做上营生，心里似乎能平展一些。男人嫌女人过分节俭，过年都不舍得做身衣裳。男人就问，你把钱看得咋恁重？恁重了还活个啥人？男人问了一次不行，就又问一次。问到说不清第几次，女人动了心。女人从炕席子底下摸出钥匙，柜子里抱出梳头匣子，打开了，取出一扎钱，从橡皮筋里抽出一叠，想一想，放回去几张。扯身褂子用不了几个钱的，是不是？女人说着又放回去几张。女人终于蘸着唾沫数开钱了，一五一十，十五二十，二十五三十，女人数到五十的时候手就开始抖开了，嗓音也颤颤地走了调：他爸，真的要花吗？女人盯着男人，不安地问。男人说，花！咋不花？活着不花多会儿花？女人说，可是……可是……

女人祈求式的问话到底没能奏效，跟男人一道进了县城。转来转去的，女人最后选中一块蓝布。女人说，蓝格莹莹的，是不是？男人说，是。女人说，好看又不贵，是不是？男人说，是。女人就把布料往男人身上一搭，往后一趔身，嘴里啧啧响着，就它了就它了，再不转啦。男人像是叫布料压着了，惊叫一声，啥？我不要我不要，说是给你买嘛。男人很着急，没把住嗓门儿，声音很大。女人就掐一下男人手心，瞅瞅四周，笑着说，急啥吗？我又不是给你买。

男人就有点搞不清了，手摸着布料，那一片蓝深邃得模糊。

女人也摸着布料，不住地感叹："做身西装肯定好看，是吧？穿上西装就是精神，是吧？你看城里人，你看电视上，你看人家文化人，都要穿西装的，是吧？"

男人说："咱不是文化人，咱是下岗工人呀。"

女人说："我做梦都要做个文化人呢，真的，我爹藏了书包也不行。真的，咱就要扯它一身蓝莹莹的西装，格正正的穿一回。真的。"

女人说着话，眼里白亮亮的，鼻子也发齉。男人就没有再反对。

女人回家时，步子轻快了许多，声音也喜鹊似的清脆。女人说："我一回家就去找裁缝，找最好的裁缝，我要给人家最高的工钱，再给人家提一篮子鸡蛋，鸡蛋肯定白给不了，是不是？人家能白吃你的鸡蛋？人家肯定会特别用心地给你做西装，是不是？送鸡蛋和不送鸡蛋做出来的西装肯定不一样，是不是？"

女人说："等西装一出来，你看吧，肯定是展挂挂地袭人，前头看了，后头看，肯定一点毛病没有。然后，你猜我咋着？我咋着？我把它锁起来！锁进柜子里，谁看也不行，谁也不能往出拿。我等着！直到，直到……娃考上大学。"

女人说："娃成了大学生，我啪啦一下就开了锁，哗啦一下就给娃穿身上了。娃穿上蓝西装，要多洋有多洋，要多文化有多文化。我领上娃，娃穿上西装，咱全家相跟上，绕村走一遭，再到县城走一遭，然后，咱送娃去大学，送一程再一程，娃不让咱送啦，咱站得高高地瞭，瞭娃的蓝西装慢慢儿远去啦，慢慢儿看不见啦。娃呢，娃还要去坐汽车呢、坐火车呢、坐轮船呢，说不定还要坐飞机呢……"

女人说这话时，他们的儿子正念高三。念得用功，却没有考上。女人的西装就没机会拿出来，悄没声儿地在柜子里待了一年。儿子复读了一年。女人将西装取出来，洗了洗，浆了浆，晒了晒，熨了熨。西装在柜子里又沉默了一年。儿子第二回落榜，让女人有点吃不消，结结实实生了场病。趁儿子和男人不在家，女人一声接一声地咳嗽，一回又一回地蹑到柜子跟前，女人迟迟打不开它，捂心口上的手不由地发摆子，左一摆右一摆，左一摆右一摆，女人用另一只手抽了它一下，叫你不争气！叫你不争气！女人的手背红了。柜子打开了。女人盯着蓝西装愣神儿。

蓝西装孤零零地吊在衣柜里，空空的，瘪瘪的，垂头丧气的样子。女人看得心焦，目光渐渐烫起来，来回抚摸西装的胸襟、肩膀。

女人说，你别这个样子好不好？你得挺起胸、直起腰来好不好？你得做出文化人的样儿来好不好？渐渐的，女人的目光把西服撑鼓了。好像真有只手从袖筒子里伸出来了；好像真有个身子在西服里憋着气使劲呢。女人对着西服，说了一后晌话。

儿子呢，第三回补学就有点不乐意了。要知道补学费一年比一年贵了。女人就问男人，你说娃补还是不补？男人看着院里鹅黄的菜花，补就补。女人说，你受苦受得我心疼。男人就浅笑了声，不补就不补，我无所谓的，真的。你这叫什么话？男人的话让女人不满意了，女人手里的锅铲子就嚓嚓嚓地暴躁起来，本来问你话就是说给儿子听的，你当爹的咋能这样，这样像当爹说的话吗？男人眼泡虚眯，小心翼翼地瞅着女人脸色：要再考不住呢？考住才活人？考不住就不活人啦？女人愣了一下，然后就埋头不吭声，手里的铲子舞弄出了气势，好一阵儿冒出一句，我再洗！再浆！再熨！说话就有泪蛋子滚到了锅里。

儿子没办法，就下死力读，东屋的灯一着就是半夜。接连几次摸底考试都不错。女人这回也信心十足。不等分数下来，就早早浆洗了西装。或许她还嫌迟呢。

男人吸着第二根烟的时候，有鱼咬钩了。

男人的眼似两把凿子，在那人的西装上琢过来琢过去。从来人的步态上，男人就判定这是个有钱的主儿。这样的人走路不看脚底，看天上。这样的人也往往很难缠，抠门，会一点一点地还价，把鱼饵一点一点地啃小。男人们不玩牌了，等着西装客开口。

"一车厢炭，盘回家八十，干不？"西装说。

"八十？"男人们倒吸一口气，四下里散去，又不是真的走散，不远不近地撒开。

"卸一车棉花八十也不干。""就是，没听过这样的价。""东风

220

一百五十三？一车咋着也装二十吨。""就是，一吨十块不过分。"

西装听着话，不作声，似乎比他们都能沉住气。

男人使劲咽了口唾沫，他今天明显地心浮气躁，说不清为啥。男人小声嘀咕，几点了现在？说着就扭转头，瞟了眼遥远的寡日头。现在，那粒蛋黄彻底泡散了，已看不出完整的轮廓了，只在一座奇怪的建筑上空映出雾蒙蒙的一片枯色。那建筑是新建的钟塔，上面有一个巨大的表盘。男人盯了一眼，离得太远，看不清几点。他把烟屁股朝那个方向使劲扔去，"妈的，不想了，大不了再置办柄新板锹嘛。"

"你心里有事，是不是？"西装朝他笑笑，"一上午就干完啦。"

"打牌打牌。"秃子嚷起来，男人们又做起玩牌的样子。

"我一个钓鱼的，能有什么事？"男人看起来很急躁，他问西装，"现在几点了？"

西装没有接他的话，"我出一百。"西装朝他笑着。

"二百。"男人还没赶上开口，一旁的秃子甩了牌嚷，"少了二百不干。"

"一百二。"

"二百。"秃子一脸愠色，"少了二百不干。"

男人瞅一眼秃子，又瞥了回那人，他的手不停地上下摸索锹把。他一下子发觉，那人忽然就不吭声了，从衣兜里捏出根牙签来，不紧不慢地剔起了牙。男人盯着那一嘴碎牙，脱口而出："一百八。"男人说得急，嗓子哑了，"一百八行了吧，少了一百八不干。"

男人说着话又瞟了眼秃子，他看见秃子腾地拽了帽子，亮出通红的一颗秃头来，上面有块疤愤愤地跳着。男人赶紧扭过脸。那人呢？男人发现，那人还在眯着眼剔牙，左边剔了右边剔，剔得舒服，剔得从容，看样子，好像要把满嘴牙一粒一粒地剔个遍。

男人实在等不及了，"一百五，一百五行不行？再少就不会干

221

啦，这么多人一分，就没得啦。"男人的声音有了哭腔。

秃子他们一下子炸了锅，从地上蹦起来。显然，男人这次的鱼钓得很不成功，而且还坏了他们的行情。他们的眼神都直直地劈过来，比手中的板锹还利落。

男人跟着西装走的时候，听到四下里一片咝咝的声音。他走了几步又停下来，对他们说，走啊，走啊，还等啥呢？冷气从男人们牙缝里咝咝地吹出来，他们正生男人的气呢，看着一条又肥又大的鱼，只眨了下眼，就成了那么小那么瘦那么不经咬的可怜东西，他们能不气吗？不但气，那气还源源不断地从身体里生出来呢，那气走到胸口，胸脯就呼呼地鼓胀，路过眼窝，眼珠就红红地冒光，最后从牙缝里出来，就蛇芯子一样分了叉。男人在灰黄的天底下愣着，打了个寒噤。男人的声音发颤：走吧，一车呢，一个人不得天黑？

喊！男人们纷纷坐下，叫嚷着重新打牌。男人清晰地听到过去的工友骂了声：骡子。男人的血噌一下涌上来，涨紫了面目。西装等得不耐烦了，睨着男人问，到底走不走？男人的眼前闪过了穿了蓝西装急走在山道上去看榜的儿子的身影，男人咬着牙，走！一个人抗起锹去了。

"吃独食，我是不是有些卑鄙？"男人对自己说。男人知道，秃子一伙人中，至少有一两个人的家境和自己差不多。

男人走到那车炭跟前才暗吸了一口气。几人高的炭块黑压压的昂着，男人仰望一眼，朝手心里啐一口，准备豁出去干他个黑天洞地。就听得身后叮哐地锹响。回头见秃子领着三五个人过来了，那个工友也在里边。男人心头一震，就有一股热流哗啦啦地暖遍了全身。男人的眼有点模糊，什么也说不出，就朝他们笑了笑。

秃子他们也朝男人笑了笑，笑得诡谲，然后纷纷掏出烟来点上。烟絮一团一团地漾起来，这样，他们嘻哈的脸在烟雾后面显得灰蒙蒙的。秃子将板锹啪地一甩，一屁股坐下，夸张地张大嘴，仰天吐了口烟：哈！瞅着一车炭纳凉，真他妈泻火啊！

男人一下就怔忡了，好像嗞啦一下子，热腾腾的心在冰水里淬了回火。他们竟然是来看他好看的，看他咋样被一车炭搞出丑的。男人在数伏天又打了个寒噤。在他们的哄笑里，男人开始往车上爬，哼哼，我就不信！男人给自己鼓劲，我就不信！但很明显，男人干得窝火，干得憋气，因为炭卸到地上还不算，他必须给人盘回家，码在院墙根儿，这样，男人就得一趟趟地攀上爬下。东家对他的进度有了意见，说，这样子不行你知不知道？车是借单位的你知不知道？单位的车都很忙你知不知道？男人就加快动作，喘口气说，知道，我一天扛过四百九十六袋面的你知不知道？

不知谁打了个很亮的呼哨。男人朝秃子他们瞪了一眼。

秃子四仰八叉地躺下了，没头没脑地唱了句：把你的小脸扭过来呀小亲圪蛋……男人们齐声哄笑。男人觉得秃子过分了，再怎么也是一搭钓鱼的不是？也是一块地界里谋饭吃的不是？男人想着，又表现得不很在乎，漫不经心地弯下腰，去搬车轱辘那儿的一块炭，就听见了谁的一声尖叫。一块磨盘一样的炭朝男人脑门砸了下来。男人觉得天黑了一下。他伸起手，想把那层黑揭过去。倏忽就见一片红光从掌心升起，又嘀嗒嘀嗒地从指缝间落下。男人听见远处的大钟当当地响起来，数到十下的时候，男人说了句真他妈准，就一头栽倒了。

有那么几十秒的空隙，这帮钓鱼的人没有反应过来。后来他们说起这事，就抱怨男人倒得太快。秃子他们扑过去的时候嚷着，完了完了，他们看到怵目的红正从男人额头蔓下来，像带刺的一丛杂草。秃子他们抬起男人就跑。

男人这时候却醒了，硬挣着下来。男人推开他们，抓了撮黄土敷在脑门上，然后一把扯掉褂子，光膀子拎起板锹，极利落地跳上了

223

车。男人的疯狂令他们震骇。他们看到，男人光着半个身子，顶着血葫芦的脑袋，高高地站在车顶上，飞快地抡着板锹。抡一下，就有炭隆隆地跌下来，男人就高亢地喊一声。抡一下，男人就喊一声。男人喊啥呢？男人翻来覆去喊得就一句话：我就不信！我就不信！我就不信！

实在看不下去了，妈的。秃子骂了句脏话，就上了车顶。剩下的钓鱼者们没有说话，也上了车顶。这样，所有的板锹都快活起来，是惬意的鼓噪。男人听着这种激昂的声音，心就重新热腾起来。他直起腰，看了看远处。血仍在头上蔓延，湮没了他的一只眼。他视线里多了层透明的洋红。于是，他看到的日头恍惚变得矫健了。男人就忍不住嗷地号了一声。血红的天颤悠了一雯，就有一片靛蓝摇曳着朝他走来。虽蓝得模糊，却海一样深邃。

红　云

　　大款老新最近饱受困惑。他跟朋友说，有一种东西，你说不准喜欢还是不喜欢，它总来找你，它找到你，你还是说不准喜欢不喜欢。老新说这话时敲着脑门：在这里，它总来这里，它总能找到这里。朋友问他究竟是什么东西？他说是一朵红云。

　　红云？

　　对，我被一朵红色的云追逐！老新说。

　　朋友觉得老新这家伙真有意思。后来老新不厌其烦地讲述了一个故事。老实说，这是个非常美的故事，但朋友认为不过是个春梦而已。老新说他之所以想起这个二十五年前的故事，是因为那天他家保姆清理箱底，不小心打碎了一只花瓶。朋友问他怎么回事？是不是看上去很老实的那个保姆？还有那花瓶是否名贵？老新说就是那个保姆，因为老实才在他家干了十年，至于花瓶嘛，一文不值。但它里面盛的花椒撒了一地。老新说就是那些花椒让他脑子里飘满红云，他回忆了好几个晚上，想起了刚才讲的故事。朋友笑着说，兄弟你真不容

225

易，二十五年前的事情还能记起来，你真的应该奖励人家保姆。老新气愤地说：奖励？这个蠢女人打碎了东西，我还会给她奖励？我让她连夜滚蛋啦。

朋友回忆，那天分手时老新说了最后一句话：我要去找！

老新没有浪费一点时间，当天就开着他的越野车走了。

后来，很多人听说了那则"红云"的故事。

故事背景以移动的山区风情展开。太行山腹地一条狭长的山道上，一头灰色毛驴拉着破旧的胶轮车，轱辘轴因缺乏润滑而吱嘎作响。山区男子的老年从四十岁开始，从他们的面相你无法判断出准确的年龄。驾车的就是这样一位头系羊肚巾嘴叼旱烟锅的老汉。山沟风大，车里的姑娘罩着红头巾，两边脸蛋各有一片圆形的彤红。她枕着一条破旧的麻袋，嘴里无聊地衔着一根狗尾草，半躺着看云飘荡，看山缓慢地后移。戴白线手套的小青年无奈地站在山道边，看到的就是这样一幅夏日景象。他就是二十五年前的老新，那时候人们都叫他小新。小新看见一辆毛驴车踢踏而来，那山里女孩忽然坐起来，惊奇地指着他这边喊：大，大，那是啥？

她的父亲喝住毛驴，用眼神制止了女孩的大惊小怪。小新听见老汉临下毛驴车小声吩咐：傻妮子，小心外面人笑话。小新摘了油腻的手套，掏出烟迎上去。老汉客气地晃了晃烟锅，一种莫名的开心挂在脸上：后生咋啦，抛锚啦？

对，抛锚了，抛锚了。老汉会说新潮词，小新心里笑着。小新殷勤地把烟别在老汉耳朵上，好像这样他的车就能修好。小新在山道上等了一个多小时，尽管他知道山沟里不可能等到一位修车师傅。小新眨着眼对毛驴车上的女孩嚷，这是汽车，是我开的汽车。

这东西几年前我就见过，老解放，没错，是老解放。老汉驼背操手，踢着汽车轮胎。你咋开到了山沟里？你把式不咋地。

我看见一只兔子。小新辩解着。是兔子把我引到了这里。小新说，我很快就会修好的。

事实上这是小新第一次单独出车。他因此一路兴奋，送完厂里的货就拐上了另一条岔道，他不想这么早就回去交车，他看见路旁的人羡慕又惊骇地躲他，他觉得威风极了。当然，此前修车是师傅的事，他给师傅递过扳手之类。

我只是奇怪那只兔子。小新也踢了踢轮胎。我以前没见过这么狡猾的兔子，但修车我在行，我们厂有很多老解放就是我修好的。小新说着看了一眼西边山顶上的太阳，我很快就会修好的，用不了多长时间的。

你下来！你下来！老汉忽然叫起来。女孩趁他们不注意爬到了车斗里。

不！我要坐汽车。

你下来！傻妮子你下来！

不！我要坐汽车。

事实上小新那天是在老汉家里过的夜。小新不可能那么快修好车，他一整晚都在翻来覆去地回忆师傅修车时的情景。

我追兔子时摔了一跤，我的胳膊使不上劲了。小新甩着胳膊，好像在解释车一时修不好的原因。这时他们三人都坐在毛驴车上。小新看着趴在远处的汽车，他甩着胳膊说，我只能在你们那歇一晚上，天一亮就走。

你不能那么快就走。女孩忽然说。她在小新上来后一直害羞地窝在老汉一侧，女孩说，我要坐汽车。

事实上小新第二天没有走，第三天也没有走。通过这两天，小新熟悉了很多他以前没注意的汽车部件，当然也没熟悉到会维修的程度。通过这两天，小新已对这个盛产花椒的山沟比较了解了，七户，二十四口人，五个光棍；对老汉和女孩也比较了解了，老汉五十四岁，女孩十六岁，女孩四岁头上，老汉的女人跟着小货郎跑了。

大致情形就是这样，我不怨人。老汉在煤油灯上就着烟锅，我不怨人，咱这儿穷，外面好，外面肯定好。

那她也不说回来看看我，女孩抱着一只黑猫，托着腮，偎在炕上，看着豆星大的灯光，她一次也没回来看过我，她不好，外面再好她也不好。

莫这说你妈，你长大就知道了。老汉紧吧嗒几口烟，烟雾缭绕。你长大就知道了，女大不由身。

小新这两天胃口不好，他觉得莜面很好吃，就是吃下去肚子胀还吐酸水。小新趴在炕上暖胃，不大理解老汉对女人的宽容。他想知道关于小货郎与女人的一些细节，但总觉问不出口。他趴在炕上，转着眼瞅屋里的家当。水瓮旁有一块压风箱的青石板，青石板上的一只花瓶吸引了他。它窄口广肚，扭着腰身，造型与色彩显然跟小屋的格调不符。

那是她嫁我时，我们在县城里买的。老汉看小新对花瓶感兴趣，就主动解释：她也是这沟里长大的，我说结婚了咱得添置点家什，哪怕就一件哩。我们就相跟了进城。我跟她都是第一次进城。那时候，我们这里进城要走一百来里路才能等过路的拖拉机，要么就继续走，到川里亲戚家借牲灵骑也行，但我们没有，牲灵也是嘴，人情也是钱，我们想，省点是点，我们就一直走，到了县城天就黑了，我们说黑也是县城，咱歇一歇就逛吧。县城里街上没有灯，店铺也关门了，可是路平，铺子关了我们就一家一家猜，这家是卖啥的，那家是卖啥的，走一走歇一歇，吃些干粮，来回转了十几遍，后来歇下刚迷糊着，天就亮了。铺子开了我们就能买了，可是买啥呢？我说就给你买件衣裳，要不头巾。她说不行。她说那些咱的不好可也有，要买咱就买咱没有的没见过的。没见过的东西太多了，绕来绕去，半上午了，我们还要往回走呢，就有点着急，最后看见了这个花瓶，我们就不着急了。我们都说，就它。她说，我们买回去摘些山丹花，山丹花谢了我们摘些花椒花，花椒花谢了我们摘些腊梅花，我们家一年到头就会花簇簇的。我说就是就是，我们家花簇簇的……娃四岁了，她跟人走了。

小新趴炕上听着老汉的絮叨，他想不起师傅修车的任何细节。油灯昏黄，那只极普通的花瓶放着蓝紫色的幽光，屋子外面有青蛙和蟋蟀的聒鸣。

小新回头看，女孩已偎着棉被睡着了，眼角湿漉漉的。那只黑猫却没睡着。

老汉说，还是外面好，外面肯定好。

第二天老汉早早驾着毛驴车出去了。他要去三十里以外找技术站的老刘，他说老刘在部队就是修车好把式。小新说，你去吧，把式好不好我一看就知道。老汉吩咐女孩一些要注意的事情。女孩说，快去吧，我还等着坐汽车呢。

这一天上午小新和女孩过得很愉快。小新没有肚子疼。女孩出来进去都哼着歌。小新和女孩有说不完的话。小新第一次发觉自己有不错的口才和见识，他的话题涉及电灯电话、楼上楼下、工厂食堂、澡堂粮行、排队买菜、凭证购货……这些信口开河的话从小新嘴里说出来，在女孩那里变成了一个个奇幻的花瓶，花瓶万紫千红，异彩纷呈。最后，女孩一句话也不说了，一个人坐在门外面看山，愣神。

小新是个嘴上没毛的人，小新是个没心没肺的人，小新是个屋里坐不住的人，他一个人在炕上躺了会儿，觉出了寂静，就趿着鞋到了女孩跟前。他说，嗨，你们这里真没劲。

女孩没看她，也没说话。

小新看到不远处有只裂口的碌碡，就站在上面四处瞭望。小新又在附近走了两圈，觉得没劲，就一个人走到山梁上，把一些无足轻重的石头踢开、挪开、举起来向低处扔，小新出了点力气，觉得好受一些了，他把手围在嘴边喊：哎嗨……你……们……这……里……真……没……劲……

小新后来回到女孩家时没看见女孩。他无事可做，把一直冲他叫的黑猫踢开，就又去外面溜达，他在一片花椒林前发现了女孩。女孩在灿烂如火的花椒林前抽泣。

这真是瑰丽壮观的景象，小新被看不到头的花椒林震住了。这片林子在峡谷里，小新的视角呈俯视状，他站在山崖边，他看不到树身，看不到树的枝杈，他能看见的就是绵延到天际的一条河，一条色彩斑斓的河，绿色的树叶、红黄的碎花，还有一种说不出来的奇异景象让小新目瞪口呆：花椒林的上空泛着梦幻般透明的红色，壮观的红色云海在地平线之下翻腾。小新一下子安静下来。

一直到吃午饭小新再没说一句话。

倒是女孩开了口，她小心翼翼地问，你说的都是真的吗？

什么？小新拉回思绪，说，你说什么是真的？

就你上午说的那些话。

哦……是的，是真的。

女孩沉默不语，咬着嘴唇，看着小新把饭吃完，最后猛然说：我想去看看。

什么？哦……看就看呗。

真的！女孩眼里亮了一下，你不用担心，我看看就回来。

你说什么？小新听出了不一样，他问，你说什么看看就回来？你不会是要我带你走吧？

就是。女孩低低地说，我看看就回来。

不知为什么小新忽然脸红了一下，小新是个没心没肺的小青年，但不知为什么那时候他忽然想到了小货郎。

不行！绝对不行！我可不是什么小货郎。小新说。

屋子里静寂片刻，小新忽然发现那只花瓶不见了。那块青石板上面空空的。

女孩这时候做了个出人意料的动作，她贴过来极快地在小新脑门上亲了一下，说，这回总行了吧。

小新一时发懵。

妈妈说这样会怀上小孩子的。女孩低头啜泣，但我不会给你添麻烦的，我去看看外面就回来，我不能把我大扔下的。

小新说不出话来，小新知道那样不会怀孕，怀孕是很复杂的过程，小新知道。可是那一刻小新不说话，没心没肺的小新忽然发觉女孩那样可爱。此前他根本没认真看过她一眼。他看着这个愿意为他怀孕的女孩，他忍不住握住女孩的手。女孩的手冰凉，女孩的眼神是痛苦和渴望的混合，复杂而清澈。小新奇怪地联想到了一望无际的花椒林。

半下午老汉带着老刘回来了，老刘真是修车的好把式，他爬到小新的车底下，没费多大劲就弄妥了，车子又轰鸣开了。小问题，老刘疑惑地拍着身上的土，新手吧？只有新手才不会修这样的毛病。小新没说话，在整个下午小新一直不爱说话。小新像变了个人。

傻妮子呢？看得出老汉也挺高兴，她大声召唤闺女，他说，傻妮子你不是要坐汽车吗？你快来坐呀。

女孩躲着不过来。回了老汉家，女孩也躲躲闪闪地，她一个人坐角落里发愣，不时打量兴致勃勃的老汉。

小新在这个夜晚辗转反侧，夜静更深，小新听到女孩在炕的另一头悄声哭泣。

外面传来一两声猫叫。

天快亮的时候，小新听到了咕咕的鸟鸣，几声压抑而急切的鸟鸣，这是信号，小新赶紧悄声起来，穿戴好。他听见老汉和老刘比赛似地打着呼噜，他们昨晚喝了太多的酒。小新在炕沿上留了一叠钱，想了想，在烟盒纸背面留下了他的地址。

小新蹑手蹑脚地开门出去后吃了一惊，抱着小布包袱的女孩从头到脚一身红。女孩问，好看吗？我妈结婚穿过的。

小新没有说话。

到了昨晚就设置好方向的汽车跟前。女孩猛地跪下，朝她家的方向磕了三个头，然后麻利地钻进了副驾室。小新发动车了。他说，天快亮了，你去车后面，看看冒不冒烟，我们快走。

女孩去了车后，小新发动着车猛踩油门，轰隆隆地逃了。

小新听到了女孩的哭喊，小新从镜子里看到女孩边哭边撵，尘埃飞扬中，小新看到一朵飘荡的红云。

小新流着泪猛踩油门。他看见红色的影子不断从小径穿出、闪现。

小新猛踩油门。渐渐的，小新看不见女孩红色的身影了。老解放驶出了大山，驶上了国道，一路呼啸，但一片红色的云始终在小新后面追随。

女孩最终没有坐过小新的汽车，女孩的包袱拉在了小新车上，小新回到省城后一直没有勇气打开，他把它搁在集体宿舍的柜顶。他们很快发现，他们的屋子散发一种令人迷醉的奇异气息，有一天，他们终于找到了包袱，他们逼迫小新打开。

包袱里是一只普通的花瓶。花瓶里盛满了新鲜的花椒，那颜色是触目惊心的红。

小新不明白女孩为什么要带着花瓶，并且灌满花椒？小新想，也许只是女孩对于"乡村"与"外面"的一种简单的合成。

小新后来常常凝视着花瓶，嗅着那种迷醉的气息，想起那天下午他握着女孩的手，他说，你真的只是想去外面看看，然后回来？女孩肯定地说，是！我不会丢下我大的。小新说，可是，你亲了我，你怀上小孩子呢，怎么办？女孩想了想，小心地说，我跟孩子在这里等你可不可以？十年后我再嫁人可不可以？

小新不再没心没肺，小新对生活和工作认真起来，谁都知道小新是他们厂最好的司机。小新慢慢成了老新，老新这些年经历了结婚、下岗、经商、迁居等等事情，可是老新一直是个认真的人。

这就是老新的故事，老新出事后许多人觉得不可思议，这怎么可能呢？老新出事就因一朵虚无缥缈的红云吗？

有一段时间老新的朋友怀着强烈的解密心思，往返与城市与山村、公安局的卷宗与调查中，朋友的目的只有一个，弄清老新出事的原委。他曾在花椒林前驻足，他看到的花椒林反射着强烈的白光，而非传说的红。他越来越感到，人的生命影射着各种诡谲色彩。

朋友对老新的出事解释如下：

老新开着他的越野车，凭着一朵红云的踪迹，也凭着多年司机的良好记忆，他真的又找到了那个盛产花椒的山村。二十五年后，他又来到了这里。这个过程一点悬念都没有。

那是个下雨的黄昏，老新的车出现在青苔与蘑菇长满路旁的山道上，老新发现山区修路了，路平了，宽了，即便是老解放那种消失了的车也能直接开进山村了。老新凭着记忆把车开到了那座房子跟前，在离那儿五十米的地方他下了车(这是公安局卷宗里的数字)。

老新向雨中那黑色的老房子走去。

走进房子的一瞬，他肯定了他的判断力，这里就是当年女孩的家，屋里的陈设几乎没变。炕沿上坐着一个十三四岁的女孩子，眉眼清秀，脸蛋上有两片彤红，老新看见女孩子后几乎要叫出来了，她几乎就是当年的女孩。

"你妈妈呢？"老新带着喜悦的颤音问。

"不在。"女孩的腿在炕沿下面晃荡着。

"你外公呢？"

"我没有外公。我外公早死了，你是谁？"

"我是……你妈妈的朋友吧。"

"你是城里的吗？"

"是，我从城里来，二十五年前……哦，你喊爸爸妈妈回来好吗？"

"你从城里开车来吗？"

"嗯……这不重要，孩子，我想见你妈妈。当然还有爸爸。我给你们带了礼物，你瞧！还有一点点钱，这个不应该跟你说的，孩子，我想说叔叔没有恶意，叔叔是你妈妈的朋友……"

女孩子盯着老新手里的饼干一眨不眨。老新就递了过去。女孩不好意思地笑了一下，接过去问她可以吃一点吗？老新笑笑说，当然可以孩子，就是给你买的。老新现在和女孩都坐在了炕沿上，老新看着女孩小心地撕开包装，小心地吃，老新摸着炕沿，摸着炕头，探出手摸炕里边，老新还看见了风箱上那块古老的青石板。吃饼干的小女孩这时听见老新独自喃喃：如果不是花瓶打碎了，我今天一定会带过来的，让它二十五年后重温过去。老新感叹着，时间真是奇妙啊！

外边雨声中有一两声猫叫。

"孩子，你可以慢慢吃，现在，去喊爸爸妈妈好吗？"

"我没有爸爸。"女孩舔着手指说："妈妈去外面了，她在城里打工。只过年那几天才回来看我。"

小女孩吃过饼干后，显然热乎了许多。她说，我想妈妈，我拿相册给你看。

就这样，老新坐着二十五年前他坐过的炕沿，一页一页翻相册，他想，一个家庭的故事其实就是一个女人的衰老过程。小女孩坐炕沿上晃荡腿，听到老新忽然尖叫了一声。

然后小女孩看见老新扇了自己一耳光。在那天下雨的黄昏，老新慌张地逃出门外。小女孩看到他脸色苍白。

老新一路踉跄，走出几步，听见女孩在身后喊：

"我能坐坐你的汽车吗？"

老新逃一样奔向越野车，老新在那里站住了。他犹豫了一下，又返回来。女孩倚着门框，奇怪地看着他涕泪交加的脸："我能坐坐你的汽车吗？"

老新蹲下来，抱了女孩一会儿，然后在女孩额头上亲了一下。女孩听见老新肯定地说："不可以的，孩子。"

女孩看见身材敦实的叔叔走过积雨斑驳的山路，女孩看见那人的背影晃了一下。女孩站在一块裂口的碌磙上，看见他晃了一下就奇异地消失了。"就是这样，一下子就不见了。"女孩站在碌磙上，跟怀里的一只黑猫说。

在公安局的卷宗上能看到这样的描述：白色越野车停在一座废弃的老房子前五十米的地方。人失踪了。

老新奇怪地消失了。

"老新就是这么失踪的。"老新的朋友一直坚持这么讲。他找到了那只摔碎的花瓶，重新粘好，放在一块青石板上。

老新的朋友神经质地在意起生活中的每一个细节，他越来越感觉人的生命充满了诡谲色彩。一些熟视无睹的事物、一些遗忘的过去，是否是生命中忽略的嬗变因子？似乎正悄然蓄势于未知的将来？

老新的朋友试图在茫茫人海中，找到在老新家干了十年保姆的那位母亲，结果没有成功。

房 客

1

说着话，太阳从粉色云层后面探出头来。泼在院里的水很快腾起缕缕白烟。空气中毛茸茸的东西流淌着，她感觉到周围布满了火红的棉絮。伍家小院的青石甬道上，卷毛黑狗敷衍了一下她的呵斥。它的舌头耷拉得很长。临街的南墙头上，那只擅于挑衅的大红公鸡飞走了。甬道那头，透过房檐前由豆荚、西葫芦、南瓜组成的天然凉棚，一明两暗的三间正房岿然依旧。依稀可见一排隐约的猫头滴水和斑驳的排椽插飞。摆在荫凉里的石桌上，白瓷海碗有一明显的豁口。她用它喝了多年的大碗茶，不舍得扔掉。

"记住我的话了吗？"她又叮嘱了一遍，"你爹很快就回来了。"

男孩儿想把汽车模型的轱辘安上去，他觉得拆的时候十分简单。

"你为啥不直接跟他说？他应该听你的话呀。"男孩子说，"这回他不能走了呀。"

站在阳光底下，她显得神态安详，乳房看上去依然饱满。今天她穿了一件粉红色衬衣。本来她已试了那件粉色套裙，但她站在中堂东屋的窗花跟前，仔细回想了一下多年前走进伍家院子的情景。那个晌午的光线很硬，她的粉色衬衣尤显炫目。所以最后，她把套裙脱了下来，又从箱子下面翻出了这件粉色衬衣。现在她走到荫凉下面，坐在一只石凳上看他玩汽车。

小男孩认为轱辘已安好了，一松手它们又掉了下来。他嫌天气太热。

"住在这儿有什么好呢，连车也坐不上。"小男孩说："你坐过车吗？"

"当然，我坐过火车，坐过两天一夜。"

临近晌午，天越发热了。西厢房上空竖起一根炊烟，如同野外随处可见的冲天杨。她好像嗅到了远处的黄土气息，还有老式火车呛鼻子的煤烟味道。她忽然站了起来，她记起还没有淘米。而时辰已经不早了。各种声音层出不穷。黑狗和红公鸡又吵闹起来，黑色和五彩的毛在阳光下飞舞。一群母鸡安详地在当院觅食。从西南方向传来咩咩的尖叫，接着是咴咴的驴鸣，那里搭有专门的羊栏、猪圈，还有马厩。隔不了几天，男人就会为牲畜们垫一次黄土，既攒肥又卫生。现在，男人在做什么？她两眼虚眯，双耳竖立。嚓唏，嚓唏，男人正在东厢房铡秸秆。男人常常整宿整宿地铡秸秆。靠窗台一溜，铡好的秆子码垛得整整齐齐。男人是仔细人，每次用完农具，都用柴草擦得锃亮，吊在东房檐下。她好像看到小个子男人站在东房檐下，一下一下地摆弄一柄锄头。那一溜农具被弄得叮当乱响。男人做这些事情的时候，她一直听到有人在某个角落说话。

"听到了吗？你好好听。"她捉住小男孩的手，不让他发出别的声音。

男孩子的手有点疼，他摇摇头，忽然说："火车来了，我能觉着地在动。"

于是她又走到阳光下面。

他打算放弃那只损坏的玩具了，这时候闻到一股清香。她坐到了他对面，把碗筷推过来。米粒很白，上面散着碧绿的黄瓜丝。她趴在桌沿，两只手托着脸，手上的黑蹭到了略显苍白的脸上。男孩儿看到，她的眼底渐渐升起薄薄的白雾。他一直搞不懂妈妈守着空旷小院的原因。

吃饭的时候院子里的阳光灿烂依旧。

整个晌午时光，她都保持着这种姿势。那件粉红衬衣样式有点过时，但熨得平展，上面的针脚看起来还不错。男孩儿后来被头顶的一只南瓜花吸引住了。它金黄的花萼像一只唢呐。院子里，褐色鸡群徜徉而过。她脸上始终是聆听的神情。

男孩儿睡起来，开始寻找丢弃的汽车模型时，没有看见妈妈。男孩儿焦急地喊了几声。他注意到了挂在铁丝上的一排衣裳。它们全部是耀眼的粉红色。男孩儿疑惑地瞟了一眼，然后去牲口棚、猪圈、羊栏，甚至鸡窝里看了一遍。最后男孩儿在街门口的石礅上看见了她。

她听到火车呜呜就跑出来了。火车的声音清脆而又唐突。她小跑到街门口，看到拉煤的货车蛇一样消失在远处。这是一条运煤专线，从它诞生一刻起就不能拉人。除非有人藏在煤堆里。她站在街门洞里瞭望，一只手搭在额前，另一只手紧拽着兽头门环。她苍白的面孔渐渐有了血色。

门前的青石板街很长，一直伸向村外白茫茫的地方。

这个夏季，男孩儿终于等到了描述中的父亲。他的妈妈每天坚持穿一件粉红衣裳。

2

那个晌午的光线很硬,直直地往青石板和人的内部扎根。伍元隐约感到内心深处的一丝不安。伍元坐在街门前的第二级石阶上,光头赤背,肋骨尖尖,面孔平板呆滞。他手里的碗不停地旋转。这样,米汤就不像预料中那样烫了。他的黑狗安静地蹲在面前,眼珠不放过筷子的每一个动作。坐在高可逾丈的枣木门板、两排锈迹斑斑的蘑菇门钉、和狰狞的兽头门环前面,伍元矮小的身影显得异常孱弱。

五棵树村的青石板街很长,顺着它的走向,伍元看见一条蜿蜒的黑线隐伏在尽头。伍元知道,那里出现了一条铁路,每天都有运煤车贯穿南北,但伍元觉得这与他无关。黑狗的耳朵动了一下。轰鸣声骤然传来。五棵树金矿的闸又合上了,伍元想。于是,他刚进肚的午饭脱口而出。

梅老板侧着半张脸睨他。因为吃惊,梅老板的嘴张得很大,露出半边灿烂无比的金牙。

伍元觉得自己恐怕不能再进矿洞了。最近他老是咳嗽。一个坑道的老黄说他胸脯里装了一台风匣。这样,伍元就去找他的梅老板。他觉得可以换一个轻松的工作给他。比如碾金车间。

"好啦好啦,硅肺病是会死人的,你看你好好的根本没事嘛。"梅老板说:"但我可以把麻三跟你换一下。麻三弟兄好几个呢。"

"我听说碾金车间经常丢东西,我肯定不会。"伍元说:"我向你保证。"

"好啦好啦,你们这种人恨不得屁眼里也塞满金子的。听说你祖上是有名的财主?嘻嘻,这里也有财主?不过,那块匾看起来好值钱哟。嘻嘻。"梅老板的南方口音轻盈明快。出于身份的考虑,他镶了一口金牙，所以一说话即金光灿烂。但他现在闭紧了嘴巴。伍元看见他轻轻地冲天空点了一下手指头。

梅老板说的最后一句话让他印象很深。

梅老板失踪后的第四天，碾金车间的工人把他从汞化池里捞了出来。他们惊讶地发现，这个人只剩下半个脑壳和一根说不清部位的脆骨。他的半个腭骨金光闪闪。

火车过去之后，丢下一团耀眼的白烟。隔着几里远，伍元感到令他震撼的变化在地底下发生。黑狗将主人的呕吐舐得干干净净，然后抬起头，向白烟中晃动的黑影狂吠。

过了很多年，她仍能清晰地记起那个晌午的情景，一个半裸的小个子男人站在巍峨的挑檐门楼跟前，阴沉地喝退他的狗。

她的两条腿很长，乳房特别饱满。由于脸上全是煤黑，他看不清她的真实表情。

"他们竟然把我扔下来了。"她像是在哭泣，"他们根本没有让火车停下就把我扔下来了。"

"三伏天日头毒，赶路人一定渴坏啦。"伍元说："奔金矿来的很多外地人都是这样搭车的。"

"耕读传家"她认出了匾额上的字，念了好几遍。她稍稍松了口气。

"其实我一出来就后悔了。我简直后悔了一路。可是火车一路都没有停呀。"她说，"听说你们这里的人随便挖个坑，就能看见金子？"

伍元苦笑一下。他听到五棵树金矿的轰鸣异常刺耳。他说："三十里铺往前是太平集，你可以去那里。那里可以坐到去外面的汽车。"

而她的目光固执地穿透青石街面，似乎看到了金光四溅。"现在，我想在这里租一间房。"她说。

三间正房是一堂两屋的格局。半圆通瓦铺顶，虽显破落，仍是五脊飞扬，六兽蹲踞。几丛青草在屋顶上尖尖地立着。阳光下，老屋咝咝地冒着雾霭似的白烟。她忽然有了一种时空倒转的错觉。

"这房子我看快有一百年了。"她说。

"当然。"

"你们村只有你家是这样？"

"三十里铺往前是太平集，往西没有路，往东连着南台顶，就是说方圆几十里只有我家是这样。"伍元说，"再远的地方我没去过。"

路过西厢房的时候，她闻到一种奇怪的味道。

"有个贩花椒的家伙每年秋天来冬天走。"伍元说，"他总爱租我的房。"

洗了脸之后，她问伍元有没有办法让她洗一洗她的衣裳。她说："你看，它们原来是多么鲜艳的粉红色。"

3

那个炎热的晌午，红跟在小个子男人后面，跨进了他的堂屋。伍元的堂屋左右各有一间卧房。伍元指着东边那间告诉她：你是伍家第一个女房客。

可是那一年的天气很不正常。炎热和焚烧艾蒿的烟雾持续地缭绕在小院上空。一个月之后，她成了他的女人。

那年五棵树的花椒长势逼人，密密麻麻地占满了所有枝杈。耳目灵敏的花椒贩子说他一到夜里，就听到沉重的树枝咯吱咯吱地响。加上那种麻酥酥的气味，弄得他整日整夜地心烦意乱。

这一年的花椒熟得早。夏天还没过去，小贩就住进了伍元的西厢房。他带来几乎一马车麻袋。后来那些麻袋和他自己一起被填到了乱坟沟里。那条沟很深，长着不少茂盛的野花椒树。小贩生前常常路过那里。有好几次他不禁停下步来，朝深不可测的沟底看去。红黄的花椒花来势凶猛。整个乱坟沟像个灼热的大火坑。他在这里沉思良久，不止一次发誓说：

"干完这一票就他妈洗手，再不登这鬼地方一步啦。"

到了晚上，他把准备得有点过分的麻袋打开，铺在炕上。脱得精光以后就蜷起身子，钻进去。每天早上起来的时候，那些麻袋总是湿漉漉的。

在一个晒麻袋的早晨，他忽然看到一个睡眼惺忪的漂亮女人从伍元屋里走出来。看见他，她的两条长腿剪子似地快速铰动。她的粉红碎花短裙在晨风里欣然飘扬。她跳跃的乳房让小贩彻底崩溃。他受到猝不及防的强烈电击，他终于找到了这些时日心浮气躁的真实原因。

一个月之后，在某个乌云翻滚的日子，金矿的新任老板走在他哥哥生前常走的路上。梅老板死后，五棵树金矿莫名的失窃愈加频繁。梅二老板心事重重的走姿跟他哥哥很像。他在隆隆旋转的金碾子跟前踯躅良久，他仿佛听见哥哥在锋利的叶轮后面说话。最后他来到了金矿高耸的废渣山上。这里密密麻麻的黑色人影蚂蚁似的忙碌。他们手中的耙子扬起阵阵灰色粉尘。红穿着伍元松垮邋遢的灰布衣裤，在烟尘中毫不起眼。梅二径直走到红的跟前，挑剔的目光在她身上扫了几遍。

"这是寻找金子最笨的方法。"他告诉她。

当天晚上女人就把这件事告诉了伍元。她说梅二怀疑花椒贩子的麻袋有问题，而她或许可以帮他。她以无比景仰的口吻说，作为报酬，梅二悄悄告诉她识别矿渣的一种方法。伍元刚和花椒贩子喝完酒回来。花椒贩子说他今年桃花入宫。后来房檐下飘出一些奇怪的响声。伍元已经睡着了。

几乎每天晚上，伍元会看见一个熟悉的人推开门进来。来了也不很说话，就静静地坐在另一张椅子上。伍元一开始很惊慌，内心深处的那丝不安绷紧了，绷直了。他认出来人是死去的梅老板。后来梅老板来的次数多了，伍元渐渐地平静下来，偶尔还会跟梅老板谈一些矿上的奇怪事情。

"看在梅老板的面子上，我们应该帮帮梅二。"伍元第二天对红说："我常常看到梅老板在黑暗里闪烁的金牙。"

那天一大早就阴云密布。这样的天气谁也没心思出门。伍元在金矿至家的路上，碰到了疯狂鞭笞骡子的花椒贩子。贩子雇了一辆大车，载着他仓促收购的一车花椒。那头骡子对伍元的出现缺乏预见。它的蹄子不满地趵着光滑的青石地面。伍元抬头看一眼乌沉沉的天，他说今天运气不太好，他想请他的房客痛快喝一回酒。

"啊哟哟，不用了不用了，你真是少见的好东家。"花椒贩子很响地甩了一个鞭花。

伍元的手拽着牲口的嚼子。"急啥吗？好像拐了东家的女人一样。"伍元笑着。

"啊哟哟，这算什么话，这算什么话，我车上全是花椒，你们看见啦，一垛一垛全是花椒，你的女人难道是花椒？"小贩子跟看热闹的人笑笑。

这些人像从地里忽然冒出来一样。

红后来非常后悔那次鲁莽的举动。此前，红蜷在一列货车的篷布下面，充满金光闪闪的幻想，那时候她没有想到，灿烂的金子给人们带来多么可怕的疯狂。

金子，这世上，有什么比金子更加闪亮的诱惑呢？

打开一只麻袋，小贩子在笑。又打开一只麻袋，小贩的笑有点勉强，像开败的花。麻袋继续往下卸，那笑彻底凋零。小贩子急了，但他已拦不住这些人。伍元拉着从麻袋垛里站起来的女人回家时，听到身后传来一声尖利的嚎叫。五棵树金矿旷日持久的失窃暂告结束。最里边的那一袋花椒刚一倒在青石板上，便发出清脆的响声，叮当悦耳。这些数目不菲的金豆子怎样从矿上流出来，然后装进了花椒贩子的麻袋？没有人去仔细追究。

帮了一回梅家的忙，伍元心里平复了一些日子。梅老板过了好一阵子才又来找他。

现在想起来，花椒贩子可能是他最倒霉的一个房客。伍元后来听说，他的房客驾着大车继续赶路时，被心不在焉的骡子撂进了乱坟沟。但伍元后来又听说，事实上，那头骡子一向很兢兢业业。这种说法在五棵树流传了很久，选择哪一个去相信，伍元一时拿不定主意，直到后来，德发作为新的房客来了以后。

4

定襄县志记载：

我县太平集乡五棵树村盛产黄金，最早关于金矿的文字记录，出现于明代无名氏之《北十州石考·晋篇》，而近代更有诸多民谚、传说等辅以佐证。尤以民国三十一年，五棵树村伍姓农民的传奇故事流传最广。伍氏农民年逾四十而无立锥之地，一贫如洗，万般无奈上吊之时，搬一垫脚石，甚重，奇之，考证之后大喜，原乃极为罕见之狗头金。伍氏农民以狗头金的十分之一置办家业，娶妻纳妾。后，其房客一十八人图财害命，盗走藏于匾额之下的狗头金，伍氏一家鸡犬不留，只有伍家小儿伏于家犬肚下，幸免于难。至此，狗头金不复现于世。然也证实我县五棵树一带黄金资源丰富一说。现今五棵树村尚存有伍府遗迹，由伍氏后人居住。其建筑古朴、布局合理，可窥当年盛况之一斑。

五棵树这一带的金脉埋得很深。伍元常想，这就像一个人藏在内心深处的秘密。可是世界上压根儿没有隐藏秘密的地方。这是伍元后来得出的结论。

德发出现的那一天，伍元异常地烦躁不安。伴随不正常的天气，伍元的紧张不安持续了一个夏季又一个夏季。梅老板走熟了路，常常在伍元稍稍松一口气的时候突然出现。

他和女人再没去过矿上。这年春天，老黄和麻三都死了。老黄死于矽肺。麻三则被一块巨石压出了脑浆。据说压死他的那块石头被专门进行了提炼，证实含金量很高。金子足有小指甲盖那么大。

麻四用麻三换来的钱买了一辆拖拉机。每天运矿石，一车能拉五十袋，一袋挣五毛，一天能跑两趟呢。这让伍元羡慕不已。但女人反对他也搞一辆拖拉机。"你病得不轻晓得不？你的肺黑黑的跟这个一样晓得不？"红拎着一块发霉的豆腐干让他看。伍元没办法，只好每天帮媳妇蒸馒头。

红的馒头越蒸越好，后来每天早晨做好，就用自行车驮出去卖。她认为是人总要吃东西，何况矿上来了这么多外地人。所以伍元和红的馒头不愁卖。

这一天伍元起得格外早，蒸好馒头后，他准备在枣树底下搭个简单的窝棚，这样黑狗就不会老跟母鸡抢地盘了。伍元的院里还有另外几棵树，但枣树只有一棵。沉甸甸的枣树枝从照壁后面伸过来。那些果实跟伍元的心情一样。有的通红，有的泛绿，当然也有的刚红了一圈，有的还没有红透就被虫子吃掉了。

"用不了几年，我们的孩子就会缠着你要枣子吃了"伍元说。

红翘起小指，摸了摸照壁上面疏松的白屑，然后抠起一小片碧绿的苔藓。

"你得把房檐下的破洞全部堵住，那些洞都很深，一到黑夜就会有东西钻出来。"红说："我很害怕。"

"没有用的，一直就这样，我爷爷死的时候就这样，现在还是这样。"伍元说："有些东西你扔都扔不掉的。"

"我很害怕，有时候看见它们飘来飘去，有时候什么也看不见，却能听见许多怪异的声响。"

"他们把我爷爷反手吊在房梁上，然后幸灾乐祸地瞅那撮山羊胡子怎样奇怪地颤抖。我爷爷看着他们把太师椅扛走了，把八仙桌抬走了，把自鸣钟抱走了，把描金案几搬走了……他们拆中堂匾额时，我爷爷的腿异乎寻常地长了一截儿。他的戳在阴冷空气中的白胡子再也不会动了。"

她的粉色背心湿透了。她的乳房在粉色底衣里急促起伏。"我从来没听过这么可怕的故事。以前我只觉得没有钱心里才发慌，买不起衣裳才会没完没了地吵架。"她给男人递砖的手一直颤抖，"我没想到事情这么复杂。"

"据说他们最初来的时候租着我家的东西厢房。我爷爷每天早晨要给他的房客担十二担水，熬两大锅红薯小米粥。他们的人太多了。"

简易窝棚很快搭起来了，西边的鸡窝、猪圈和羊栏显出了宽敞。西厢房的那股怪味已经彻底没有了。

德发来的时候正是晌午时分。红出去卖馒头还没有回来。

后来谁也说不上德发来的情形，说不上他怎样进的村。似乎他一出现就站到了伍元门前。瞥见他的人只记住了那只包。那只包真是大，小山一样压在德发肩上。德发一出现就是这个样子，眼窝深陷，神情阴郁，身影干瘪瘦长，如同一截烧焦的电线杆。

伍元后来常常这样回忆：那人扛着很过分的一只尼龙包裹，看上去仿佛来自一场诡谲的皮影鬼戏。

当时是夏季的一个晌午。五棵树村被白烟一样的热气所笼罩。大多数人在蒸笼里昏昏欲睡。五棵树村所有的狗都拖着血红舌头，神情昏聩，对一切事物视而不见。

德发背着大包，突然出现在五棵树的青石街上。那些青石板光滑、坚硬，散发出古书般的慵懒气息。德发开始在伍元门前叫喊。他的声音有气无力，恍若一片黑色羽毛，在灼热的空气里若隐若现。

趴在门后面的黑狗探出半个脸来，翻了只白眼，然后又缩回去低头喘息。

伍元正在灶间擦洗笼屉。他不停地自言自语，抱怨每天的视野都被雾气所笼罩。"这样下去肯定不行，这样下去说不定哪天早上，我会忍不住将锅砸掉。"

五层笼屉一上午都没有擦完。伍元知道他的手没听他使唤，听得只是红临出门的那些吩咐。红每天出去卖馒头的时候，有说不完的叮咛。伍元后来认为，红一定觉察到了有些事情的发生。

伍元的手按女人的意思忙碌，他自己却留在了农机站的仓房里。仓房正中央有辆红彤彤的拖拉机。他觉得，突突突的柴油机跟一个男人很相配，而不是散发女人气的灶间。这时候他听到了"东家东家"的叫唤。那声音越来越急，隔着老远撺上了他的思虑。伍元甩甩湿手出去。六月的天空有一种特殊的味道。好像天上有谁炒煳了辣椒。那味儿一圈一圈洇散，不顾一切地鼓噪。

来人轮番用两只袖子擦汗。他的大包给了伍元一种错觉。伍元以为它拿准了主人的把柄，他被他的包押着满世界跑。伍元对德发夸张的包和汗水感慨不已。伍元表示他可以免费给客人提供一杯茶水。

"三伏天日头毒，赶路人一定是渴坏啦。"

"东家，我现在最需要的不是一杯水，而是一个家。"

德发嗓音嘶哑，带着一种异乡风尘。他见伍元要扭身，汗擦得更急了。看得出他非常想租伍元的房。德发乞讨的眼神给伍元留下相当深刻的印象。伍元盯着他。他的一双小眼睛不安分地朝伍元院里乱瞅。伍元现在不大乐意将房租给外地人了。就用身体将街门堵住。然后伍元就准备关门。伍元的手刚抓住门环，德发就几步抢了过来。伍元看到，青石地面湿漉漉的，留下那人几只脚印。那人连脚印都汗淋淋的。伍元心里倏地软了一下。

只一下，德发的一只脚已插进了门槛。德发不停地擦汗。伍元只得领他进院。

"你说说，金子就那么重要？惹得你们外地人一窝蜂来这里找金子。"

伍元听不到德发答话，回头瞥一眼，见德发呆愣愣的，死盯着铁丝上的几件衣裳。伍元看了看，是他媳妇的一件粉红衬衣、一件粉色背心、一件粉色乳罩，还有两只粉裤头。伍元不高兴了，狠咳嗽了几声。伍元说，"租我的房最要紧的，是不能乱搞女人。"

"不能乱搞女人，晓得不？"

德发没有说话。伍元学着他的口气又问了一遍。德发还是没有答话。

德发把背上的包啪一下卸地上，然后一屁股坐西房檐下。他说：

"我实在太累了，到这个鬼地方坐了两天汽车、一晚上火车，又顶着日头走了半天山路，我的脚实在受不了了。"

德发脱下黄胶鞋，用力揉起来。他忽然笑了一下。

两只黑脚丫很大方地伸在伍元鼻子底下。伍元嗅到一股黏糊糊的臭味，像腐烂多日的鱼。伍元捂紧口鼻。

"这不行，你这样子不行，你看我家拾掇得多干净，你这样子，还想租我家房？"伍元说："我媳妇会把你撵出去的，真的。"

德发眯着眼，只顾搓脚，一只脚搓完又搓另一只。

"真的，我媳妇肯定会把你撵出去。"伍元盯着两只臭鱼一样的脚，"要不，你洗洗，干脆去村口河里洗个澡，你进村时一定看见了，那条河不深，你顺着河沿往前走，拐弯的地方有一棵歪柳树，你可以从那儿下去洗。"

伍元说："我就经常在那儿洗。"

"晓得啦！"德发这回挺痛快，站起来就走。走了两步，又回转身，往西房窗台上放下两张百元钞。伍元说钱不打紧的。德发扛起那只小山一样的包往出走。

伍元说："洗就去洗，扛包做啥？你包里装着金山还是银山？"

德发一步步走远了，伍元还悬着脖颈，站在街门洞里瞭睃。瞭了会儿，伍元的眼珠子有些酸困。那个背影也一颠一颠地模糊。有一片白光却硬硬地反弹起来，在那人脊背上晃一下，晃一下。伍元知道，那片光就是那只黑色尼龙包。

大包里装了些啥？伍元承认，那个晌午他一直想的就是这个问题。

5

在包的问题产生之后的第二天，梅二老板捧着礼盒走进来了。"你走路的姿势很像你的哥哥。"伍元告诉他："在山洞里给你们兄弟挖了几年金子，我的肺已很不成样子了。"他让梅二听他频繁的咳嗽和风箱一样的呼吸。最后不知为什么，他们谈起了各自的父辈祖辈。

忙于应付茶水饭菜的红差一点惊出叫声，她第一次知道，梅老板的父亲和爷爷曾经租住在西边的厢房里。

"我父亲那时很小，常常坐在这里，喏，就我现在的位置，听你白胡子的爷爷讲故事。"梅二老板说："我父亲后来常说，你爷爷真会讲故事。他最喜欢讲他一夜之间怎样暴富的发家故事。"

两个男人的谈话都很节制，说到这里都闭紧了嘴巴。他们的目光不约而同地在伍家小院绕了一圈，最后又用眼角扫了一下房梁。梅二告别的时候叮嘱伍元："昨晚我的哥哥托梦给我，要我好生照顾好父亲的东家。"

"你哥哥真是好人。"伍元说："他说我家的牌匾很值钱。"

那天上午伍元一直心绪不宁。他常常这样。他坐在堂屋里，常常看见他认识的人接二连三地来找他。他的爷爷他没有见过，也来找他。他的爷爷哆嗦着干瘪的嘴巴，指着外边的空气让他仔细看看。他看见爷爷的山羊胡子因为生气而瑟瑟乱颤。他后来明白爷是让他好好看一下"很值钱的牌匾"。最常来的一个人进来老不说话，眼神很惊讶地瞅着他。后来他陪着伍元打了个呵欠。伍元看见了他满嘴的金牙。

第三天下起了雨，伍元屋里、灶间不停地转圈。他的手不停地挠抓胸脯。他觉得那里头住进去一窝口喙锋利的蚂蚁。伍元实在待不住了。他想把知道的事情告诉每个人。

伍元带着一张塑料布找到红的时候，红和她的自行车都淋湿了。放馍的筐子却没事。伍元看到它罩着一件粉色衣裳，躲在女人怀里，看上去很温暖。

雨珠子啪啦啪啦从红的发梢滑下来。伍元揭开箩筐看看，只剩下五六个馒头了。伍元一直吃一种叫"克矽宁"的药，三十二块一瓶。伍元起初不吃，架不住红老买。这天她兜里已卖下三十块了，筐里这几个馍正好卖两块。今天天气不好，但红很想给伍元买一瓶"克矽宁"。

后来，伍元和红顶着一块塑料布，天擦黑才将那几个馒头卖完。

那场雨一直连绵了三四天，雨停了以后，天仍阴沉得很厉害。有一天，伍元独自一人坐在堂屋中央。梅老板从外面走了进来。伍元知道他这回了还不说话，就坐着没有动。梅老板坐到了另一边的椅子上。两个人默默地坐了会儿，看了看外边翻滚的铁青色云海。伍元的黑狗一直站在堂屋门口叫唤，但它始终不敢进来。伍元看到它皱起鼻子，使劲往出喷射怒火。伍元站起来走到门口，告诉它，你已尽到了责任。

太阳晒暖地皮的时候，红发现她又怀孕了。

这是两年来的第三次。她格外小心地从太平集的那间诊所出来，下台阶的时候好像听到有人在帘子后面窃笑，她慢慢靠在驮着箩筐的自行车上，她觉得真该好好歇一歇了。第一回无知的怀孕让狂奔的骡子车给墩掉了。第二回，她听到窗台根有几声尖尖的哭泣，她想出去看一下，出堂屋门的时候绊了一跤。现在，红提心吊胆地站在集市一角。她的手心出了汗。那件粉红圆领半袖衫的一只衣角攥在手里。一些无关紧要的行人从她面前走过。几头咴咴叫的毛驴为主人挣了不错的价钱。她的眼里却什么也没有瞧见。她为用不用告诉伍元犯了踌躇。

梅二老板再来的时候开着一辆吉普车。他的车一停在伍元门口，伍元的黑狗就开始扑咬其中一只轮胎。梅二还在车里就破声大骂。他在集上采购的时候看到了伍元的女人。一个又矮又胖的妇女掐着她的人中。人们都说，这么热的天气竟然还有人卖馒头，这么热的天气竟然还有孕妇卖馒头。他把她往车上弄的时候，她没有忘记提醒：别丢下我的馒头和自行车。

"想好没有？你这么聪明的人。"梅二老板临走时问伍元。

伍元说伍家的孩子马上要出生了。

梅二没有再说什么，临上车嘱咐他现在是关键时期，五个月的胎儿特别脆弱，你做事要格外小心。他的这些话说得特别轻盈。伍元觉得这种熟悉的口吻简洁明了。

这是西厢房住进新房客的第九天。送走梅二老板的伍元马上着手做父亲的准备。他为自己的鲁钝深感惭愧。将院中妨碍步履的一切陈设清理掉之后，他准备把所有门槛儿都锯掉。女人捧着肚子阻止了他。她说那样耗子会毫无困难地恣意出入。伍元站在堂屋门前，一时想不出完美的办法。这时候，门里边的女人看见德发笑眯眯地从外边走了进来，远远地冲她扬了扬手里的东西。

他竟然拍了一下伍元的光脑壳。

伍元认为德发表现得有点过火。毕竟他是寄人篱下的房客，而且怀孕的是东家的老婆。但他看了看德发手中的鲤鱼，什么也没有说。

"东家，你肯定不晓得怎样对付一条鱼。"德发说："你给我打下手就行。"

伍元后来仔细回忆了一下德发那几天的情形，觉得如果自己稍微留点神，就可以发现他的种种可疑之处。可是，当时伍元心里想的是更重要的一些事情。

新房客来的第一个晚上，伍元和红都睡不着。他们眼睁睁地看着窗户外飘移的月影。伍元一开始为那只大包伤透了脑筋，他对包里的内容做了种种猜测，但没有一个符合奔走千里需要的必备之物。后来他听红说，她害怕德发看她的眼神。

他们在炕上说话，忽然同时噤了声。

伍元问，你也听到了？

女人抓着被子点了点头。

一声低婉的哭泣响过之后，院里再没了别的动静。

伍元后来回忆起许多细节，比如德发尽管每天都去河里洗澡，但他身上阴霾的气味仍然很浓。他的目光总是追随女人，而且似乎对女人的衣物有着特殊癖好。

"晓得不？鱼要做得好，关键不在下料，而在火候。"德发说："要晓得调料下得多，鱼肉反而不鲜了。"

伍元剥了一头蒜，等了等，又剥了一头蒜。

"炖肉和骨头就不一样了，就得往猛里下料。什么葱、姜、蒜、大料、胡椒、陈皮、桂圆、砂仁、茴香，你可以一股脑儿全放上……"

已经剥好三头蒜了，再剥已经没意思了，伍元最后抄了两手，站在一边看德发在他的灶间里忙乱。德发的手弄出丁零当啷的动静，不耽误他跟伍元讲炒菜的道理，下调料很有讲究你晓得不？先下什么后下什么、下多大的量、下少了怎么办下多了如何补救，这些都是学问晓得不？火候也是这样，什么时候大火催、什么时候小火焖，这些很平常的事在大厨眼里全是大学问，你晓得不？伍元一直注意外面的动静。他的狗和公鸡又一次在院里相遇，最后吵了起来。公鸡的嗓音走调；黑狗的沉吟含混不清。可是伍元出去的时候，却像什么事都没发生一样，它们一个站在墙头，一个仍在地上。伍元觉得真是不可理喻。

返回灶间前，伍元做了几个深呼吸，吐纳了几口外面的鲜活空气。

糖醋鱼做好了，德发擅自做主，又炒了一盘鸡蛋、一盘土豆丝。他在鸡蛋里加了点葱花，土豆里加了点胡萝卜丝，糖醋鱼上撒了点芫荽。他对这些黄的红的白的绿的颜色很满意，他甚至弯下电杆似的身子，像女人一样眯起眼，在三个菜上面嗅了一圈。他的原本阴郁的脸那一刻明朗温和。最后，他把这些菜热腾腾地摆在了红的面前。

由于多年后的日子过得缓慢，伍元几乎每天晚上都要回想一遍他的房客们，以及跟他们相处的那些短促的日子。那次午餐的场景常常自动跳出来，显现在他面前。他以旁观的角度很轻易地捕捉到了德发的异常。德发的那些酒话和貌似鲁莽的举动，其实并不像表面上那么简单。

"东家，我刚出来不久。"德发一开始就不打算回避他的过去。

"我过去做得很不对，脾气也不够好。"还是说他的过去。

"但这不能说明我以后也不对也不好，是不是？"

伍元说："是。"

"这不能说明我失去了对家庭的责任心，还有吸引女人的魅力，是不是？"德发说这些话的时候一脸严肃。

伍元说："是。"他看到德发瞟了一眼红。

"这也不能说明我以后不会飞黄腾达财源滚滚，是不是？"

"是。但你准备怎样养活你的女人呢？"在一旁看他们喝酒的红插话说。

"是啊，你拿什么养活你的女人。"伍元不知为何想到了那只大包。

"我学到一门手艺。"德发害羞似的笑了一下，"我在里面学会了怎样炒菜，他们一开始也不信，但后来他们让我当了食堂的大厨。"

"不错。"伍元回味了一遍糖醋鱼的味道。"但是，有个问题。"

"什么问题？"

"你如果准备开饭馆，除了手艺还需要很多的钱。"伍元说："没有钱就开不成饭店，这跟没有钱就娶不到媳妇是一个道理。"

德发这时做了一个很令人吃惊的动作，他把本来就褴褛的上衣噌噌几把撕烂了。

"看看这是啥？看看这是啥？"

德发说这只是他出狱后一个月的收成。从那件撕烂的衣裳里跌出一团脏兮兮的票子来。伍元看到花花绿绿各种面值的都有。

"看看这是啥？看看这是啥？"

顺着德发的指点，伍元看到，一个大大的黑黑的"戒"纹在德发胸前，正好在心口的位置。

这天晚上，安顿红睡下之后，伍元一个人坐在堂屋里。他听到西厢房鼾声如雷。后晌，他把烂醉的德发弄回西厢房时很费了番力气。伍元的目光越过酣睡的德发，落在那只几乎占了半个炕的包上。那只黑色尼龙包安静地等在那里。他只需轻轻移动两根手指头，就可以打开它的拉链。但伍元没有那么做。出来时他悄悄替德发掩上了门。伍元知道，在一个人没有准备的情况下，让他说出秘密是件很难受的事情。

等到半夜的时候，气温降下来。伍元仍然坐在堂屋里。他能感到沿着脊椎升上来的阵阵凉意。后来他没有白等，他果然看到梅老板推开堂屋门走了过来。梅老板坐在他旁边的椅子上一言不发。他的眼睛惊愕地瞅着斜上方的空气。伍元想和他随便谈点什么。

"你确信我爷爷真的把它藏在匾额里？"

"你们取走它的时候，我家的鸡和狗真的一个也没有留下？"

伍元跟梅老板说了一会儿话。梅老板始终瞅着一个方向一言不发，后来他的嘴唇慢慢掀开一道小缝，露出隐约的几颗金牙。伍元没有看见，他说：

"算啦算啦，我告诉你，我的孩子要出生啦。"

6

到了八月份，正是最炎热的太阳当值，树木、庄稼，以及各种需要阳光的事物逢上了好时候。五棵树的花椒树也很努力。已经有很多人为今年的销路感到发愁。

在炎热的半夜，红靠着炕上一只枣红色的衣箱，一下一下地抚摸她的儿子。她的儿子用小巧结实的脚丫从里边使劲踢她。她慢慢地瞌睡了。她肚皮上的手停下了。窗外尖厉或低沉的哭泣惊醒了她。她睁开眼后惊恐地看到房檐下飘忽的黑影。她害怕极了。她想叫一声坐在堂屋里的伍元。后来，她的儿子从里面又踢了她一下。她感到忽然有了巨大的力量。她挺着大肚子，下了炕，在几个抽屉里翻了好多遍，找到一只生锈的手电筒。把半导体中的电池装进去，她试了一下，微弱的光亮血一样红。

她来到外间堂屋，看到伍元一个人坐在椅子上，正跟另一只椅子说话。

她经常看到他这样，坐在一只椅子上，跟另一只椅子说话。

她没有惊动伍元，跟儿子一起推开门出去，她打开手电，在房檐下照了几个来回，结果什么也没有发现。她听到西厢房的男人在睡梦中喊了一声，然后继续雷一样地打鼾。他每天勤劳、温和，看得出来，他的变化很大。远处的夜猫子叫声凌厉。她准备回屋时，黑影子斜斜地闪过。血红的光亮追逐到一个黑黝黝的洞。她耐心地在外面等了一会儿，结果尖声笑起来。她的笑在黑夜里特别闪亮，把两个男人惊动了。她告诉神色慌张的他们，她看到的黑影是一些勤快的蝙蝠。这个夜晚，他们陆续发现了几百只蝙蝠。它们发出的声音像一个人在哭泣。

黎明的时候，两个男人抬着红去了太平集。

看到猫一样蜷曲的早产儿，红感到揪心的疼痛。但一个月之后，回到五棵树的伍家院子，坐到一堂两屋最东边的炕上，红感到的是彻底地轻松。

他的脸春天一样明媚！

他的眼星星一样闪亮！

他的笑容是每天普照人间的太阳！

新生命的光临像一道曙光。伍元看着他的儿子，心中充满无限遐思。在他广阔的想象中，他的儿子健康、纯洁，一生都是这样。他甚至希望儿子永远不要读到县志中，关于五棵树村伍家的那一段历史。

中午的河水波光凌凌，顺着河沿往前走，拐弯的地方有一棵歪柳树，洗澡戏水的人可以从那儿下去。

这天中午，德发和伍元来到这里。他们在这里待了很长时间。他们觉得，走累的人，可以在这里歇一下，清洗一下自己，然后接着赶路。

这天晚上，跟妻儿说笑之后，伍元一个人来到外间堂屋，他在椅子上坐下来，等了好久，不见梅老板的身影。于是，他开始想象梅老板的样子，他镶了一口金牙，所以一说话满嘴金花。"好啦好啦，你们这种人恨不得屁眼里也塞满金子的。听说你祖上是有名的财主？嘻嘻，这里也有财主？不过，那块匾看起来好值钱哟。嘻嘻。"梅老板的南方口音轻盈明快。他身后的金碾子却转得沉重，轰隆隆，轰隆隆，那些锋利的叶轮一直闪烁着寒光。在轰隆隆的声音里，伍元看到他爷爷的胡子不安地颤抖了几下，尔后忽然不动了。同时，梅老板的身体像一片树叶，轻盈地飘起来。梅老板吃惊地扭过半张脸睨他。他的嘴张得很大。伍元最后一次看到了那些灿烂的金牙。

最后伍元睡着了。他看见德发走进来向他告别。德发还是那个样子，眼窝深陷，小眼睛不停地眨巴，但他背上没有了那只大包。德发又在他的光头上拍了一下，说："现在，你看上去真是个做父亲的样子了。"

　　天亮之后，他听到西厢房有小声地啜泣。他走进去安慰女人。他的女人穿着她喜欢的粉红衣裳，看上去楚楚动人。她出狱不久的前夫留下了那只大包。那只包迁徙了一千多里地，安静地卧在这里，等着向他们敞开心扉。包打开了。取出一件，是粉色衣裳，取出一件，是粉色衣裳，取出一件，是粉色衣裳。他们一件一件地取出来，粉色的世界向他们敞开了怀抱。伍元好像看到他置身于一条金光闪闪的大道，四周开满了粉色玫瑰。

别碰我的鸡蛋

雪是半夜下起来的。那时候整个村庄和大地好像简化成了一种声音。咯吱啪啦，咯吱啪啦。小伍屏气凝神地听了一会儿，听出那是他家的窗棂和瓦片一起在暗处涌动。小伍还听见他娘翻起身，嘟哝了几句解风咒，可是风却刮得更厉害了，好像有某种恐惧从很远的地方袭来。小伍后来把那种恐惧想象成为一条下沉的破船，他觉得他家、连同整个村庄都在无边的黑暗里漂浮。

可是小伍的心不想漂浮。小伍把粗布棉被往心口这儿裹了裹，然后扭头朝土炕那头望去。他是想从娘那边找到点安全的感觉，但十六岁的小伍又不承认这一点。

炕头罩着薄薄的霜白。小伍渐渐看清了凌乱的印花被面，还有掖在窗台根儿的那把菜刀。

小伍看见他娘已经穿衣下地了，窸窣的声音谨慎又蓄含温情。他奇怪地瞅着那团衰弱的身影，他问娘你做啥去？他娘吃了一惊扶住锅台才停止摇晃，他娘说，你咋还没睡呢小伍，你得赶紧睡呢小伍，天一亮就去找你二叔呢小伍。

小伍说，我也想睡，就是睡不着吗，一晚上都睡不着吗！

他娘没听他说完就开门出去了。小伍感到娘一走，冷气和风声就肆无忌惮地扑进来了。小伍趴在炕上更睡不着了。小伍就一门心思地猜他娘干啥去了。

——小伍一下就想到了他家的母鸡。

他猜他娘肯定是放心不下院里那窝母鸡。想到母鸡在窝里瑟瑟发抖的样子，小伍就忍不住咯咯笑了一声，小伍掀开被子赤身蹦起来，脊骨尖尖地趴在窗台上。小伍卷起牛皮纸帘向外眺望，可是外面什么也没有，小伍看见的是玻璃上的冰花。小伍是念过初中的，知道事物和环境的关系，知道一些事情的变化总是悄然无声而又总有缘故。小伍想这就好比自己，过了今儿一晚，小伍就不再是现在的小伍了。

小伍对那把菜刀非常熟悉，小伍他娘夜夜把它掖在褥子跟前，小伍用它刮掉一块儿冰花，这样他就看到了斜斜的一枝树影和漫天飞舞的雪花。小伍朝鸡窝跟前搜索，果然娘正跪着给鸡窝扎草帘。雪片子纷乱芜杂，飞舞得毫无章法，他看见娘一只手伸到背后，潦草地挥了一回，另一只手却奇怪地捂到嘴上。小伍瞪大眼睛，没听到诸如咳嗽之类的声音，他确定传来的是白茫茫的风响。

在考虑是否应当出去帮忙的时候，他看到娘已经立起身，开始捶腰。娘这个做了一辈子的动作让小伍局促不安。后来小伍还看到娘没有急于回家，而是出乎意料地重新跪下，磕了三个响头，嘣嘣嘣，白地黑天的，那声音空洞诡异，一下子刺痛了小伍。小伍打个很大的寒噤逃回了被窝。十六岁的小伍感到世上还有很多事情他搞不明白。

天色渐明时分，小伍感到沉沉的困惑和怯懦再次袭来，那感觉真实而混沌。他急匆匆地穿衣下炕，趿鞋的时候已经看见一篮白花花的鸡蛋。瓮板上停了一只篮筐，卧着满满一篮可爱的鸡蛋。这回小伍不用猜就知道，这些可爱的孩子全部来自他家的母鸡。他摩挲着鸡蛋，心里滑过一丝奇异的愉悦安详。

这种感觉他不想让任何人发现。他想迄今为止没有人知道这一点。

小时候他常常把院门关紧，一个人坐在晒干的秸秆上，看那些可爱的伙伴东一爪西一耙地刨食。它们安逸、友善，他可以在心里跟它们讲一些莫名其妙的话。因此，他们村常有人看见这样的场景：一个瘦骨嶙峋的孩子孤独地坐在秸垛上，一动不动地坐一晌。

小伍，小伍，又想你爹啦？

没有，我才不想呢，跟你说我谁都不想。

小伍，去跟娃们耍，咋不跟娃们一搭耍？

他们老欺负我。

小伍摸着鸡蛋想这些事情，听见他娘在门口剧烈地咳嗽。娘进来时手心里攥着一卷儿钱。娘要他赶紧吃饭，吃口饭就赶紧去，娘说，你二叔这回使足劲啦，能让你二叔使足劲很不容易哩。他小心翼翼地掬起一颗鸡蛋，摸了摸，掂一掂，相当自信地说，这一准儿是黄翅生的娃，因为黄翅抢食总占上风，下的蛋又白又大。他娘忙着给他盛饭，吩咐他一定要跟二叔讲清楚，咱这鸡蛋不一样呢，是正经八百的土鸡蛋呢。小伍又换了一颗鸡蛋摸，这一颗也很大，也很白，可见别的母鸡也不差，也很努力。母鸡换了一茬又一茬，鸡蛋卖了一篮又一篮。他娘十天半月就抱了篮子去乡里集市卖。小伍将鸡蛋放脸上捂捂，脸蛋捂出一阵热，小伍就动了感情，小伍说，娘，你晓得不？鸡蛋，是儿的学费、儿的笔、儿的本子、儿的球鞋，是儿的很多很多重要的事情呢。

磨缠！他娘嫌小伍慢腾腾没点儿活泛，抢过鸡蛋扔篮子里。男人不能磨缠晓得不？男人得干脆利落一步两响晓得不？

小伍知道他娘恨铁不成钢，不敢再吭声，闷头吃饭，心里仍想着那颗被扔疼的鸡蛋。

出门的时候，娘把钱塞进他衫衣口袋里，在他胸口按了按。这回他娘什么话也没有说。

走出几步，小伍就换了一回手，他感到了鸡蛋的分量，于是他刻意挺了挺羸弱的腰杆。那个雪后清朗的早晨，他们村里很多人都看见，刘寡妇瘦弱的儿子拎着一只硕大的柳条篮，摇摇晃晃地走在通往乡里的路上。

雪很厚。小伍走出一路歪斜的脚印，小伍能听到每一个脚印都吱嘎作响。这种孤寂的声音连成一串就产生了非凡的效果，让小伍回忆起许多惊惧的夜晚。小伍开始理解他娘作为一名寡妇对菜刀的依赖。

好在这是一条通往人生彼岸的乡级道路，小伍很快不再计较不合时宜的积雪，小伍愉快地走在去往乡税务所的路上，小伍第一次感到男人的雄心在胸膛里勃发、灼烧，继而烈焰熊熊。这火烧得他想蹦想跳，还想喊，于是拎着鸡蛋的小伍冲越逼越近的一阵旋风尖声喊叫：

　　大风大风你是鬼
　　一把菜刀砍死你
　　……

在这个雪后晴朗的早晨，小伍允许自己可以这样认为：其实乡税务所跟别处也没什么两样，同样是几间屋顶长草的破瓦房。要说看起来有点不寻常，是人家安了一扇铁皮做的大门。人家的铁皮大门又不好好开着，上面专门洞开一个小门。这样不管谁进来出去都是低头哈腰的姿势。这样的姿势有点难看，或多或少对小伍的心情造成一些不良影响，但总体来说他还是相当愉快的，他觉得人家这样做总归有人家的道理。

当然，在这个雪后晴朗的早晨，并不是所有人都像小伍这样快乐。比如乡税务所年轻的男同志们，他们进入冬季以来就一直在无休止地争论。他们的争论让税务所每天都硝烟弥漫，他们的声音都很高，眼睛都很红，他们让心事重重的刘副所长非常苦恼。刘副所长骂他的部下在集体发情。他说小鸡巴们，你们得弄清啊，这只是一出戏啊，仅仅是一出戏而已啊小鸡巴们。可是每个小鸡巴都不听话，这出戏的女主角只有一个，就是小夏，所以一到排练的时候，他们就为男主角是谁争得面红耳赤。

但现在他们忽然停止了争执，他们发现了一件新鲜有趣的事情，院子里，门房老赵在追逐一个干瘪的少年，少年拎着柳篮向他们慌里慌张地跑来，惊慌与沉重使他的跑姿异常笨拙而滑稽。少年边跑边嚷：

"谁说卖鸡蛋啦，谁说我卖鸡蛋啦，我来这里是上班，是上班你们知道吗！"

"上班？谁让你来这儿上班啊？谁让你这样的小逼崽儿来上班啊？"他们听见老赵气喘吁吁地有点对付不过来，他们就出去帮老赵一齐嚷，"是啊，谁让你来这儿上班的啊？小孩。"

"当然是我二叔啦，我娘说我二叔这回可使足劲啦，不信你们看，这是我娘给我二叔的鸡蛋。"

"你二叔是谁？"这帮人面面相觑，"谁是你二叔呀？小孩。"

"我二叔你们都不知道吗？"小伍说，"我二叔是这里有名的厨子呀，他做得红烧肉又香又酥很是地道呢，喏，他过来啦，你们可以亲自问他啦。"

小伍一扬下巴。这帮人看见他们的伙夫刘头儿从厨房里小跑出来，他们猛然间一齐哄笑。小伍不理解他们忽然引爆的笑声，但他感到气氛明显缓和了许多。他看着他们统一好看的衣服，觉得自己穿上也很威风，以至二叔叫他走的时候他忍不住回头又瞅了一眼，他看见一个戴眼镜的家伙笑着蹲到了地上。

小伍二叔比小伍还矮半头，胳膊和腿也短一截儿，可是脾气比小伍大。小伍二叔黑着脸怨他不该把鸡蛋送到这里。小伍抱着篮子心里说你以为我愿意啊鬼才愿意啊。小伍看见排房门前有一棵特别雄壮的香椿树，盘枝错节，气度不凡，小伍瞅来瞅去瞅不见它雪盖的树尖尖。小伍听见有人喊他，可小伍扒着门框不想进去。他盯着桌子后面那人的一只大耳朵，说，"你信不信我能爬上去，爬到你们看不见？"

刘副所长没回答他的问题，他好像对爬树不感兴趣，他狐疑的眼光在小伍身上扫来扫去，十八岁？真有十八岁？刘头儿你蒙我呢吧，我看小鸡巴好像刚刚不尿炕的样子。小伍有点不高兴了，可是二叔还信誓旦旦地替他保证，小伍更不高兴了，他开始怀疑娘叫他雪中送蛋是件错误的事情。小伍没来由地把鸡蛋往怀里缩紧，他听见刘副所长叫了几声小夏小夏，刘副所长说，小夏你把篮子拿去吧，这是小伍专门从乡下带来的道具。小夏是个一脸妩媚的女孩，小伍对这样的脸蛋很有好感，可是小伍的手仍紧紧抱住篮子不放。刘头儿虚张声势地帮助了侄子，然后不由分说拉他出去。小伍临出门还不死心，对屋里尖声叫嚷："你们弄错了吧，这不是道具呀，这是我娘的鸡蛋呀。"

就这样小伍开始了他在乡税务所崭新的生活。小伍觉得这一天来得突然又理所当然，他对忙于午饭的二叔讲，很久以前他就发现母鸡的神色很庄严，小伍讲他神奇地从母鸡身上看到了今天，小伍说不管你信不信，我常常以为自己就是母鸡的一只崽呢，就是又白又大很争气的鸡蛋呢，小伍在这天中午还问了很多奇怪的问题，比如那棵香椿树咋那么高？刘副所长的耳朵咋那么大？他们咋把鸡蛋叫作道具？小伍在这天中午不停地讲话，他觉得他从来没有讲过这么多的话。可是二叔好像对他有了意见，二叔把案板剁得咚咚咚蹦起来直叫唤，剁得小伍的耳膜发麻眼珠子发酸。小伍就说，二叔二叔我想睡觉，我昨黑夜就想睡就没睡成。

小伍说完就真的靠住门板睡着了。

可是小伍没睡多久就醒了。

——小伍刚刚看见他娘把菜刀当破烂扔掉就醒了。

小伍醒来见刘副所长跟他的部下正围了一圈吃饭。小伍一下子蹦起来，小伍说我知道啦，是筷子和碗把我叫醒啦。他二叔在锅里早给他扣了一碗米饭，小伍看见那么多那么多的红烧肉，比例明显超量，小伍忽然觉得蹲在角落里吃饭的二叔特别衰老，他的头发白了一半，眼窝也塌进去一半，小伍就安静下来，蹲到二叔跟前悄悄吃饭。可是那帮家伙不肯安静，吃着饭还争来吵去。小伍慢慢就听明白了，他们的争论源于一场即将到来的元旦会演，小伍看出刘副所长非常焦急，刘副所长一再强调演的好不好关系到个人的前途命运。小伍在心里算了算，元旦好像不是后天就是大后天，可是这帮人还不着急，还赖在这里悠闲地吵架。小伍就在心里冲他们喊，吵什么吵呀，你们不该在这里吵架，你们该去演戏才对呀。小伍心里想着，就见刘副所长突然摔了筷子，刘副所长也说吵什么吵呀，你们现在就去排戏排不好要割鸡鸡。小伍说，对呀，你们现在就该去演戏，不就是演戏嘛，我在学校就会演戏了，我最拿手的就是爬树和演戏了。

小伍后来常常回忆起那天的情景，他觉得那天的事情有点不可思议。那天小伍趴在窗台上看了一会儿就对他们非常失望，小伍觉得这么简单的戏也演不好，简直不配待在税务所里。小伍在窗户外面着急，可是小伍着急有什么用？小伍着急也是白着急，小伍就叹声气，转身去观察那棵簌簌落雪的香椿树。雪后的香椿树像只巨大无朋的塑料玩具，小伍透过纵横交错的白色枝丫，看见遥远的太阳在缝隙里闪着淡黄的光芒，小伍眯起眼睛耐心等待，许多雪花悠然而随意地落入心田，小伍终于听见了他身体深处窃窃私语的声音。那声音是说，小伍不是会演戏吗，小伍怎么不去演戏呢，小伍应该去演戏呀。十六岁的小伍经不住一点蛊惑，小伍一冲动就推开门进去了，小伍一进去就嚷：

"你演得不对，你演得根本就不对。"

"小逼崽，我哪里演得不对？"

"你的眼神不对，你看人家女孩的眼神不对。"

小伍是冲小陈嚷的，小陈就是那个戴眼镜的家伙，小陈好不容易抢到这个重要角色，小陈认为这个角色甚至会改变他的爱情轨迹。可是小逼崽刚来半天就看透了小陈，小陈不干了，小陈的脸红得像一桶辣酱。接下来所有的人都被小陈的举动吓了一跳，小陈把手里的东西左一把右一把撕得粉碎，然后扔在地上咬牙切齿地用脚踩，小陈边踩边吼，我让你们演，我让你们演，我让你们演。

小伍惊骇地看着地上的碎片，他知道那是一本收税的票据，它们本应该和颜悦色地呈现在小夏面前，卖鸡蛋的小夏本应该狡猾地逃避这些票据，然后经过税务员小陈耐心地开导，小夏终于主动向小陈敞开了心扉，最后幕后齐声合唱我们是祖国的好青年呀好青年。这就是他们精心策划的一幕短剧，他们觉得多么简单而感人。可是现在简单和感人好像变成了一地碎片，满屋子的人都呆住了，小伍害怕极了，他觉得他犯下了不可饶恕的罪行。小伍听见刘副所长凶恶地骂了一声小鸡巴。

小伍发觉小夏也没心思卖鸡蛋了，小夏把篮子还给了小伍，小夏在小伍恐慌的眼神里慢慢蹲下身去，小伍看到小夏的两只肩膀像受伤的蝴蝶一样快速抽搐。小伍抱着失而复得的鸡蛋懊悔万分，他担心他们会随时让他带着篮子滚蛋。小伍就把篮子又放到了蹲着的小夏跟前。小伍说：我还没正经八百地工作呢，我不能走。

小伍听见小夏哭着说，不关你事的小伍。

可是小伍觉得所有的眼神都聚焦在了他身上。后来小伍回想这件糟糕的事情，认为刘副所长的表现相当出色，审时度势的刘副所长这时候拿起了扫帚，小心翼翼地清理了大家眼中的碎片。小伍的表现反而差强人意，就连让人吓了一跳的小陈都深感意外。

小伍这时候做了什么呢？小伍这个怪僻的小孩，忽然在他们的眼皮底下躺下了。小伍在水泥地上打了一个滚，就狼一样号哭起来。

小伍一边哭一边蠕动身体，把一篮子鸡蛋紧紧搂在怀里。

他们被小伍弄得手足无措，他们的眼神互相询问到底发生了什么事情，他们不知道这是小伍自幼坚持的不良习惯，他们不知道懦弱的小伍受到惊吓后就是这么没出息。他们真是被小伍搞糊涂了，后来，他们被这个小无赖搞得大笑起来。

他们说："小伍，起来，快起来，我们等着瞧你演戏呢。"

小伍听见小陈也说，是呀，小伍，起来，我等着瞧你演戏呢。

小伍听见小夏也说，是呀，小伍，我等着跟你演戏呢。

正如大家所料，举止怪诞的小伍听到了每一个人的几乎同一句话，他最后矜持了一会儿，就让小陈和小夏共同拽了起来。但是小伍仍然坚持他的看法，他认为小陈看小夏的眼神确实有很大的问题。小伍还严肃地指出，不单小陈，小夏也有问题。小夏不明白她有什么问题，小伍反问她，"你为啥要卖鸡蛋呢？"

"是啊，为啥卖鸡蛋呢？"尽管后来刘副所长解答了这个问题，他说因为你拿来的是鸡蛋，你要拿的是萝卜她就卖萝卜。但是小伍对这个答案极不满意，小伍到现在都不同意鸡蛋是道具的说法。

后面的事情进展得非常顺利，小伍顺理成章地接受了众人的邀请，他没想到演戏会成为他的第一件正经八百的工作。乡税务所的人都不得不承认小伍与生俱来的表演天赋。在那个阳光纯净的下午，小伍感到了一种脱胎换骨的轻松和快乐。税务所的人都知道这个小孩亢奋坏了，他们看见小伍的眼珠一直像灯泡一样炯炯闪亮。这孩子焕然一新的表现让他们忍俊不禁，他们说：

"小伍小伍，你的眼神也不对嘛。"

"咋不对？我知道你们是在眼气。"小伍说，"别忘了，是你们求我演戏的。"

"可是我们后悔啦，我们后悔还不行吗？"

"你们后悔也晚啦，跟你们说，我演定了，这场戏我演定了。"

据刘副所长后来回忆，那天下午的排练非常顺利，他非常满意，他说他已经对会演和人生充满了信心。他觉得小伍有点古怪，但也不像刘头儿说的那样孤僻和心事重重。大概下午四点来钟，刘副所长决定停止排戏，他让小陈带小伍去市场转一遭，他认为小伍的表演还可以改进。他说小伍光有天赋不行，小伍还得有生活。他宣布晚饭后继续排练。

小伍显然意犹未尽，小伍第一天的崭新生活里挤满了表现欲望，小伍说晚上他会像学校时那样给自己化妆，他还要邀请他的二叔欣赏演出，总之，小伍说他们晚上会大吃一惊。

后来小伍把小陈的衣服松松垮垮地套在身上，小伍高高兴兴地去市场体验生活。积雪依然很厚，小伍的脚印依然吱嘎作响，可是这一回，小伍告诉小陈，他多么渴望夜晚的降临啊。

冬天的农贸市场永远萧瑟而潮湿，永远飘浮着一股腐烂的气味。小伍一进来就感到了异常的寒冷，他想这些人能熬到这个钟点真不容易呀，显然都是些有耐心的人。紧靠边儿的是一个满脸疲倦的老年妇女，她的眼神落在小伍手中的票据上面，显出异常的忐忑不安。小伍惊奇地发现妇人脚边停着一只柳篮，跟他的那只几乎一模一样，而里面呢，竟然也是白花花可爱的鸡蛋！小伍差一点惊叫起来。

——小伍在瞬间有了一种慌乱的感觉。

"我们真的要收税吗？"

"不收税你来干吗？"

"体验生活呀。"

"我们的生活就是收税啊。"

小伍觉得手心里的汗把票据弄湿了，小伍搞不懂这么冷的天他还会出汗。小伍说："要不我们回去吧，我今天不想收税，我今天只想好好演收税的戏。"

小陈看看小伍忽然笑了："小伍你害怕啦，你不害怕身子咋这么哆嗦，你肯定是害怕啦。"

小伍不承认，小伍说："我才不怕呢，告诉你，我胆子很大什么都不怕。"

"不怕你就收税呀，你连税都收不到还演啥收税的戏？小伍，只要你收一次税我就相信你能演好戏。"小陈把小伍拉到老妇人跟前，"你收税呀，小伍，收了她的税我就相信你能演好戏。"

小伍看见小陈脸上荡漾着一种坏笑。小伍说："我不收她的税，我收别人的税总可以吧。"

小陈说："不行，你就得收她的税，你没见她卖的是鸡蛋吗？小夏卖的也是鸡蛋呀。"

小伍看着手里起了皱的票据，眼睛里划过一丝哀伤。小伍想起了他演了一下午的戏，台词非常熟悉，可小伍就是讲不出来。小伍的嘴都张开了，可那些词儿一个也不往出蹦。小伍就知道他心里面的确有些害怕，那种害怕与别的害怕不一样，好像与恐惧无关，与他的胆量也无关，小伍说不准那种害怕是什么，可是又能感到它柔软地、实实际际地触摸着他。

小伍被一种悄然而至的忧伤攫住了。

小陈的笑终于忍不住漾了出来，小陈的笑还没漾完小陈就开始向老妇人要钱了。"你只要给这个小孩做做样子就行。"小陈说。

"我没有钱，我的鸡蛋是土鸡蛋，可他们不晓得，我真的没有钱。"

"你只要给三块钱就行，三块不行两块也行，你给这个小孩做做样子就行。"

"可我连一块也没有啊。"老妇人哀伤地说，"我儿子本来就胆小，他们还吓他，他就从脚手架上掉了下去，我孙女七岁了还没有鞋穿，我现在真的连一块也没有啊。"

小伍看见小陈的脸马上又成了一桶辣酱。

可是红着脸的小陈一点也不发火，小陈手里握着一颗鸡蛋慢慢地慢慢地摩挲。小伍想，小陈大概是在酝酿台词呢吧。可是小伍马上就知道不是这样。小陈手里拿着鸡蛋，摩挲着，摩挲着，忽然鸡蛋就从手里掉到了水泥地上，鸡蛋啪地就成了一摊稀黄。

小伍的心猛地疼了一下。

"你只要交一块就行，交一块总可以了吧？我们收一块就走。"小陈说。

老妇人没有讲话，但她的嘴唇在动。

很快，小陈手里又捏了一颗鸡蛋。这回他没有摸，这回他把鸡蛋举到眼上方，眯眼看了一会儿，好像看它里面有没有崽，里面的崽大不大，长没长出小翅膀，可是，这些事不知弄清没弄清呢，鸡蛋就又落到了地上。这回的蛋黄摊得比刚才烂、比刚才难看，简直像一起车祸。"我只要一块呀。一块钱能做什么？我不信你连一块也没有啊。"小陈的吼叫有点气急败坏，还有点委屈。"我不信你连一块也没有啊？一块钱能做什么？我给你一块好不好？我替你出这一块好不好？你用我的一块做做样子好不好？"

谁也没注意，一颗鸡蛋是如何到了小陈手里的。这回小陈没有摸，也没有看，而是直接把它抛掷到了空中。许多人听到了小伍的尖叫。

小伍感到一阵撕裂般的钝疼。

他觉得他的身体从里面裂开了，他甚至听到了清冽的碎裂声。

小陈自己掏出一元钱，他撕了一元的票扔给老妇人。可是，理论上的平衡让小伍一路上黯然伤神，回去的路上小伍再没有讲话。小伍面色苍白，呼吸沉重。那天乡里有很多人看到，一个神情恍惚的孩子摇摇晃晃地从他们面前经过。

小伍二叔晚上做的是南瓜红薯稀饭。煮饭的时候小伍二叔哼了一首歌。这首歌不知怎么回事，忽然一下子就从小伍二叔嘴里蹦了出来。小伍二叔自己先吓了一跳。他从来不会唱歌，他会炒很多种类的菜，会蒸各种各样的馒头，可是他从来不会唱一首歌。后来小伍二叔就想搞清他唱了个什么歌，他唱的是：

> 稀饭甜来稀饭香
> 稀饭甜，红薯的甜
> 稀饭香，南瓜的香
> 稀饭让儿脸光光
> 稀饭让儿心不慌
> ……

这首不期而遇的歌让小伍二叔心有点慌、眼里也有点泪汪汪。厨房里一时安静了，等着吃饭的人只听见菜刀噌噌噌的声音。小伍二叔切的是他头年腌的咸菜。芥菜疙瘩，苤蓝疙瘩，他又配了点胡萝卜，都切成细丝，再撒点葱花，红的绿的黑的，就有人眼馋了，刘头儿，这稀饭这咸菜还不够呢，还得配上你蒸的两面馍呢，配上那个咱饭就绝了。小伍二叔就让他们掀开锅盖看看，他们很快一齐欢叫起来。啥是两面馍？两面馍就是白面和玉米面合作，白面用它的精，玉米面用它的酥，白面细致，玉米面粗放，它们的合作是麦香和玉米香的缠绵悱恻，是这些人嘴里的欢快。他们围成一圈吃着，欢快着，忽然就有人讲：

"哎，小伍呢？咋没看见小伍？小伍哪去了？"

"是呀，小伍哪去了？你们谁看见小伍了？谁知道小伍哪去了？"

他们互相问着，你看我，我看你，最后一起看小伍二叔。小伍二叔一晚上没看见小伍了，小伍二叔只好把小伍的饭又扣在锅里了。

"兴许，他去找小夏了，他找小夏干啥？他找小夏化妆呀！你没见那孩子亢奋的，说不定现在正让小夏给化妆呢。"

小夏不住所里，小夏的家在乡上，小夏每天都回家吃饭。可是小伍刚来头一天，还不知道小夏的家在哪里呢，小伍怎么会去找小夏呢？"小伍怎么会去找我呢？小伍连路都不认识怎么会去找我呢？"小夏后来就是这样急泅泅地问他们的。

他们这时候都吃过了饭，小伍二叔也备好了马扎等着看排练呢，可是小伍还不出现，他们这时候有点急了。小伍这孩子，天都黑了，怎么还不回来呢，真急死人了。是呀，你看头顶，月亮和星星都上来了，小伍怎么还不回来。这孩子，你说这孩子。

那么，小伍这孩子究竟哪里去了呢？

小伍看着这些人心急火燎地进进出出，小伍的黑眼珠炯炯发亮，小伍重又亢奋起来了，但小伍一动也不动，他告诉自己要沉住气，要磨缠到底。忽然他听到小陈撕心裂肺的一声喊：

"看！他在那儿！小伍在那儿！"

小伍真的在那儿！他们抬起头，看见小伍攀着摇曳的树枝，站在高高的香椿树上，淡泊的月光撒下来，小伍的脸上身上笼罩着一团雾一样的白光。

而且，他们发现，不但这个古怪的孩子在树上，那篮子鸡蛋也在树上。小伍一手攀着树枝，另一只手紧张地护着那篮鸡蛋。"小伍小伍，你跑树上干啥？你这孩子，你抱着鸡蛋跑树上干啥？"他们紧张地喊着，"小伍快下来，树那么高，小伍你快下来！"

"别碰我的鸡蛋！"

"别碰我的鸡蛋！"他们听见小伍喊着莫名其妙的话。尔后小伍身子一跃，抱着篮子向更高处爬去。小伍像只灵活的猴子，小伍瘦小的身子在枝杈间腾来挪去，越攀越高。"小伍你快停下！小伍你快下来！"可是小伍好像要从他们眼里消失了，他们看见的是一个模糊的跃动的白色精灵。乡税务所的人听见一声声跃动的呼喊：

"别碰我的鸡蛋……别碰我的鸡蛋……别碰我的鸡蛋……"

想想这是多么奇异的傍晚景象，小伍带着满满一篮可爱的鸡蛋，瞄着香椿树最高的枝丫攀缘而上，积雪簌簌地落去，自然界做出一些微妙的声响，这是一些急促的喧嚣以及低沉的絮语，它们在低处汇拢在高处消失，如同蓝紫色的炊烟缥缈升起又袅袅扩散。小伍站在高高的树顶上，看到有两个披着羊皮袄的外地人偶然路过这里，其中一个发现了小伍，他惊讶地伸出手指对同伴说，"看，那好像是个孩子，站在摇摇晃晃的树梢上。你猜那篮子里是什么？"另一个人穿越灰蒙蒙的浮尘朝遥远的香椿树望了一眼，说，"也许是树籽儿，也许是别的什么，管它呢，总不会是鸡蛋吧。"

活化石

终于赶在日落前到了。政府办干事皱着眉，很礼貌地将两位专家从风尘仆仆的小车里扶出来。三人在斜阳里伸伸腰踢踢腿，感叹沧海桑田人生苦短。

一架自行车丁零当啷地从黄土坡上冲下来，他们挥手喊住了。

专家们急于知道有关槐树的一切事情。

"你看到那棵老槐了吗？它怎样，多高？多粗？传说中的老头儿还在吗？我是说……神木有没有遭到看守人的破坏？"专家焦急地问。

骑车人自称是位出名的古董商，谙熟方圆百里的行情和规矩。他吸着外路人递上的高级香烟，看了几次牌子说：

"我已经是第二次来这里了，我帮了不少人的忙，当然，价钱不很贵……当然，也不很低……"

"老乡，"政府干事忍不住打断他的话，"听说那槐树院光剩一个茶老汉了，是不是？听说那是个茶老汉，是不是？"

收古董的小贩乍听到本地土话后，很气恼，忽然冲那两个外路人发起脾气来："甚树精百怪？妈逼问俺，俺知道个球……"

"自行车"气鼓鼓绝尘而去。三人纳闷儿。相慰几句后他们向坡顶的槐树院进发了。

槐树院内，老头儿斜倚槐树笑对夕阳，眯眼回味今去来兮的桩桩件件。

早晨，他曾为头晚剩了一碗米汤心疼，端碗怔忡片刻，还是跟往常一样泼到了树底。然后又跟往常一样，把小炕桌搬到窑外，把高凳低凳马扎儿通通搬到窑外。桌凳乌渍斑驳，依稀映着一些陈年旧痕。老头儿把碗碗碟碟、油盐罐罐收罗全，也抱出来摊炕桌上。凳子团团圆圆围一圈儿，早饭开始了。老头儿坐主人位置，用两颗大牙四颗白齿，坚持啃完了一只萝卜。"老汉的牙口还不赖。"他大声喊，以便让自个儿听见。上午，老头儿照例坐檐下石阶上愣神儿，每天早饭后他就这样，坐着，偶尔捏起一颗石子。不管何时，他手边准有一小摊石子。石子磨了棱角，一天比一天圆滑。他听惯了石头摩擦的声音。晌午时分，他的视线里，灰色鸽群又落回树底，翅翎扑扑扇腾，次第收拢。碎屑和烟尘翻卷而起。"跟昨儿一个数，十九圈。"他捡起一颗石子，掂了掂。十九颗石子，代表鸽群在很远的地方兜了十九圈儿。

很远的地方，就是院子以外的地方。

这群野鸽子一律灰羽红啄，都有名字。当然，它们自己不知道。它们对一辈子不洗澡、常年光膀子、麻绳系棉裤腰的老汉不感兴趣。它们只管享受树荫，散步，啄一口泥土中的米粒，看看左近亲属。

"灰猴，"老头儿忽然扬了一下胳膊，白腋毛和全身的褶子都使着劲儿，"嘟哨……"

跃上石桌的鸽子没在意老头儿的动静，轻松地完成了排泄。老头儿肿着眼泡，从灰影的动作猜到了它做的事，"你个灰猴。"

"真该你落单。"他喊。

石桌上的鸽子蹦下来，混迹于鸽群，老头儿找不到它了。他抹掉眦糊，开始疑惑一向称作"灰猴"的鸽子是不是同一只。老头儿又点了一遍鸽子数目，还是单数。再以前他点的是双；再以前，是单。看来它们的生活也很无常。"可是，老汉的身子骨还行！"他大声喊，重新乐呵起来，拍着肚皮决定把昨天剩下的酒喝完。

起身时，他朝院外望了一眼。

他的槐树院曾有过土墙。

老头儿将破席片、草垫子拎到了石桌两边，没有忘记带他的搪瓷茶缸，还有能装十斤的塑料酒桶。他到东南角的菜畦拔蒜苗时，鸽子全飞走了。"走吧，走吧，吃饱了灰去吧。"他冲那些啪啪扇动的翅膀喊着，望着。它们相追相随，离他越来越远。拐到树下，他伸手抹掉石桌上的鸽粪，蹭在鞋底上，手在棉裤上搓搓。棉裤是一年四季的裤子，油光黑亮；布鞋缺了后帮，前边有两个窟窿，两根黑垢趾露在外面。他趿着鞋片，坐到树荫下，光着黑脊背，靠着树干，准备将酒全部干掉。看起来，塑料酒桶只浅浅地铺着底儿。倒了半茶缸，他举起桶，放眼前晃晃，塑料酒桶依然只铺着底儿。不能很快喝完，他朝原来大门的位置瞅了一眼，把蒜苗分成了三份儿。抿了一小口酒，觉得不够劲儿，他怀疑地看了看茶缸。茶缸上印有"将……进行到底"的红字，中间掉了瓷的部分颜色很深。

他又拎起酒桶晃了晃。没有不妥，跟昨个儿没啥两样。他冲石桌对面举了举茶缸，开始认真喝酒。茶缸在他唇间吱儿吱儿地响。蒜苗一拃来长，没有长全。那叶儿，该是对儿生呢。他在心里数算着，应该用它们炒个鸡蛋的，他抿一口酒，吧咂吧咂唇舌。蒜苗炒鸡蛋，够味儿！

"再炒一个蒜苗鸡蛋来……"他冲窑洞大喊。

老头儿一口酒一口蒜苗，茶缸与石桌不停磕出清脆的声响。第一份蒜苗结束时，树荫悄悄东挪了一尺。老汉没有察觉。鸽子在远处又转了刚好十圈。这一点，老汉很清楚。隔一阵子，他就会从棉裤兜里，摸出一颗小石子，扔桌上。"跟昨儿个一样呵。"他喊着，哑着唇舌，茶缸吱儿吱儿地响。生下来就为个转呵。灰猴们。

老头儿的眼睛红了，又糊了一层垢糊。这酒还不赖，够辣。今天一定干掉它。他搓把脸，摸着白胡茬，觉得脸上没有一点酒的影子呢。第二份蒜苗也完了，他又晃了几回酒桶，酒依然只浅浅地铺着底儿。茶缸里的酒，又添到了原来的位置。他的脸红了，皱褶里的汗也是红的。后来他踢掉了鞋片儿，光脚板着地，一口酒一口蒜苗，茶缸吱儿吱儿地响。

一只蚂蚁从他脚面上爬了过去。他盯着它，盯了很久。蚂蚁没头绪地忙碌，最后在石桌底下的青苔里，发现了一粒米。他灌一口酒，觉得世道是公平的。

树荫悄悄移动。

有几片叶子飘落桌上，窑洞上的窗户纸啪啪作响。他眯着眼泡，看见远处一片苍茫的白光，两孔窑洞在风里晃荡着。镶着三块玻璃的那间，檐下吊着的一排锄耙摇来摆去，后面褪色的窗花曾让他欣喜；不住人的那间，没糊麻纸，黑洞洞的，窗格子折了多处，几根窗棂还没有完全掉下来。他想了想，想不起里面放着什么。

他远远地打量那把硕大的黑色铸铁锁。

院子里静极了。一声猫叫也没有，一声狗叫也没有。

真应该养群鸡崽呢，东北角呢，可以卧头肥猪。他记不清动过多少回这样的念头了。

东北角的荒草中，斜撑着一架扇车，木料已然腐烂，铁质摇柄掉在草丛里，锈迹暗黄。扇车前是一口裂缝的碌碡，上面布满褐绿色斑

277

点。他盯着碌碡前的一堆黄土，走了神儿。那里曾是间牲口棚，如今，石料槽和栏杆埋在土堆下面。西边的黄土堆是两间厢房，住过不少客人。现在上面是半人高的蒿草。

嗨，草比人长呵……他灌了一大口酒。

看到蒿草中间鹤立一株向日葵，黄花灿烂，他脸上又溢出了笑容，甚至闪过一丝羞赧的神情。他想起了年轻时候的一件事。他陶醉着，手在裤裆里挠着痒痒。

"对畔畔那个圪梁梁上……"

老头儿突然吼了一嗓。一口猛酒呛得他咳嗽起来。一通咳嗽震出两行浊泪。他呵呵大笑。两排肋条骨好一阵蹿跳。靠着树，听着自己呼哧不止的喘息，他刻意歇了歇劲儿，尔后，猛然吼道：

"那是一个谁——"

伴着回音，他朝原来院门的位置瞥了一眼。现在那里是踩实的两堆黄土，中间凹下去的部分是出路，白光光的，连着一路缓坡的村道。村道上杳无人烟。鸽子们不知飞哪里去了。远处青山默然，白云也好似凝滞不动。静极了，真是静极了。他斜依树干，眼神干干的，耳朵里空空的。地气蒸腾上来了，眼前白蒙蒙的。

老头儿少年时，也做过一些浮浪营生。这些事流走后，他开始相信父亲的话：人活一辈子，苦不过几十年；守苦几十年，活人几辈辈。

酒劲儿汹涌澎湃，老头儿解开麻绳，蹬掉泛光的掩裆棉裤，露出松松垮垮的阳器来。

远山依然静默，白云仍旧沉滞。

老汉喝着酒，木然地摩挲光脚板，摩挲赤腚。糙手擦过去又擦过来，皱褶平了又皱了。光线绿了黄了，黑了又白了。

古董贩子就是这时候进村的。

连只狗也没有呀！连只猫也没有呀！失望的古董贩子蹬着自行车，丁零当啷地在村里转了一圈儿。几年前，他在这里收过一只青花碗，正经好东西。挥手跟十几户人告别时，他激动地喊：我认识一个大款，你们的戏台会有的，小学校会有的，啥啥都会有的……反正，他觉得这种憨人有的是耐性。后来他去了很多地方，也遇见过很多憨人，却再没那样激动过。那只碗卖了多少钱，他不记得了。

原来作新房的窑洞破旧了，原来破旧的倒塌了，到处是断垣残壁，到处是腐烂气息，小贩摇着车铃铛，在村里没看到一个人影，没撞见一个活物。他的铃铛声显得多余而生硬。见鬼，他嘟哝着。

青石板路面生满苔藓，石缝里的荒草划破了脚面。他沮丧极了，蹲在一口积满雨水的对臼上，抠了一片黄泥敷着脚背，打算抽根烟后离开这个鬼地方。妈的，如果不是那棵绿森森的槐树，傻逼才会来这里呢。

那棵槐树覆盖了半个村庄，远远望去，给了他繁茂昌盛的假象。

骂了一会儿，抽了一棵烟，蹲在那口曾经舂米舂烟叶的对臼上，屙了泡屎，他觉得这种象征意义的做法还不解恨，觉得还可以做点什么。妈的，真应该毁掉那棵树！他骂道。

古董贩子带着鼓囊囊的怨气，丁零当啷地冲向那棵树。至少要剥光它的皮，挖断它的根，要不，干脆放把火。他看看四周，反正鬼才会晓得。

可是，一冲进院子，他就泄了气。

他傻子似的大张着嘴：

好……大！好……可怕！

大的没边沿的槐树冠，势若虬龙，墨如重铅。矮在树面前，他觉得喘不过气来。这他妈哪是树，是他妈集束炸弹！

轰！他感觉自己窒息死掉了。

说真的，那一刻，他眼前极快地闪过一只青花碗。不干了！再也不干了！古董贩子嚷嚷着，啥也不想干了，只想离开这儿，越快越好。

可是他的腿哆嗦，手哆嗦，自行车跟着哆嗦。他垂下头，失望地打量两只走南闯北的脚。他妈的，青花碗。他嘟哝着。

地气弥散，槐树离他越来越远，小贩恍惚看到挥手告别的场面。小贩的时空感有点错乱。事实上他没有走。——半扇石磨盘后面，他看见一个赤裸的老头儿。

他支好车，小心地走近去。那人该两百岁了吧，形容滑稽，涎水长流，靠着树打盹呢。他好笑地瞧着那松垮的阳具，渐渐平静下来。总算是个活物吧。

这种憨货他见多了，不过，正经好东西也是这种人守住的，怎样从他们手里弄出宝贝来，小贩很在行。

小贩开始职业地端详老汉，打量没有围墙的院子。树叶在头顶簌簌作响。

这是一户破落的五口之家。小贩数了数团圆在炕桌周围的板凳马扎，作出判断。小贩笑着挺了挺腰杆，做好了开场的准备。

可是老汉忽然动弹了。

"儿——"老汉在梦中召唤着，声音浑浊。

儿你个鸡巴，小贩笑着，完全放松了，冲老头儿吐了口痰，山汉！

小贩的脚在石磨盘上划了一下，搪瓷缸丁零当啷摔到地上。

他看着老汉抽搐一下，挤开眼泡，惺忪又警觉地瞅他。

"老人家还记得我吗？"小贩歪着脑袋，心存揶揄。

老汉一脸疑惑，朝他递过一只耳朵。

小贩拾起茶缸，在石磨上认真摆正。

"我一眼就认出你了老人家，你比上次年轻了许多哦老人家。"小贩提高嗓门，将石磨上的几片树叶捻掉。

看得出，老汉激动起来，唇上皱褶抽动着。

小贩半天方才听清，老汉说的是"戚人"。小贩笑着，老山汉！

老汉晃了晃酒桶，倒满茶缸，向他推过来。老汉的动作笨拙，神色夸张，小贩脸上保持着笑容。有一群野鸽子在远处盘旋，自由自在，没人打它们的主意。小贩矜持地弹了弹席片上的灰，坐下来。

"你是个好人，"小贩说，"可是我不好，我早该来看你。"小贩敬给老汉一根烟，点烟的时候，抚了抚老汉战栗的手。老汉一直激动着。

小贩觉得轻松一些才好，捧起缸抿了一口："真是好酒哦。"

老汉咝咝地吸烟，皱纹缓缓舒展，觉出了在"戚人"面前的难堪，在石桌这边，夹紧腿。

"本来，俺早该来，"小贩紧盯着老汉，思谋着，忽地冒出一句，"还记得吗？我跟你儿子……"

……

"记得……记得。"

老汉混沌的声音真难听。老汉开了口，小贩很高兴，看着老汉悄悄勾起脚，将棉裤拖过去，盖住裆，小贩几乎笑出声，又抿了一口酒。

老汉也笑了："三儿是个灰娃。"

他们一起笑着，好像想起了某件淘气事。

"很好，是吧。"看样子，开场很好。小贩开始打算谈谈童年、友谊，以及自己的考古专业。小贩为"考古"这个词好笑，"他是个好孩子，不是吗？"

"是的是的。"老汉喝了一大口酒，眼睛里溢满慈爱：

"你们都是老汉的好娃。"

"我们很相好的，你晓得吧？"

"晓得晓得。"

"他聪明、孝顺，是把好手呢。"

"是的是的。"老汉望着不远处的桌凳，惋惜地说，"就是命苦一些。"

"都一样，生在苦里谁不一样呢。"

老汉喝着酒，脊背在树上蹭着痒痒。

有悠长的嘶声传过来，不远处的窑洞门打开来，又合上。风吹得几孔玻璃明明暗暗，窑顶芨草起起伏伏，锄钯摇摇摆摆。小贩望着坍塌的院墙、两间破窑、围一圈的旧桌凳，想象这家人往昔的悲欢日月，小院里曾经的鸡飞狗叫。他把握着谈话气氛，觉得不宜过多询问老头儿的家事。

"真好老人家，都搬迁了，奔向新生活了是吧。"

"在下边盖了新村。可惜，山是好山，村是好村哦。"

"山还是那个山，村还是那个村，只是人挪活了呀。"

"连戚人都不来了哦，没头吃草的牛，没只撒蹄儿的羊，没个蹦欢儿的娃……"老汉木然望着远山，一山烟绿，天色时黄时黑，近处的杨树叶摇着白光。

老家伙并不很糊涂，小贩有点着急，担心地瞅着来时的村路。

"好哦，好哦，好久没好好说话啦！"老汉忽然大声傻笑起来，尔后端起茶缸一气猛灌。

树影渐渐挪移。小贩说了不少话，费了不少心机。看看天色，小贩决定快刀抽水：

"这些年，我去过不少地方，学到不少东西。考古你懂不懂，考古？我是个考古工作者。"小贩抽出一根烟，自己点上。"啥宝贝我都认得，谁有啥宝贝都找我瞧。好多人傍我挣了钱，你懂不懂，钱！"小贩做着数钱的动作，"有了钱可以做很多事，盖屋修院，给儿子做生意，改换门庭。你懂不懂？"

小贩一口气说了这些话，有点气喘，他觉得耽搁的时间不短了。

"你有没有宝贝，老汉？"

……

"你儿子说你有，老汉。"

……

"别光顾喝酒，老汉，快说！有没有？"

老头儿期期艾艾："有。"

"真有？"

"有。"

小贩笑了，吁了口气，拿过茶缸大喝一口："阿爷，我跟你儿子好哦。我盼你们好哦。"

"老汉知道，可惜没好茶饭上待戚人……"

"会有的，很快就会有的阿爷。"

"可惜呵……"老头儿的声音忽然凄怆起来。

"……都过去了，阿爷，不用想啦，想也没用哦。活命谁不苦呢，阿爷，家家一样，不用讲啦阿爷。"

"噢……呵呵，"老头儿又换上笑脸，"老汉不嫌日子苦，不怕命苦，儿啊，就怕你们守不住苦哦。懂吗俺儿？"

"不用讲了不用讲了，阿爷，快拿出来吧。"

小贩伸出一只手，"快！"

凉风拂面，槐叶簌簌鼓噪，老汉轻呷浅酒。

老山精！小贩咽着唾沫，不停擦汗。日头已向西滑去。小贩觉得须尽快结束生意。

"阿爷，我有的是时间听你访古，可是……你知道，有很多很多乡亲在受苦煎熬哪，阿爷！"小贩说，"他们没钱给妈妈治病，没钱给娃娃上学，他们的锅都揭不开了，阿爷！他们眼巴巴苦熬苦盼苦等着我呢，阿爷！他们都指望我挣钱呢，阿爷！可怜可怜他们的命吧阿爷！发发善心吧阿爷！"

小贩抽泣着，伏在磨盘上抹泪。

他的余光发现老头儿也激动了。老头儿怆然举目，遥望远山，又环顾一圈小院，最后下了决心，扶着石桌站起来，摇摇晃晃地朝窑洞走去。

小贩窥着老汉佝偻的背影，踉跄的步履，心里承认，他愿意给这个半醉的瘸腿老头儿一个好价钱。

老头儿在窑洞前停下，俯身从炕桌上拿起盐罐，又摇摆回树下。那丑陋的裸体又坐在了他对面。盐罐是王致和腐乳罐改成的，一文不值。老头儿一言不发，从磨盘上捡起一粒小石头，扔进盐罐，又捡起一粒，扔进去，小贩怀着好奇，耐心地等老头儿把十几粒小石头都扔进了盐罐。老头儿抱着罐子晃荡着，然后从罐里捏出一颗石子，嘬着，放嘴里巴咂巴咂，放桌上，端茶缸抿一口酒。

小贩耐着性子等着老头儿开口。老汉顾自嘬石头抿酒。小贩窝着火，揉着脚面，怀疑老头儿真他妈喝醉了。

"拿出来吧阿爷，我等着呢，快！"

小贩看着老汉把石子一粒一粒，又丢盐罐里，然后把罐子往他这边推了推，小贩摆手拒绝。

"太阳都要下山了，老汉，你说过有宝的是不是？你不能白耽搁俺不是？"

老头儿却半天没话，只管喝酒，嘬石子，靠树上挠痒痒。

小贩拭拭眼角，劝老汉不要喝了。

老汉不紧不慢地晃盐罐，嘬石子，抿酒，咂嘴。

小贩真等不及了，站起来呵斥："别喝了茶老汉，俺大老远来，是为你好，你懂不懂？你有宝没宝关俺屁事啊茶老汉，受死受活谁管谁啊茶老汉，俺老远远地来，不是想看你受苦，谁他妈不苦，想不苦就得挣钱，钱！你懂不懂茶老汉？钱！"

小贩真是气坏了，真想把茶老头儿的盐罐踹掉。

老头儿说话了："儿哦，你去过很多地方，老汉没有。受苦人一辈子，黄土黑窑，经见得孤陋，受受活活罢了。"

"废话别说了老汉！把宝交出来老汉！"

"儿哦，你见过了哦，"老汉继续嘬石子抿酒，"儿哦，你跟老汉说了一后晌话，受苦人不诓你，你见过宝了哦。"

小贩一脚踹过去。

日薄风轻，一群鸽子盘旋于山村上空。觅食转天，生来如此。

下山路上，小贩将诓了他一下午时间的老山汉骂得狗血淋头，老憨货，活该受苦。踹了老山汉的罐子茶缸不算，暴揍一顿茶老汉不算，真妈逼应该放把火，烧了那棵树。他骂着，在村口碰上三个弃车而行的外路人。

他想，他们跟他一样，被那见鬼的大槐树给骗了。

小贩走后，鼻青脸肿的老头儿爬起来，拾起茶缸，摸了摸新添伤疤的搪瓷，将酒倒进去，控尽最后一滴。山还是好山，村还是好村，来的都是"戚人"。老头儿背靠槐树沉默着，抿酒，受活。

远山在暮霭中浮动着，一座山头呈现出黄牛哞叫的侧影，在它身后，群羊咩咩撒欢。槐树荫蔽下的村庄静谧祥和，斜阳透过枝丫晕染在两间窑洞上，依稀能辨一些"喜"字窗花的印痕。老头儿抿酒笑着。老头儿眼中，窑顶炊烟袅袅，院里扇车轰响，禽畜归圈忙。

两位专家和政府干事气喘吁吁，终于赶在日落前进了小院。

他们同样被槐树震慑住了。天！天！这哪还是树，这他妈的，这真他妈的……

政府干事小心措辞，他小心提醒专家：

"您确定吗？这棵沉默在我们这儿的名不见传的丑陋槐树，就是你们誓死要找的神木？价值连城的活化石？"

"必是无疑！"

两位专家异口同声，激动拥抱，涕泪齐下。

为表达喜悦，政府干事也流出了泪水。

在他们激情阐述人与自然、发现与存在的时候，谁也没有在意、没有愿意多瞅一眼树根那儿，那个一直傻笑的活物。

在确定古槐没有受到太大破坏之后，两位专家迅速而仔细地梳理着平生所学，政府干事就专家们的话，在笔记本上迅速作了记录。谈到对神木的保护，两位专家本着科学的态度，一致认为：

"此乃人类文化遗产及自然科学之活化石，或当移植到适宜其生存之绝佳妙地，由专业人士而非傻瓜来保护它。"

政府干事记录着专家们的话，不由瞟了一眼窝在树根那儿的活物。

"再炒一个蒜苗鸡蛋来……"活物大叫。

天色倏暗，灰色鸽群又落回了树底，翅翎扑扑扇腾，次第收拢。碎屑和烟尘翻卷而起。

槐树院的三位"戚人"惊讶地看过来，只见活物向他们举着茶缸，呵呵傻笑。最后一抹夕阳透过枝叶，打在他跳动的褐色阳物上。

野鸽子们无视一切，蹿上蹦下，有一只落在那活物身上。

"你个灰猴。"活物快活叫喊。